Sous l'apparence

Joshua Kahdels

Sous l'apparence

Désormais, je ne vois plus que de l'énergie, qui prend plein de couleurs et de formes différentes. Il s'agit de vagues de lumière et de poussière qui, chaque seconde, évoluent, se développent, se détériorent et se régénèrent.

Désormais, tout me semble à la fois simple et compliqué, vide et rempli de sens, indépendant et dépendant, libre et emprisonné, logique et contradictoire, et surtout, tout semble ne faire qu'un.

En définitive, l'essentiel n'est pas d'essayer de posséder, de contrôler ou de manipuler ces vagues d'énergie mais de les écouter avec patience, de les accompagner en douceur, de les nourrir en prônant l'équilibre, et de les partager en s'exprimant sincèrement.

Mon problème, c'est que j'ai de plus en plus de mal à m'exprimer sincèrement, car trop souvent, quand je m'y risque, on me prend pour une personne étrange qu'il vaudrait mieux éviter d'écouter ou de laisser parler...

Parce que les discussions sont de plus en plus compliquées, l'écriture reste mon meilleur espoir de me faire comprendre, malgré les exigences et les critiques parfois sévères de certains lecteurs, capables de refermer un livre dès qu'un chapitre, ou parfois même une seule phrase, ne leur plaît pas.

Ce livre ne s'adresse donc qu'aux personnes sensibles et ouvertes d'esprit qui feront l'effort de tout lire et qui ne jugeront ce livre qu'une fois fini.

© 2020, Joshua Kahdels

Édition : BoD – Books on Demand
12/14 rond-point des Champs-Élysées, 75008 Paris
Impression : BoD - Books on Demand, Norderstedt, Allemagne

ISBN : 978-2-3222-5521-4

Dépôt légal : Octobre 2020

Première partie

Chapitre 1 : Le barouf

Bremen, dans le nord de l'Allemagne, douze ans plus tôt.

Alors que je rêvais d'un petit déjeuner au lit, avec un chocolat chaud, un verre de jus de fruits frais pressés, un pain au chocolat et des tartines de beurre, quelque chose me tira de mon sommeil.

Aucune idée de ce dont il s'agissait, mais j'eus un mal de chien à reprendre mes esprits. Il faut dire que j'étais épuisé – je n'avais dû dormir que quelques heures –, que j'avais vraiment mal au ventre et à la tête, que je tremblais à moitié et que je me sentais sale : mes cheveux étaient gras, je ne m'étais pas brossé les dents et je puais l'alcool, le tabac et la transpiration. C'était la totale, la pire gueule de bois de ma vie.

Le matelas sur lequel j'étais allongé était beaucoup trop dur et épineux pour qu'il s'agisse du mien, et il faisait trop frais pour que je sois bien au chaud dans mon lit, sous la couverture. J'essayai donc d'ouvrir les yeux pour voir où j'avais dormi mais le soleil m'éblouissait tellement que je les refermai aussitôt. Le soleil... J'avais passé la nuit dehors.

Alors, je me concentrai sur les bruits autour de moi, mais hormis quelques rouges-gorges qui chantaient joyeusement quelque part, j'entendais surtout le bruit de la circulation.

Normalement, je n'aurais pas perdu de temps pour me relever, analyser la situation et rentrer chez moi, mais je n'avais pas encore dessaoulé de la veille et j'étais bien trop à l'ouest pour entreprendre quoi que ce soit.

Lorsque je me retournai sur le côté droit, ma position favorite pour me rendormir, je remarquai qu'une odeur plutôt désagréable, voire nauséabonde, s'était lentement mais sûrement propagée dans mes narines. Je me retournai donc dans l'autre sens.

Mais bizarrement, soit l'odeur devenait de plus en plus intense, soit j'en étais de plus en plus conscient. Écœuré, je finis par ouvrir les yeux, lentement, le temps que ma vision s'affine suffisamment et réalise que j'avais dormi nez à nez avec une énorme crotte de chien, une sorte de cataplasme tout mou d'une couleur jaune d'œuf pétant avec quelques nuances de marron clair. En bref, un bon cocktail chimique. Le pauvre chien à l'origine de cette horreur avait visiblement mangé le pire du pire...

C'est dans les montagnes, où l'on trouve des vaches, des moutons, des chevaux et des porcs en liberté que j'ai compris à quel point la forme, la couleur et l'odeur des selles dépendaient de la nourriture car l'odeur de leurs excréments n'y était ni forte, ni agressive.

Mais là, il s'agissait d'une odeur féroce et infecte de mort et de décomposition.

Avez-vous déjà percuté involontairement une chauve-souris en conduisant votre voiture la nuit ? Et réalisé, trois jours plus tard, que l'odeur immonde émanant du système de ventilation venait du fait que cette chauve-souris était tombée sous le capot, probablement à cause des essuie-glaces, et qu'elle se décomposait sur l'emplacement du filtre d'habitacle de la Clio ? Si oui, vous savez exactement de quelle odeur je parle.

Pris par la peur soudaine de m'être roulé dans la merde pendant mon sommeil, j'essayai de balayer de la main l'immense nuage de mouches qui rodait autour de moi et inspectai tous mes vêtements. Par chance, je l'avais échappé belle.

À moitié réveillé et conscient, je m'assis dans l'herbe et réalisai que j'avais dormi à une dizaine de mètres de la station de tramway « Malerstrasse » et de l'appartement où j'habitais.

Malgré mon terrible mal de crâne, je voulus mettre de l'ordre dans ma tête et me fixer des priorités : tout en me massant le front avec le bout des doigts, je me dis que la première chose à faire en rentrant dans l'appartement, ce serait de prendre du paracétamol, avant même de couler un bronze ou de prendre une douche. Et hors de question de manger quoi que ce soit.

Puis, j'eus quelques flashbacks de la veille : on avait poussé le bouchon un peu trop loin en sifflant deux bouteilles de whisky sous forme de shooters purs, chez Friedrich, à quatre, assis autour de la table de sa cuisine, dans une semi-obscurité.

Petit à petit, mon cerveau assemblait les différents morceaux du puzzle : au départ, on avait juste voulu prendre un petit remontant avant d'aller à une soirée et j'avais même prévu de rentrer assez tôt, vers trois heures du matin, car j'étais crevé de ma semaine.

Mais une fois la première bouteille finie, Friedrich avait proclamé qu'il était inconcevable de « partir sur une seule jambe ». Et Hans en avait rajouté une couche, affirmant que « quand le vin était tiré, il fallait le boire ! »

Toutefois, on avait quand même préféré vider la deuxième bouteille plus lentement, en buvant nos shooters à tour de rôle, au lieu de les prendre tous en même temps.

Le problème de boire seul, c'est que c'est deux fois plus coton. Alors, on a commencé à s'encourager mutuellement, de manière dépravée, en tapant des deux mains sur la table et en braillant : « BOIS ! BOIS ! BOIS ! BOIS ! BOIS ! ... »

J'étais tellement soulagé lorsque je venais de passer mon tour que je galvanisais les trois autres en leur distillant des compliments doux et agréables, du genre : « Petite bite ! Kiki mou ! Gros blaireau ! Facho ! Capitaliste ! Troufion ! Cul terreux ! », et j'en passe.

Mais lorsque c'était au tour de Hans, qui se trouvait à ma droite, et que j'étais le prochain sur la liste, là en revanche je ne faisais plus le fier, là je stressais.

À chaque fois que c'était mon tour, je voulais arrêter car je savais que j'allais gerber dans la soirée et être malade pendant plusieurs jours. Mais une fois qu'on est pris par l'euphorie de l'alcool, on ne s'arrête plus, c'est plus fort que soi.

En grande quantité, c'est si puissant que ça prend le dessus sur tout le reste : la conscience, la responsabilité, le sens moral, l'éducation, l'intelligence, les capacités physiques, etc.

Une fois les deux bouteilles de whisky vidées, Friedrich a braillé un tonitruant : « JAMAIS DEUX SANS TROIS ! »

Mais là, ni Daniel, ni Hans, ni moi ne l'avons suivi. C'était de la pure folie. On était déjà bien dans le pétrin, on n'allait pas finir en queue de poisson.

Le reste de la soirée, je vous le donne en mille, je n'ai strictement aucune idée et aucun souvenir de comment j'ai pu rentrer, ou plutôt atterrir sur cette pelouse.

Pris d'une méchante envie de fumer, je fouillai mes poches. Mais, sacrilège, je n'avais plus rien sur moi : pas de feuilles, pas de filtres, pas de tabac et, oh putain, même plus mon briquet... Toutes les soirées, c'était le même désarroi avec mon feu : soit je le perdais, soit je le prêtais à quelqu'un qui oubliait de me le redonner, soit c'est moi qui oubliais de le redemander, et le lendemain, je devais toujours me démerder pour en retrouver... À ce moment-là, je me suis dit qu'il serait temps que j'apprenne à faire du feu avec du silex ou deux morceaux de bois, de manière à pouvoir me passer d'allumettes et de briquets.

En regardant partout autour de moi pour voir si, par hasard, je n'avais pas tout perdu dans les environs, j'aperçus un autre jeune homme qui dormait encore dans l'herbe, sur le ventre, trois-quatre mètres plus loin, au pied d'un chêne. Voyant qu'il ronflait, je ne m'inquiétai pas pour lui.

À ma droite, deux femmes d'une soixantaine d'années attendaient le tramway avec leurs petits chariots de course pliables. Elles allaient probablement au grand marché du samedi matin, il devait donc être entre neuf heures et midi. Elles étaient visiblement de bonne humeur et semblaient avoir une discussion captivante, au point de ne pas s'être inquiétées de voir deux ploucs dormir dehors, dans l'herbe, au milieu d'un champ de mines canines.

Mais tant mieux pour nous car, en vérité, il n'y a rien de plus agréable que de pouvoir vivre sa vie tranquillement, en paix, sans être jugé et dérangé par qui que ce soit.

Pris d'un coup de mou, je me recouchai dans l'herbe, sur le dos, et j'observai le ciel bleu et les traînées blanches parfaitement perpendiculaires créées par des avions en vol, comme s'ils s'amusaient à jouer au morpion. J'avais mal partout, mais au moins il faisait beau et le soleil commençait à réchauffer mon corps, malgré une légère brise venant du Nord.

J'essayai de me détendre sans y arriver pour autant à cause des signaux alarmants que mon cerveau m'envoyait : il y avait le feu au lac, quelque chose d'urgent à faire, mais impossible de savoir quoi.

À l'époque, mon cerveau avait tellement de poids sur mes choix et mon comportement que j'ai passé une grande partie de ma jeunesse à courir dans tous les sens, juste parce que des idées me traversaient l'esprit.

Enfant par exemple, il était pour moi hors de question de manger dans un autre fast-food que le MacDo. Et si mes parents avaient le malheur ne serait-ce que de l'envisager, je leur faisais une scène mémorable. À tel point que pendant les vacances d'été, il nous est arrivé de chercher un MacDo pendant des heures, vu qu'à l'époque, il n'y avait ni d'Internet, ni de GPS. C'est dire à quel point je me prenais la tête pour des sottises.

Parfois, mon cerveau a aussi été un frein à certains projets. Car à force de m'imaginer et d'anticiper toutes les difficultés possibles que j'aurais à affronter, afin d'éviter la moindre mauvaise surprise, je finissais par les trouver trop compliqués, voire irréalisables. Et en définitive, au lieu de me lancer dans de nouvelles aventures et de m'adapter au fur et à mesure, je laissais tomber.

Aujourd'hui encore, il m'arrive d'avoir du mal à profiter de l'instant présent, même lorsque je me balade dans des endroits magnifiques, comme au bord de la mer devant un soleil couchant, à cause de pensées négatives qui parasitent mon esprit : je pense alors à tout ce qu'il y a à faire ou à des problèmes professionnels et personnels « classiques ».

Apprendre à discipliner son esprit, à prendre du recul, à relativiser et à se détendre est en fait un travail qui demande beaucoup d'investissement, de patience, et de persévérance.

Bref, il me fallait d'abord découvrir ce qui me stressait avant de pouvoir me reposer.

Bon sang mais oui, il y avait toujours la bouillie jaune à côté de moi et il était urgent que je bouge de là, car j'étais limite shooté par cette odeur de décomposition, j'en avais le tournis.

Comme malgré moi, je me mis debout. L'inconnu qui dormait sur ses deux oreilles devant le gros chêne m'intriguait. Je me rapprochai de lui l'air de rien, tranquillement, au calme, pour voir si je le connaissais.

Il était entouré d'une quantité de déchets variés. C'est quand même incroyable que certains abrutis ne comprennent toujours pas que tout ce qu'on jette dans la nature laisse des traces invisibles à l'œil nu dans l'eau, les sols et l'air pendant des centaines d'années, ce qui finit toujours par se retrouver dans nos corps d'une manière ou d'une autre.

Et dire qu'on produit dix tonnes de plastique par seconde dans le monde et que seuls neuf pourcents sont recyclés et onze pourcents incinérés... Huit des dix tonnes produites chaque seconde finiront donc un peu partout, dans la nature, dans les décharges, en Asie, en Afrique, dans les mers et les océans...

D'ailleurs, les centaines de millions de tonnes de déchets en plastique qui flottent dans les océans se décomposent en millions de fragments de quelques millimètres de diamètre, qui sont ensuite ingérés par les planctons, puis par « l'ensemble de la chaîne alimentaire ». Après, il ne faut pas s'étonner si les humains mangent, en moyenne, 250 grammes de plastique par an et si on devient tous patraques à force d'ingurgiter du bisphénol, des phtalates, des PBDE et des milliers de microparticules.

L'inconnu dans l'herbe, c'était en fait Daniel, mon petit colocataire d'un mètre soixante, avec ses cheveux blonds, mi-longs et bouclés, sa grosse tête de Goliath, son visage de fripouille avec son grand front, son nez crochu et ses yeux bleus.

Cool, il avait dormi avec moi dehors ! Il avait même eu le réflexe de se faire un petit oreiller avec la partie « sport » du journal local, chapeau l'artiste. Ou alors il avait essayé, en vain, de lire quelques articles sur le « Werder de Bremen », le club de foot fétiche du coin.

Après l'avoir appelé plusieurs fois par son prénom, il me sembla qu'il vivait le même processus de prise de conscience que moi une demi-heure plus tôt : son cerveau s'est mis en marche, il a lâché une grosse caisse, grogné et essayé d'ouvrir les yeux.

Je le laissai prendre son temps, on n'était pas pressés. On faisait toujours nos courses le vendredi soir de manière à pouvoir glander le reste du week-end. Et puis Daniel, c'était un vieux moteur diesel, il fallait y aller mollo pendant un quart d'heure, le temps qu'il monte en température.

Lorsqu'il s'assit, je remarquai plusieurs tâches de vomi sur son jean et sur les manches de son manteau en cuir. Je voulus les lui montrer mais il me regardait d'un air chelou, comme si j'étais un extraterrestre, avec son œil gauche qui disait merde à l'autre. Il fallait attendre que l'information monte au cerveau, lui aussi était encore complètement ivre et paumé de la veille.

Lorsqu'il commença à s'étirer, en émettant des bruits dignes d'un cochon du Vietnam, je me suis rappelé que l'alcool fort en grande quantité, c'était une belle saloperie. Ça ne te loupe pas. Une fois qu'on a dépassé sa dose, on est bon pour vomir ses tripes, perdre le contrôle de soi-même, avoir des gros trous de mémoire et être malade pendant plusieurs jours.

Une fois d'ailleurs, je me suis fait très peur en me réveillant seul, en t-shirt, à moitié gelé dans la neige, dans une forêt à deux kilomètres de la boîte de nuit où j'avais passé la soirée, sans savoir comment j'avais atterri à cet endroit...

Mais on avait beau se dire après chaque grosse cuite qu'on ne boirait plus jamais une seule goutte d'alcool de notre vie, tout en sachant qu'il n'y a rien de beau, de spirituel ou d'épanouissant dans le fait de se bourrer la gueule, il n'y avait rien à faire : lorsqu'on rentrait crevés d'une semaine de merde, la tentation était trop grande de se reprendre une « murge », ou « une biture » comme dirait Hans, pour tout oublier. Et deux ou trois fois par an, ça finissait mal, c'était comme ça, ça faisait partie du deal.

Lorsque Daniel me reconnut, je lui demandai s'il se souvenait comment on avait atterri dans cette pelouse, il me répondit : « Euh, vaguement », ce qui voulait dire « non, que dalle ».

Puis, lorsqu'il se leva pour rentrer à l'appart, je lui fis à nouveau remarquer qu'il s'était vomi dessus, vu qu'il n'avait pas réagi la première fois. Alors, il inspecta frénétiquement tous ses vêtements, renifla tous les endroits contaminés avant d'exprimer haut et fort sa frustration à sa manière : « Oh putain de merde, c'est trop dégueulasse ! Fait chier, ça me pète les couilles, mais un truc de fou quoi. Quelle merdouille, pis ça pue vraiment la mort ce truc, c'est infect c't' odeur ! » Puis, après un moment de lucidité : « Oh mon Dieu, je vais devoir laver toute cette mouise à la main avant de tout mettre à la machine... »

La vulgarité n'est pas souvent appréciée, mais pour nous elle a souvent été un moyen simple, pacifique et efficace d'évacuer du stress ou de la frustration.

En revanche, le fait de voir des gens réagir aussi violemment face à des selles, des vomissements ou de l'urine est quelque chose qui m'a toujours étonné. C'est sûrement le fait de ramasser les crottes de mes chiens et d'avoir travaillé avec des bébés qui m'a rendu indifférent, à force de changer des couches et de nettoyer tout ce qu'ils peuvent régurgiter. Quoi qu'il en soit, ce n'est rien de spécial ou de bien méchant à mes yeux.

En mettant la clef dans la porte d'entrée du bas, on s'est souvenu que la veille, on avait essayé, en vain, chacun son tour, pendant trois plombes, d'ouvrir cette foutue porte. On avait tellement galéré qu'on s'était posé dans l'herbe, le temps de dessaouler, de reprendre des forces et d'être capables de l'ouvrir. Et on avait fini par y vomir et s'y endormir.

C'est dans l'après-midi que j'ai réalisé, après une longue sieste, à quel point j'étais amoché. Et j'en ai payé le prix fort pendant une semaine entière.

Depuis cette soirée, je me suis toujours gardé de perdre le contrôle de moi-même. Car, ce qui m'intéressait vraiment, ce n'était pas les drogues, mais le fait de ressentir, grâce à des sorties, des voyages, des rencontres, des anecdotes farfelues et des fous-rires, que la vie était une aventure qui valait la peine d'être vécue.

Chapitre 2 : L'environnement

Pouvoir dormir dehors, à la vue de tout le monde, sans risquer de se faire voler ou abuser par des inconnus, est une chance qu'il faut savoir apprécier.

En fait, Bremen était la ville idéale pour apprendre à me connaître moi-même, car, exceptés deux-trois quartiers à éviter, je m'y sentais globalement très en sécurité.

De plus, la vie n'y était pas très chère à l'époque – une dizaine d'euros pouvait suffire pour y passer une excellente soirée – et la cerise sur le gâteau, c'est que l'offre culturelle y était large et accessible.

Le quartier « latin » était mon préféré, j'y passais la majorité de mon temps car on y trouvait de tout : des dizaines de terrasses de café, des pubs où l'on pouvait chanter et danser, des cinémas insolites, toutes sortes de petits restos abordables allant du grec à la pizzeria italienne, et des commerces variés, comme des librairies ou des magasins d'antiquités, même si une poignée de boutiques offraient une ambiance bizarre, comme si elles cachaient des business de contrefaçon ou des trafics de drogue dans leurs caves.

Sur une place verte très populaire entourée de cafés, des marchands essayaient de vendre leurs fromages, fruits et légumes, pendant que des enfants jouaient au foot. Un peu plus loin, des punks faisaient un peu de musique devant un supermarché, en esquissant des notes sur une guitare mal accordée et en chantant des textes rebelles et improvisés, alors qu'un soixantenaire sans-domicile-fixe avec une longue barbe blanche, de longs cheveux blancs et des vêtements troués nettoyait bénévolement les rues avec un balai dépouillé.

Devant le grand carrefour, deux alcoolos en fauteuil roulant passaient leurs journées à attendre, la bouteille à la main, que le feu piéton passe au rouge pour traverser la route, agacer les voitures, et gueuler sur ceux qui oseraient klaxonner. Et il y avait toujours au moins un vieux pervers au kebab juste devant la rue des malheureux prostitués.

Plus au sud, le long du fleuve la Weser, des enfants tous nus se baignaient ou s'amusaient dans le sable, quelques chiens en liberté attrapaient une balle ou un frisbee, des sportifs couraient ou jouaient au foot ou au volley, des jeunes fumaient, d'autres jouaient aux cartes une bière à la main, et parmi tout ce bordel, quelques hommes pressés en costard-cravate traversaient le quartier en bicyclette.

Dans l'ensemble, cet endroit me fascinait car on y sentait la vie flotter dans l'air, d'une manière brute, impulsive et spontanée. Surtout après dix-huit heures, lorsque tout le monde sortait du boulot, en bicyclette évidemment, et semblait se retrouver dehors, au bord de la Weser ou sur des terrasses pour manger, prendre des cafés, des binouzes ou des glaces, discuter entre amis, lire un journal ou observer les passants.

C'est là que j'ai compris à quel point l'environnement dans lequel on grandissait jouait un rôle énorme sur notre personnalité. Car si j'avais grandi dans un autre environnement, dans une autre ville, région, pays ou continent, qui sait la personne que je serais devenu.

Mes amis et moi sortions tous les jours ou presque, car ce n'était que dehors, en affrontant le monde extérieur, qu'on se sentait vivre. On ne ressentait strictement rien enfermés dans des murs, devant des écrans, à regarder des millions d'images défiler.

Lorsqu'on sort régulièrement aux mêmes endroits, on finit par en connaître du monde, mais seule une poignée d'amis avaient mon entière confiance : des personnes discrètes, bien triées sur le volet, à l'allure souvent atypique, mais authentiques, sincères, fidèles, avec la tête sur les épaules et un grand cœur. Impossible de les influencer d'une quelconque manière, l'effet de groupe n'ayant aucune emprise sur leur comportement. De plus, on pouvait se lâcher, être soi-même et exprimer les différentes facettes de sa personnalité en leur présence, avec la certitude de n'être jamais jugé d'une quelconque manière.

Et on avait beau parfois s'en envoyer plein la poire entre nous, lors de débats hyper animés, on continuait toujours de s'adorer, comme si de rien n'était. Personne ne prenait quoi que ce soit personnellement, sachant qu'il peut y avoir de grosses marges d'erreurs entre ce qu'on pense, ce qu'on aimerait dire, ce qu'on dit effectivement, ce que les autres entendent, ce qu'ils comprennent et comment ils l'interprètent.

Tous les mardis soirs, on se retrouvait à la soirée reggae-hip hop du Barbare, un vieux pub alternatif dans un style un peu glauque, long, étroit, bas de plafond, où l'on pouvait picoler de la bière pour pas cher, danser dans une semi-obscurité et fumer en toute tranquillité, au fond, sur de vieux canapés troués.

Une grande affiche à l'entrée du Barbare informait les clients qu'il y était strictement interdit de juger, de prendre en photo ou de filmer qui que ce soit qui buvait, fumait ou dansait, un principe inspiré des « karaokés clubs » où il est interdit de siffler quelqu'un, même lorsqu'il chante comme une casserole.

C'est avec Hans, un grand gaillard plutôt séduisant d'1m90, aux cheveux châtain clair, aux yeux marrons et au visage d'ange, que je pense avoir passé le plus de temps. On le surnommait « le docteur » à cause de son intelligence et de son humour dévastateur qui « soigne tous les maux ». Aucun détail ne semblait échapper à son regard éveillé, vif et attentif, et il pouvait clouer n'importe quel bec, à travers une simple phrase de vérité.

Il excellait dans les calculs et les jeux de cartes. Au point d'avoir inventé un paquet de nouvelles règles pour notre jeu de carte fétiche « Doppelkopf », que je trouvais bien plus palpitant que la belote coinchée. Il va sans dire que Hans était un adversaire redoutable. En fait, le seul défaut de son jeu, c'était le manque d'imprévisibilité. Il rechignait à prendre des risques alors que l'effet de surprise pouvait faire des ravages.

Raison pour laquelle j'essayais régulièrement de brouiller les pistes, en tentant des trucs farfelus qui n'ont, en théorie, aucune chance de réussir, comme un solo de valets avec seulement deux valets dans la main par exemple.

Chaque année, Hans faisait des miracles lors de « la semaine des projets » au lycée, en rédigeant un texte sur des sujets d'actualité intéressants aux yeux des profs, qu'il bouclait en deux heures à tout casser, ce qui nous permettait de jouer toute la semaine à des jeux de société. Il s'arrangeait même pour que des potes d'autres groupes qui, eux, bossaient souvent comme des tarés, nous préviennent en avance lorsqu'un des profs venait faire son tour de la journée, ce qui nous laissait le temps de tout cacher.

Friedrich, on l'avait surnommé « Eisenmann », « l'homme de fer », car il était un peu nerveux et impossible à coucher au pétard ou à l'alcool. Même en s'enquillant une bouteille de rhum ou de whisky pur à lui tout seul, en plus d'une dizaine de bédos bien chargés, il tenait la route et les discussions sans problème.

Il était de taille moyenne, plutôt enrobé à cause de l'alcool qu'il picolait pendant ses réunions politiques, avec des cheveux bruns, courts mais très épais, une barbe de trois jours bien taillée, et un regard qui trahissait, malgré des yeux souvent rouges, un mélange subtil d'humour et d'intelligence.

Sa spécialité, c'était les débats. Friedrich était un excellent orateur, ce qui n'est pas surprenant venant d'un éternel étudiant en sciences politiques et syndicaliste de gauche pure souche. En fait, il passait sa vie à avoir de grandes discussions bien arrosées.

L'inconvénient de sortir avec Friedrich en soirée, c'est qu'il refusait de changer de pub tant qu'il n'y avait pas discuté avec l'ensemble des clients... Vu que les autres du groupe et moi, on aimait bien changer d'ambiance, nos soirées sont rapidement devenues un mélange de séparations et de retrouvailles spontanées. On se divisait en plusieurs groupes, chacun suivait ses envies, on changeait de pub, on se perdait de vue, on se retrouvait à d'autres endroits, les groupes changeaient, et ainsi de suite.

Felix, « le dentiste », était à la fois le doyen du groupe, mais aussi le plus mince, le plus grand – il faisait près de deux mètres - et le plus calme. Il avait des cheveux blonds très fins et il portait des lunettes rondes qui cachaient ses yeux verts et son regard réfléchi. Alors que dans notre groupe, nous étions majoritairement de gauche au niveau politique et que nous portions des vêtements simples, décontractés ou alternatifs, lui assumait sa préférence pour Angela Merkel et s'habillait plutôt classe, d'où son premier surnom « l'architecte », qui évolua en « dentiste » lorsqu'il entama des études d'odontologie.

Felix ne disait jamais non à une bonne cuite – mais uniquement d'alcool – à un grand débat satirique sur la politique, ou à un challenge sérieux de baby-foot, domaine où il excellait, sauf lorsqu'il avait trop bu. D'ailleurs, le contraste entre son tempérament calme, serein, posé et parfaitement bien éduqué en temps normal et ses réactions expressives lorsqu'il prenait trop de buts au baby-foot était distrayant. Alors, il s'emportait et on pouvait l'entendre gueuler de l'autre bout d'un pub, tel un paysan qui entrerait pour la première fois de sa vie dans une ferme de dix milles vaches : « Non mais attends là, c'est quoi tout ce fumier ?! Je vais te mettre un peu d'ordre dans tout ce merdier, moi, tu vas voir ! »

Benedikt ressemblait vaguement à Harry Potter, raison pour laquelle les autres du groupe le surnommaient « ZB », une sorte d'abréviation de « Zauberstab » (baguette magique en allemand).

Il était très tête en l'air et nous sortait beaucoup de perles en cours, en histoire par exemple, lorsque le prof le sortait de son sommeil avec des questions surprises du genre : « Benedikt, réveillez-vous s'il vous plaît, juste le temps de répondre à une petite question et ensuite vous pourrez vous rendormir : pourquoi Bismarck a-t-il inventé la sécurité sociale ? » Bene, pris par surprise car à moitié endormi, prenait quelques secondes pour réfléchir avant de répondre : « Euh, bah, pour affaiblir les ouvriers, non ? Euh, ou pas ? ... » La tête du prof et le rire de la classe rendaient toute réponse superflue.

Il avait aussi les pires blagues du groupe, du genre « Pourquoi les plongeurs plongent-ils toujours en arrière et pas en avant ? Parce que sinon, ils tomberaient dans le bateau... », et il était souvent le seul à en rire.

Avec les femmes, c'était de loin le plus maladroit du groupe. Bon, aucun de nous n'a jamais été un grand séducteur, loin de là, mais Bene, c'était quand même particulier, il accumulait toujours plein de petites boulettes.

En fait, il avait le chic pour prendre son courage à deux bières et aller s'asseoir à côté d'une jeune femme au caractère bien trempé, voire fort désagréable, qui semblait n'avoir aucune envie de discuter ou de rire avec qui que ce soit. Puis, il l'abordait à sa manière, avec son visage d'enfant innocent, en enchaînant nerveusement des questions-réponses du genre : « Salut toi, ça va ? Tu veux une bière ? Voire deux ? Je t'invite ? T'aimes bien la bière ? J'en ai déjà pris quelques-unes, désolé de ne pas t'avoir attendue. Alors ? Qu'est-ce que t'en dit ? Qu'est-ce qu'on fait ? Où on va ? », tout en lui donnant des petits coups d'épaule et en lui faisant des clins d'œil avec ses grands yeux couleur noisette.

Mais plus il s'entraînait et mieux il s'en sortait. Et grâce aux rires qu'il provoquait involontairement, il a réussi à se créer quelques belles amitiés.

Ses copines pour leur part avaient la particularité d'être soit bien trapues, soit bien plus âgées que lui, soit les deux. Une de ses ex, qui avait le double de son âge et vivait seule, divorcée, avec ses deux enfants de trois et cinq ans, était tellement baraquée qu'on rechignait tous à s'en moquer, de peur de se faire cogner. Et pourtant, ça nous démangeait depuis qu'un dimanche matin, ses deux enfants avaient réveillé Bene avec ces doux mots : « Bonjour, Papa ! ».

Manuel était petit, les cheveux longs châtain clair bouclés, de grands cernes sous les yeux, un nez courbé, un regard souvent vague et un rire souvent crispé. C'était de loin le plus grand fumeur de pétards du groupe, zéro concurrence, et aussi le plus pacifique : jamais de provocations, d'insultes ou de réactions disproportionnées de sa part car il détestait les conflits. Du coup, on l'avait surnommé « l'indien », après que « le docteur » ait évoqué la possibilité que s'il fumait autant le calumet de la paix, c'était pour enterrer les haches de toutes les guerres dans le monde.

La vérité en soi était plus triste car il y avait un rapport de causalité entre la fumette et nos soucis : plus on avait de problèmes, plus on se sentait triste, blessé, mal-aimé ou mal dans notre peau, et plus on fumait pour en rire, pour relativiser ou pour se changer les idées. C'est quelque chose qui nous aidait à nous calmer, contrairement à l'alcool qui pouvait nous rendre cinglés.

Or, même s'il est vrai que tout le monde vit des choses plus ou moins difficiles dans sa vie, le visage de Manuel était particulièrement marqué, à force d'accumuler des blessures et des déceptions.

Il avait mis beaucoup de temps à se libérer du suicide de son unique cousin, et il souffrait aussi de la pression constante de ses parents, qui exigeaient de leur fils unique qu'il réalise leurs rêves « d'ascension sociale ». Raison pour laquelle Manu aimait affirmer qu'on était tous « victimes de nos exigences et de celles de nos entourages ».

De plus, trop d'opportunistes avaient profité de sa gentillesse et de sa générosité. Une fois par exemple, il avait laissé son appartement à deux de ses « potes » – un jeune couple qui s'était retrouvé à la rue pour des raisons diverses – le temps qu'ils se remettent sur pied. Sauf qu'à peine le chat parti quelques jours chez sa copine, les souris ont invité tous leurs potes et enchaîné de grosses soirées bien alcoolisées, pendant lesquelles son appartement a été défoncé... Et ce jusqu'à ce que les voisins portent plainte et que Manu réalise à quel point ces opportunistes l'avaient enfumé. Évidemment, il a fallu y aller à plusieurs pour les jarter, et on a mis trois jours à tout rénover...

Du coup, pour se détendre, Manu fumait tous les soirs. Personnellement, en tant que partisan d'équilibre et de modération, je pense que c'était trop mais je ne lui ai jamais fait la moindre remarque pour autant, premièrement parce que ce n'était pas à moi de le juger, et deuxièmement parce qu'il le faisait de manière plutôt responsable : il était toujours sobre au travail, il fumait uniquement le soir en sortant du boulot, jamais avant d'y aller, jamais le midi ou pendant les pauses. De plus, on fumait en majorité de l'herbe avec des taux élevés de cannabidiol (ce qui aurait d'indiscutables bienfaits sur la santé) et des taux modérés de tétrahydrocannabinol (ce qui défoncerait), et surtout, aucun de nous ne faisait jamais n'importe quoi, même complètement défoncé.

Cela étant, Manu enchaînait les petites boulettes en fin de soirée...

Une fois, à la vidéothèque, à l'époque où l'on pouvait encore louer de grosses cassettes vidéo, il s'était trompé de numéro de cassette en prenant celui au-dessous du boîtier au lieu de prendre celui au-dessus. Du coup, au lieu de se retrouver en face d'une comédie dont on avait entendu le plus grand bien, on s'était retrouvé perchés dans son grand canapé en cuir, devant un film d'horreur de massacre à la tronçonneuse complètement insensé. Et vu qu'on s'en est rendu compte à vingt-trois heures, quand la vidéothèque venait de fermer, on a maté la moitié du film avant de capituler.

Une autre fois, Manu, ce grand passionné du milieu aquatique, avait mis, sans réfléchir, une grosse gambas vivante qu'on lui avait offert pour son anniversaire dans son grand aquarium, là où se trouvaient tous ses poissons adorés. En une seule nuit, celle-ci les avait tous avalés... Le lendemain, Manu était tellement furax qu'il s'était vengé en la mangeant grillée et marinée avec une mayonnaise maison.

Comme tous les autres du groupe, Manu avait aussi beaucoup de qualités humaines. Le jour de la rentrée scolaire en seconde, alors que ça ne faisait que cinq semaines que mes parents, mes frères et moi avions déménagé d'une banlieue de France à Bremen, le prof principal allemand m'avait demandé d'épeler mon nom de famille avec une telle vitesse, qu'il m'était impossible de le comprendre, et ce n'est qu'au bout de quatre essais embarrassants que j'avais enfin compris sa question et épelé mon nom de famille.

À ce moment-là, personne dans la classe ne savait que malgré mon nom de famille allemand et un léger accent difficile à cerner, je parlais peu l'allemand car en plus d'avoir grandi en France, on ne parlait jamais allemand à la maison.

La plupart des élèves de la classe se sont indignés de mon incompréhension : « C'est une blague ? C'est un handicapé mental ou quoi ? Il doit venir d'un lycée professionnel ! Mais qu'est-ce qu'il fout ici... ? ». À part une poignée d'élèves, dont Manu, qui lui venait d'un lycée professionnel (...), le reste de la classe m'a regardé comme si j'étais un lépreux qu'il fallait à tout prix écarter.

Je me sentais tellement gêné que lors de la première pause, je m'étais assis seul, la tête rouge comme une tomate, sur un banc isolé à côté d'une centaine de bicyclettes attachées, d'où je pouvais observer de loin tous ces jeans troués, bérets, joggings, sarouels, piercings osés, tatouages visibles et même quelques jeunes filles avec les cheveux rasés. J'en voulais à tous ces jeunes de ne pas avoir conscience de la chance qu'ils avaient de ne pas avoir de code vestimentaire strict à respecter.

En me voyant de loin, Manu est venu me demander amicalement s'il pouvait aussi s'asseoir sur le banc. Étonné qu'il ose braver aussi manifestement les ragots qui couraient ce jour-là sur mon compte, je lui ai répondu oui d'un signe de la tête. Puis, il s'est allumé un pétard, sans se soucier du fait qu'on soit dans la cour du lycée, et il m'a demandé pourquoi je n'avais pas compris la question du prof.

En apprenant ma situation, il a fait de grands yeux, appréciant les efforts que j'avais dû fournir pour avoir aussi peu d'accent, le meilleur moyen en théorie de se fondre dans le décor.

Néanmoins, pour éviter d'être pris pour « un débile mental », il est parfois préférable d'avoir un accent étranger, surtout lorsqu'on ne comprend pas tout.

Manu ayant gardé ces informations pour lui, j'avais profité du premier cours de français, le lendemain des moqueries, pour rendre la monnaie de la pièce aux ignorants de la veille, en ne faisant aucun effort pour parler lentement, et en utilisant un maximum d'expressions françaises qu'ils ne pouvaient connaître ou comprendre, du genre « avoir du pain sur la planche », « en prendre de la graine », « ne pas faire dans la dentelle », « être au taquet », « toucher du bois ». À part le prof et moi, personne d'autre n'avait rien compris pendant l'ensemble du cours.

Mais avec le recul, ce genre de remarques et de réactions désagréables de la part d'inconnus m'ont souvent bien aidé car elles permettent de faire, en seulement quelques secondes, le tri entre les personnes qui s'en foutent des autres et celles sur lesquelles on peut peut-être compter.

Bref, pour récapituler, Hans « le docteur », Friedrich « Eisenmann », Felix « le dentiste », Benedikt « ZB », Manuel « l'Indien » et moi, qu'ils surnommaient « der Franzecke » - un mot-valise affectionné mélangeant « Franzose » et « Zecke », c'est-à-dire le Français et la tique, donc « le Frantique » – formions un groupe hétérogène très soudé.

À l'instar de ce qu'on appelle des « tuteurs de développement », leur présence et leur amitié m'ont aidé à me créer un capital psychique qui m'a permis de façonner ma résilience et d'encaisser les aléas de la vie, sans jamais m'effondrer.

Sans parler de la chance d'avoir pu côtoyer des personnes aussi sensibles, avec un aussi bon fond, pleines de bon sens, authentiques, sincères et cultivées.

Chapitre 3 : Les acolytes

Nous sommes toujours restés très indépendants les uns des autres, on n'a jamais voulu d'une amitié « exclusive » où l'on ne reste qu'entre potes. Bien au contraire, on était toujours ouverts à de nouvelles rencontres amicales, et chacun de nous avait son propre réseau d'amis en dehors du groupe.

Le pote le plus illustre de « Eisenmann » et du « docteur » s'appelait Olaf et sa spécialité, c'était les gaffes chroniques, il ne se passait pas une semaine sans qu'il fasse quelque chose d'ébouriffant.

Petit, mince, avec une grosse touffe de cheveux bruns, et un regard un peu égaré qui trahissait beaucoup de couillonnade, ce bourricot, que certains surnommaient « la pignoule », était toujours mal rasé : en plus d'avoir de gros trous dans sa barbe négligée, là où les poils ne poussaient pas, il lui arrivait d'arriver au lycée avec seulement une moitié du visage rasée.

Malheur à ceux qui s'asseyaient près de lui en cours car c'était un virtuose des flatulences. Il contrôlait si bien l'ensemble de ses muscles fessiers qu'il était devenu maître dans l'art de canarder en toute discrétion, une salle entière s'il le fallait, d'odeurs infectes. Il fallait surtout s'en méfier lorsqu'il avait mangé du chili con carne, son plat préféré.

Par précaution, vu qu'il ne tenait pas l'alcool, il emportait toujours un rouleau de « PQ » avec lui en soirée, au cas où il aurait envie de vomir. D'ailleurs, après un bowling arrosé de shooters « Tequila paf » gratuits à chaque « Strike », il avait réussi l'exploit de gerber, dans la rue piétonne « de la soif » alors blindée de monde, vers minuit, un karsher d'un bon mètre de long, sans exagérer...

Lorsqu'il était fatigué, il ne se posait jamais de questions et sautait, même en plein hiver, dans le premier buisson venu pour y dormir deux ou trois heures, le temps de se remettre d'aplomb. Un matin au début de l'été, il était arrivé au lycée avec plein d'écorchures et d'éraflures sur les bras et les mollets, après s'être jeté par mégarde, la veille, dans des ronces...

Lorsqu'il rentrait tard dans la nuit, il avait pris l'habitude de s'allonger et de dormir sur le paillasson devant la porte de l'appartement, afin de ne pas trébucher contre une chaise ou une table et de réveiller sa pauvre mère qu'il aimait profondément et qui avait le sommeil léger.

Toutefois, cette dernière avait été furieuse de découvrir, un matin, que Olaf avait mangé, suite à une énième soirée farfelue, toutes les feuilles de son ficus adoré, qui avait eu le malheur de traîner à côté de la table du salon...

Olaf a passé ses études de sociologie à déménager et il avait le don pour se trouver des colocataires venant d'un des pires systèmes solaires possibles, celui des crasseux. Pendant trois mois, il s'était installé avec un colocataire qui, en plus de ne jamais se laver, ne nettoyait strictement rien de rien. Ce cradinos laissait par exemple ses vêtements moisir dehors, convaincu que la pluie les laverait et que le soleil les sécherait, et il utilisait l'ensemble de l'appartement comme cendrier... Lorsque Olaf est revenu de ses deux semaines de vacances en Hollande, après avoir raconté à sa mère qu'il partait « faire du ski », il retrouva de la cendre et du moisi incrusté dans l'ensemble de l'appart : dans le frigo, les lavabos, les assiettes, les WC, la moquette et même les meubles. L'odeur y était si infecte que je n'y ai mis les pieds qu'une seule fois, juste une minute, en me bouchant le nez, histoire d'observer de près cette déchetterie hors normes...

Pour les rencontres, Olaf parlait le moins possible, pour éviter de trahir trop rapidement le boulet qu'il était et que la rencontre ne se termine illico-presto. Surtout qu'il voyait dans le romantisme « l'art d'enjoliver les choses avec patience, de faire rêver les personnes récalcitrantes pour mieux les décoincer ».

Bizarrement, il n'a jamais voulu nous avouer sa bi-sexualité alors qu'on s'en doutait tous et qu'on s'en foutait. Ça ne regardait que lui, c'était pas nos oignons. Tout ce qui nous intéressait, c'était de passer de bons moments amicaux ensemble, surtout qu'il avait un bon fond et beaucoup d'humour, le reste ne nous faisait ni chaud, ni froid. D'ailleurs, il nous avait fait rire une fois en profitant d'un moment de silence lors d'une soirée « chill », pour nous demander si l'un d'entre nous entendait, lui aussi, un petit oiseau dans sa tête qui lui chantait tous les matins : « Tu es gay, tu es gay, tu es gay ».

Malgré toutes ses gaffes, Olaf a été particulièrement admiré pour sa thèse de fin d'études avec laquelle il a validé, avec la mention bien, son cursus en sociologie : « Le pouvoir du vagin ». Franchement, il a super bien géré, car sur un thème aussi explosif et casse-gueule, on n'a pas le droit à l'erreur, la moindre faute de goût se paie cash. Pour moi personnellement, sa thèse est le summum de la littérature allemande, surtout quand on connaît l'oiseau et toutes les bourdes qui vont avec.

Toutefois, je n'ai jamais dépassé le stade de « pote » avec Olaf à cause de sa réticence à discuter de sujets sérieux. Tout le monde avait beau savoir, par exemple, qu'il regrettait profondément de n'avoir jamais connu son père, il n'a jamais voulu s'y attarder, ne serait-ce qu'une seule fois.

Il ne faut pas se confier à n'importe qui, évidemment, mais lorsqu'on a en face de soi des personnes fiables qui n'ont qu'une parole et qui savent faire la part des choses, c'est quand même dommage de ne pas en profiter pour vider son sac, surtout que tout ce qu'on n'évacue pas d'une manière ou d'une autre, que ce soit à travers la parole, l'écriture, la peinture, le dessin, la musique ou toute autre forme de culture, s'accumule dans le corps et embrume le cerveau et l'esprit.

De mon côté, trois autres personnes sont à mentionner, sachant que ce sont les personnalités que l'on côtoie et non les objets qu'on achète qui font la richesse d'une vie.

Tout d'abord, il y a Johanna, ma compagne, une jeune femme magnifique, pleine d'élégance, avec ses longs cheveux blonds, son visage fin, ses belles tâches de rousseurs, ses yeux verts pétillants et son regard profond et intense.

Elle était sensible, douce, sincère, fidèle, cultivée, ouverte d'esprit, elle savait se mettre à la place des autres et faire preuve de compassion, elle ne m'en voulait jamais de passer du temps avec mes amis, et elle ne mâchait pas ses mots lorsqu'elle avait quelque chose à dire.

Ne me demandez pas comment j'avais réussi à plaire à une telle femme car je l'ignore. En tous cas, j'étais fou amoureux d'elle, surtout que notre amour était réciproque.

Ensuite, il y a ma meilleure amie, Mary, une personne géniale, bourrée de caractère et d'humour, authentique, sincère, et toujours disponible quand on avait besoin d'elle. Malheureusement pour moi, elle n'est pas restée longtemps à Bremen après avoir abandonné ses études de comptabilité. Ici, elle n'avait trouvé qu'un travail comme caissière dans un supermarché, alors que sa passion, c'était la culture sous toutes ses formes. Donc lorsqu'elle a trouvé une opportunité de devenir projectionniste dans un centre culturel à Barnstaple en Angleterre, elle a évidemment sauté sur l'occasion. J'étais un peu triste de la voir partir mais par chance, on s'entendait si bien qu'on a toujours gardé contact par mail.

Et finalement, il y a Eugen, un de mes voisins qui vivait dans un petit appartement mal aménagé, deux maisons plus loin, que je surnommais « Tarzan », à son insu. C'était une armoire à glace d'origine polonaise de 1m95 pour cent-trente kilos de muscles, un ancien trafiquant de drogue avec la boule à zéro, une grosse tête, un gros nez, des petits yeux bleus, un regard coquin, une voix grave et forte, et un rire endiablé qu'on entendait à des kilomètres.

Après un grave accident de voiture, et une longue et douloureuse hospitalisation pendant laquelle il avait souffert le martyre et cru qu'il allait y rester, son permis lui avait été retiré pendant cinq ans et il avait écopé de plusieurs mois de prison ferme à cause d'une conduite en état d'ivresse et d'un casier judiciaire bien rempli.

Toutefois, selon ses dires, la prison ne l'aurait nullement affecté car avec de l'argent, on pouvait y acheter à peu près tout ce qu'on voulait. Personnellement, je doute qu'on puisse s'y développer intellectuellement mais qui sait, après tout, je n'y suis jamais allé.

Lorsque je l'ai rencontré, cela faisait plusieurs mois qu'il en était sorti. Il m'a étonné par sa gentillesse et sa générosité. De fait, il était plus courtois, respectueux et sympathique que la majorité des personnes que j'ai rencontrées dans ma vie. Le fait d'avoir frôlé la mort l'avait transformé, en lui faisant prendre conscience de la fragilité de la vie.

D'ailleurs, depuis son accident, il n'a plus jamais touché à rien, pas même une petite goutte d'alcool ou une taffe de pétard. Il était catégorique, au point de s'y tenir, aujourd'hui encore, avec une discipline de fer, ce qui est remarquable dans cette société du toujours plus, où tout le monde semble nous encourager à picoler : « Un petit apéro ? Un petit Ricard ? Une bière ? Du cidre ? Un verre de blanc avec le poisson ? Un verre de rouge avec le fromage ? Un petit digestif ? Un dernier pour la route ? » Et on a beau refuser, certains insistent : « Allez, un petit verre, un fond, une goutte. »

Une des conséquences bizarres d'arrêter radicalement toutes les drogues, c'est que ses addictions se sont transformées en nymphomanie. Mais au moins, il faisait le bonheur d'une vingtaine de femmes obèses du quartier.

Bref, le problème d'Eugen, c'est qu'il voulait, malgré ses dettes, conserver la maison en Pologne de ses parents décédés. Or, il ne lui restait, selon ses dires, que quelques mois pour trouver un travail permettant de prouver à ses créanciers qu'il les rembourserait. Depuis sa sortie de prison, il avait postulé comme un acharné, en vain, à toutes sortes de boulots imaginables car il était prêt à tout pour bosser, non seulement pour pouvoir garder la maison de ses parents mais aussi pour retrouver une sorte de place dans la société. Mais malgré son bon fond et beaucoup de qualités, ses condamnations pénales le plombaient, et plus il s'approchait de son échéance, plus ses angoisses s'empiraient.

Lorsque j'ai raconté son histoire à mes parents, ces derniers ont fait un geste remarquable en le pistonnant pour un travail à mi-temps avec des personnes handicapées.

Eugen n'a jamais su comment nous remercier, surtout qu'il excellait dans ce travail grâce à sa force permettant de porter n'importe quelle personne et à son éternelle bonne humeur, si contagieuse, au point d'être désormais embauché en CDI.

Il nous a proposé toutes sortes de cadeaux et d'invitations mais on a presque tout refusé car, en vérité, on n'avait besoin de rien. Et ça faisait franchement plaisir de le voir aussi soulagé et rassuré.

Eugen m'a appris beaucoup de choses, que même s'il ne fallait jamais sous-estimer qui que ce soit que l'on croise en soirée, les grandes gueules étaient souvent des petits joueurs. Les véritables mafieux, eux, ne gaspillaient jamais leur salive. Si quelque chose ou quelqu'un leur déplaisait, ils agissaient instantanément : pas de menaces, d'insultes ou d'agressivité, que du sang froid. D'ailleurs, lorsqu'un jour j'ai vu débarquer chez Eugen une poignée des trafiquants avec lesquels il faisait affaire auparavant, j'en ai eu la chair de poule. Mais on ne les voyait presque jamais car ils préféraient faire leur business dans l'ombre, sans se faire remarquer.

Le fait de savoir qu'Eugen débarquerait instantanément s'il m'arrivait le moindre truc et qu'il me défendrait sans hésiter contre n'importe quelle sorte d'agresseurs, m'a donné une confiance inébranlable en moi. Avant de le connaître, j'avais pris pas mal de coups lors de bastons individuelles ou collectives, mais depuis notre rencontre, plus personne n'a jamais osé m'approcher.

Lorsqu'on s'est retrouvés avec « Eisenmann » et le « docteur », piégés devant une dizaine de « cassos » qui voulaient en découdre, juste parce qu'une de leurs copines avait légèrement dragué « le docteur », je leur avais avoué sincèrement qu'à trois contre dix, on n'avait aucune chance de s'en sortir et qu'on finirait probablement dans un état lamentable à l'hôpital. Mais qu'ils devaient quand même savoir deux choses avant de s'en prendre à nous : premièrement qu'on leur donnerait tellement de fil à retordre que certains d'entre eux n'en sortiraient pas indemnes, ce qui nous permettrait de les retrouver, et deuxièmement que demain, ils seraient probablement morts, car j'avais derrière moi quelques tarés prêts à buter tous ceux qui m'attaquaient. Par chance, ça a suffi à dissuader la majorité de ces brutes, qui ont retenu les deux kékés qui voulaient quand même en découdre, tout en nous insultant un maximum. Mais sans le sentiment de protection qu'Eugen m'apportait, qui sait si on l'aurait échappé belle.

En vérité, sous l'apparence d'une société contrôlée et fliquée, soi-disant civilisée et en paix, il y a énormément de violence plus ou moins cachée, qu'elle prenne une forme verbale, physique, psychologique, sociale, ou économique.

Chapitre 4 : Le samedi soir

La violence, il y en a partout. Juste le fait de manger de la viande est déjà un acte affreusement violent en soi car ça nécessite de tuer un animal, de le saigner et de l'égorger avant de pouvoir se nourrir de sa chair.

Dans notre société, on est bombardé de violence, que ce soit à l'école, au travail, dans la famille, sur la route, dans la rue, lorsqu'on sort faire ses courses ou promener son chien, à la télévision, au cinéma, dans les jeux vidéo, sur Internet, sur les réseaux sociaux, etc.

Raison pour laquelle certaines personnes sensibles évitent les nouvelles technologies et préfèrent vivre « en décalé » par rapport aux autres, en faisant leurs courses le plus tard ou le plus tôt possible, en se baladant quand il fait nuit, quand il pleut ou dans des endroits insolites, en allant à la plage l'hiver et à la montagne l'été, en bref tout ce qui permet d'éviter un maximum de personnes et donc de conflits potentiels.

À force de sortir, on savait exactement quels endroits il fallait éviter. De manière générale, ça craignait plus le week-end que la semaine, surtout dans la nuit du samedi au dimanche, entre deux et huit heures du matin. Alors, une certaine tension semblait flotter dans l'air, quelque chose de malsain et d'agressif, qui nous forçait à être sur nos gardes, sachant que des histoires de jalousie ou de harcèlement pouvaient rapidement finir en bastons, aux urgences, voire, dans de rares cas, en fusillades. Rien à voir avec les soirées en semaine, lorsque tout semblait plus sincère, festif, joyeux, libre, agréable et respectueux.

On évitait un maximum le quartier « stéréo » où l'on croisait ces brutes qui ne savent calmer leur agressivité, leur frustration, leurs complexes et leur manque d'attention qu'en provoquant à tout va, en humiliant ou en tabassant des innocents « faibles ou isolés » - les boucs-émissaires parfaits.

Ironiquement, leur meilleur prétexte pour s'attaquer à quelqu'un, c'est qu'on les aurait soi-disant « regardé de travers ». On a beau regarder la route, l'horizon, des vitrines, ou rêvasser, ils se sentent toujours observés et jugés, comme s'ils étaient le nombril du monde.

Face à ce genre de cassos dont l'ego surdimensionné doit être flatté tous les jours pour éviter qu'ils ne deviennent mauvais, il faut anticiper, penser à changer de chemin ou de trottoir à temps, et le faire de manière calme et naturelle, sans trahir la moindre nervosité.

Un seul samedi soir, par curiosité, on est allés dans une des boîtes de nuit souterraines « ultra-modernes et ultra-cools » du quartier « stéréo ». Trois gorilles contrôlaient l'entrée et refoulaient un quart des jeunes gens – probablement ceux qui en apparence avaient peu d'argent à dépenser – car ils avaient un ratio garçons/filles à respecter. Toutes les filles sans exception pouvaient rentrer, même les mineures de quatorze ans.

En faisant la queue devant ces grandes portes noires blindées, on entendait un son robotisé, avec des paroles très... profondes : « Cette nuit va être trop géniale, yeah, cette nuit va être trop trop géniale, yeah, yeah, cette nuit va être trop trop trop géniale, yeah, yeah, yeah, cette nuit... » qui commençaient déjà à nous gaver, yeah, yeah, yeah...

Les gars ont le sens du business : « On ne va pas se prendre la tête avec des paroles, alors qu'il suffit d'une seule phrase du genre « t'es trop sexy », « tu me fais rêver », « on s'envoie en l'air » ou « c'est la fête », qu'on répète ad infinitum pour que ça rentre dans leur foutu crâne et que ça n'en ressorte jamais et on encaisse des millions. Elle est pas belle la vie ?! »

L'entrée coûtait dix euros, et on avait tous pris un cocktail à cinq euros rempli de glaçons. Quinze euros par personne pour passer une mauvaise soirée, c'est donné.

À l'intérieur, deux grandes pistes « de danse » étaient entourées de bars aux extrémités. L'endroit était tellement éclairé, avec leurs multiples boules disco ultra-puissantes de toutes les couleurs, qu'on pouvait tout observer.

L'ambiance était plutôt coincée, personne ne dansait vraiment. On s'est regardé entre nous, en se demandant ce qu'on avait perdu ici, surtout qu'on faisait tache dans le décor avec nos cheveux en pétard et nos styles simples et décontractés. Tout le contraire de la « mode » dominante et de tous ces garçons bodybuildés, habillés et coiffés de la même manière, avec leurs t-shirts blancs moulants, leurs jeans serrés, leurs grosses baskets fluo, leurs bijoux, chaînes, colliers, bagues, et chacun une tonne de gel sur leurs cheveux rasés très courts.

D'ailleurs, leur image et le regard des autres semblaient les obséder car beaucoup cherchaient à se donner un genre cool en se dandinant des épaules à la tête et en contractant leurs muscles au rythme du son, tout en regardant de temps en temps nerveusement à droite et à gauche pour voir quelles barbies admiraient leurs biceps, qui, personnellement, me rappelaient les brassards de piscine gonflables pour enfants.

Lorsqu'on passait à côté d'eux, il valait mieux se boucher les oreilles car c'était la guerre pour les « chicas », comme ils surnommaient les filles. Pas de cadeaux entre « bad boys » ! Tous les « Roméo » en rut qui voulaient « pécho » une « sirène égarée » se regardaient entre eux comme s'ils étaient la dernière des merdes.

La plupart des filles portaient des vêtements osés avec de sacrés décolletés, et elles semblaient se prendre pour les reines du monde. Avec leurs sourcils épilés, leurs cheveux parfaitement lissés et leur overdose de maquillage, la plupart de ces « starlettes » passaient leur temps sur leurs téléphones portables ou faisaient des « selfies », des cocktails de glaçons à la main. Peu d'entre elles semblaient attendre qu'un « prince charmant trop mignon » vienne les émerveiller. La majorité de ces filles avaient certainement un copain et ne cherchaient qu'un peu d'attention et de divertissement car lorsqu'un gugusse ramenait sa fraise et tentait sa chance, elles se comportaient comme des divas, en les prenant de haut, en évitant leurs regards, et en se moquant de leur maladresse et de leur insistance grotesque.

Mais bizarrement, peu de chauds lapins semblaient comprendre qu'ils se prenaient d'énormes râteaux, bien cachés derrière un langage subtil, divinement faux-cul et mielleux.

Au final, j'avais l'impression d'être dans une sorte d'arène du jeu « Super Mario Kart », où cinq cent « Marios, Luigis et Donkey Kong » coursaient une cinquantaine de « Princesses Peach » hystériques, naïves et superficielles, pour attirer leur attention, les impressionner et « se les faire ». C'est peut-être exagéré et trop généralisé comme jugement mais c'est en tous cas l'impression qui m'est restée gravée en mémoire.

On est ressorti au bout d'une demi-heure et on n'y est jamais retourné car on ne recherchait que de la sincérité. Or, seuls l'image, l'apparence, le regard des autres, la réputation et l'argent – des illusions de notre point de vue – semblaient avoir de l'importance dans cette boîte.

Chapitre 5 : Kesseltreiben

Le genre de soirées qu'on adorait, mes amis et moi, n'avaient rien à voir.

De 20h à 23h, soit on allait au cinéma ou au théâtre, soit on assistait à un concert amateur, soit on se retrouvait chez l'un d'entre nous et on préparait des toasts et de véritables cocktails, qu'on dégustait en jouant de la musique ou à des jeux de société ou de cartes comme notre jeu fétiche « Doppelkopf ».

Ensuite, on privilégiait les sorties alternatives ou étudiantes, comme celle du mardi soir au « Barbare » ou celle du jeudi soir au pub « La chouette noire », un pub souterrain rempli de graffitis et peu éclairé qui offrait une ambiance similaire à celle du « Barbare », à trois différences près : il y avait deux fois plus de monde et de place pour danser, les tournois de baby-foot y étaient incomparablement plus féroces, et on pouvait y faire de belles rencontres, contrairement au « Barbare » qui était rempli d'habitués.

Vers quatre heures du matin, on avait tendance à finir nos soirées au pub « Le Cœur brisé », que l'on surnommait entre nous « le plan-cul ». Ce mini-bar d'une trentaine de mètres carrés rempli de vieilles affiches de cinéma avait la particularité de fermer à midi et de n'accueillir quasiment que des adultes de plus de trente ans qui n'avaient aucune envie de rentrer chez eux : beaucoup de mecs pompettes et une poignée de femmes, la quarantaine, qui semblaient marquées par les déceptions et les désillusions du passé.

Le ratio y était digne d'un site de rencontre : plus de trente hommes pour trois ou quatre femmes. Mais contrairement à ce qu'on peut s'imaginer, l'ambiance y était toujours respectueuse et c'est cela qu'on y appréciait le plus : pas de harcèlement, pas de mecs désagréables, offensants ou malveillants. Il faut dire qu'en plus du barman hyper baraqué et tatoué qui y veillait soigneusement et qui n'hésitait pas à virer le moindre lourdingue, les quelques femmes qui s'y trouvaient paraissaient tellement fortes et indépendantes qu'elles nous intimidaient.

Nous, on n'y allait que pour observer les gens, leur manière de se comporter, de discuter, de s'exprimer, d'attirer l'attention ou de draguer. On adorait particulièrement les élans éphémères de fraternité et de solidarité masculine, du genre : « Si nous avions notre propre bar, nous pourrions picoler ensemble jusqu'à la fin de nos jours et partager des tas de moments intimes... »

Les discussions à moitié philosophiques entre picoleurs y étaient tout aussi magiques : « Une dernière bière pour la route ? » demandait l'un d'eux à son pote qui lui répondait : « Hein ? Une route ? Quelle route ?! »

Un autre demandait à un grand buveur qui s'enquillait bière sur bière : « Mais quand est-ce que tu vas t'arrêter de boire, toi ? » et l'autre le fixait des yeux pendant quelques secondes, la moustache remplie de mousse, avant de lui répondre : « Bah réfléchis, gros, quand j'aurai plus soif... »

À l'aube, on allait chercher des viennoiseries chaudes, qui sortaient directement du four d'une boulangerie où un pote du « docteur » travaillait comme apprenti boulanger.

Puis, les plus raisonnables, en général le « dentiste », Bene et Manu, rentraient se coucher pour avoir un peu de sommeil avant d'attaquer la journée du mercredi ou du vendredi. Les autres passaient une nuit blanche : on allait chercher quelques affaires propres et plusieurs grandes serviettes de toilette chez l'un d'entre nous, on remplissait une bouteille isotherme de thé bien infusé et bien chaud, et on partait en bicyclette au grand lac, qui se trouvait à une dizaine de kilomètres du centre-ville, pour s'y baigner dans l'eau froide et y prendre notre petit-déjeuner chaud, face au soleil levant.

Ensuite, on retournait au lycée car les cours reprenaient à huit heures pile. On arrivait toujours à la bourre à la première heure de cours les mercredis et vendredis matins mais vu qu'on s'installait toujours discrètement et que tout le monde, même les profs, avait fini par s'y habituer, ça ne gênait personne.

Le plus difficile après de telles soirées, c'était de rester éveillé jusqu'à la fin des cours, à treize heures. On assistait parfois à de terribles concours de bâillements qui, malheureusement, avaient la fâcheuse tendance à se propager à l'ensemble de la classe.

Le « docteur », « Eisenmann » et moi, on adorait aussi la soirée punk/alternative/metal au « Schlachthaus », un ancien abattoir transformé dans les années 80 en énorme centre culturel, entouré de grands espaces verts et d'un grand skatepark. À l'intérieur, une grande salle de concert avait été aménagée avec une grande piste de danse au centre, deux bars aux extrémités et plein d'endroits à l'écart et en hauteur où l'on pouvait se poser.

On trouvait de tout au « Schlachthaus » : non seulement des soirées organisées mais aussi des concerts, du théâtre, du cinéma, des débats, des expositions d'art et toutes sortes d'ateliers. La soirée « Kesseltreiben », ce n'était qu'une seule fois par mois, mais quelle soirée...

Tous les passionnés de « pogo » et de « mosh pit » s'y retrouvaient, raison pour laquelle le « dentiste », Bene et Manu l'évitaient.

Le « pogo », c'est une sorte de tumulte où tout le monde se pousse dans tous les sens sans que personne ne le prenne personnellement. Le « mosh pit », c'est la même chose en un peu plus violent, on peut s'y castagner « amicalement ».

Certes, oui on s'en envoyait plein la poire, mais ça n'avait rien à voir avec de la vraie baston, premièrement parce qu'il n'y avait pas de haine – il ne s'agissait pas de blesser quelqu'un mais juste de se défouler – deuxièmement parce que c'était délibéré, et troisièmement parce qu'il y avait des règles que tout le monde respectait : personne ne touchait ni au visage, ni aux parties intimes, et dès que quelqu'un était au sol, tout le monde s'arrêtait pour l'aider à se relever et lui demander si ça allait. Si ça allait, ça repartait de plus belle. Mais si ça n'allait pas, on l'aidait d'abord à sortir du « pit », la mêlée, avant que ça ne reparte enfin de plus belle.

La spécialité du « docteur », c'était de se défendre avec ses coudes. Celle d'« Eisenmann », c'était de traverser le « pit » en encaissant les coups tel un sumo, sauf qu'il passait toujours la majorité de sa soirée à discuter de politique avec des inconnus. Ma spécialité, c'était de prendre de l'élan sur deux-trois mètres, de courir le plus vite possible, et de pousser de toutes mes forces un gars choisi au pif. C'était très mature de ma part : l'heureux élu voltigeait deux ou trois secondes avant de s'effondrer par terre en plein milieu du « pit » et moi j'explosais de rire...

Une fois, avec des « space cakes », on y avait fait une sorte de « dance chamanique » pendant cinq heures : on gesticulait avec nos bras dans l'air comme des pieuvres s'attaquant à des crabes. Un sketch.

Une soirée au « Kesseltreiben », c'était la meilleure des thérapies pour les prolétaires amateurs de châtaignes amicales comme moi, mieux qu'une journée entière au sauna. On en ressortait, vers sept heures du matin, extrêmement heureux et épanouis, tous morts de rire, complètement décoiffés, trempés de sueur, vidés de notre énergie, avec des vêtements déchirés et quelques bleus et cicatrices par-ci par-là.

Comme au paintball ou au rugby, il fallait garder quelques souvenirs, sous forme d'égratignures, d'écorchures, de balafres. Ça n'aurait pas été poilant d'en sortir indemne.

Pour nous, le corps devait être testé, il était hors de question de croupir passivement, dans un canapé, à regarder des millions d'images défiler sur des écrans.

Chapitre 6 : L'éducation

En plus de nous donner un sentiment indescriptible que la vie valait la peine d'être vécue, ces sorties nous permettaient d'évacuer une grande partie du stress.

Notre plus grande source de stress à l'époque, c'était l'école, loin devant les problèmes personnels et les soucis d'argent.

Le collège en particulier, c'était un vrai calvaire, je maudissais chaque jour où je devais y aller.

N'avoir le droit de rien faire et y être enfermé dans des salles sombres et moches, entre six et huit heures par jour, cinq jours sur sept, assis sur des chaises inconfortables qui nous niquaient le dos, à écouter des inconnus nous raconter toutes sortes de vieilles histoires – qu'on oubliait au fur et à mesure – dans le cadre d'un vaste projet pédagogique souvent irréalisable en pratique, me rendait dingue.

Le pire, c'est qu'on exigeait de nous une obéissance aveugle et une soumission totale à « l'autorité ». Il fallait se tenir à carreau en permanence, droit sur sa chaise, se taire, tout écouter, tout recopier, tout mémoriser, tout répéter, et appliquer toutes les formules données sans les remettre en question et sans faire d'erreurs.

Sincèrement, je m'y sentais comme un mouton enfermé dans un minuscule enclos tout en béton, sans aucune herbe à brouter. Alors que j'avais quantité de projets, comme bidouiller des voitures pour qu'elles roulent à l'huile, apprendre la charpenterie, la menuiserie, l'électricité, la plomberie, et construire la maison de mes rêves – une sorte de grande ferme en pierre et en bois avec de grandes baies vitrées, plein d'animaux, et toutes sortes de systèmes ingénieux permettant par exemple de récupérer et de filtrer l'eau de pluie, au moins pour la machine à laver et les chasses d'eau.

Sans parler de la taille des classes – plus de trente élèves par classe, c'est trop. C'est comme si on demandait à une seule nounou de s'occuper de trente bébés, elle passerait sa journée à changer des couches et n'aurait aucun temps pour les éduquer.

En conséquence, beaucoup de profs étaient si débordés qu'ils se déchaînaient sur les élèves trop passifs ou trop agités pour leur goût. D'ailleurs, j'ai largement dépassé la centaine d'heures de colle juste parce que je n'arrivais pas à rester en place.

Quatre années d'hypocrisie totale en pleine adolescence, quatre années à broyer du noir, quel gâchis.

Au lycée, ça allait mieux en général, même si la pression de réussir le baccalauréat était énorme. On nous rabâchait sans cesse que la compétition était rude et que pour « gagner » et « être toujours le meilleur », il fallait ne penser qu'à soi, toujours faire la course, culpabiliser lorsqu'on n'y arrivait pas, redoubler d'efforts lorsque quelqu'un d'autre était meilleur que soi, toujours chercher à s'améliorer, et ne jamais se reposer sur ses lauriers lorsqu'on avait du « succès ».

Mais pour gagner quoi au fait ? De l'argent ? De l'ego ? De l'attention ? De la gloire ? Du confort ? De la sécurité ? Du virtuel ? De l'illusion ?

Autant de leçons apprises par cœur, de bourrage de crâne, de contrôles, de devoirs, d'examens, de stress et de pression, tout cela pour quoi en fait ? Pour nous départager ?

Pourquoi ne pas plutôt nous apprendre qu'on a tous besoin d'aide et d'accompagnement pour s'en sortir ?

Avec un tel enfermement, pas étonnant que certains affirment que le système scolaire actuel ne serait pas là pour former des individus conscients, libres, responsables et cultivés, mais pour creuser les inégalités.

Comme le disait Flaubert : « Quant au bon peuple, l'éducation gratuite et obligatoire l'achèvera. Elle ne fera qu'augmenter le nombre d'imbéciles. »

Et visiblement, il suffit d'une dizaine d'années à être assis et passif, à ne rien faire de concret à part écouter et prendre des notes, pour transformer un enfant débordant d'énergie, prêt à changer le monde, en « citoyen idéal » : une main d'œuvre docile au travail, facilement jetable, qui fait sans broncher tout ce qu'un supérieur hiérarchique lui ordonne de faire, et qui, dans son temps libre, se contente de rêver et de se divertir grâce à toutes sortes de stimulations chimiques ou électriques.

Après, il n'y a pas que du négatif, évidemment. On s'y fait des amis, on y apprend la lecture et l'écriture, ce qui est d'une grande richesse, mais aussi d'autres connaissances intéressantes, mais sincèrement, ce que j'ai retenu de l'école en treize ans, j'aurais pu l'apprendre en quatre ou cinq ans.

Chapitre 7 : La discrimination

Mes parents ont toujours affirmé qu'on pouvait se la couler douce à l'école, assis à écouter des profs. Mais personnellement, je suis incomparablement plus heureux depuis que je suis sorti du système scolaire et je n'y retournerais pour rien au monde.

Surtout là où la discrimination et le harcèlement étaient monnaie courante. Au collège, tout le monde s'y jugeait, s'y insultait et s'y moquait vicieusement les uns des autres : les plus intelligents « d'intellos », les autres de « mongols », les plus grands de « girafes », les plus petits de « nains », les plus gros « d'éléphants », les plus minces de « squelettes », les plus sensibles de « tapettes », les roux de « sales rouquins », les plus timides de « coincés », et j'en passe. En bref, que de la méchanceté gratuite, sans connaître les origines de ces préjugés, et sans pouvoir donner une seule bonne raison de les reproduire.

Après avoir analysé méticuleusement toutes les particularités physiques de chaque personne, les plus vicieux les moquaient jour après jour, jusqu'à ce que la personne concernée en devienne complexée : les yeux qui louchent, les sourcils épais, les nez déformés, les oreilles décollées, les grosses lèvres, les dents mal placées, l'acné, les doubles mentons, et j'en passe.

Malheur aux sensibles et aux susceptibles qui prenaient tout personnellement et qui n'assumaient pas le corps que la nature leur avait donné.

Les seules moqueries qui me faisaient rire malgré moi, à petite dose, c'était les noms de famille ambigus, du genre : Fesse, Le Gland, Bécasse, Chacal, Leporc, Grosmollard, Boudin, Akouch. Les pauvres, ça n'a pas dû être facile de s'en sortir dans cette société de piranhas avec de tels handicaps.

En dehors des moqueries sur mes vêtements – mon grand-frère et moi devions en porter de vieux, faute d'argent – et sur ma coupe au bol – mère nous coupait toujours les cheveux, il n'y avait pas de petites économies – j'ai surtout bouffé, vu que j'étais franco-allemand, du « sale boche » et du « sale nazi », les stéréotypes sur Hitler et le Troisième Reich étant particulièrement tenaces : la langue allemande serait sèche, infernale et horrible à entendre, les Allemands seraient tous blonds aux yeux bleus, hyper disciplinés, ne mangeraient que de la charcuterie et ne boiraient que de la bière, et toutes les Allemandes seraient « costaudes et moches ». Cependant, beaucoup envient leur économie stable, leurs grosses voitures puissantes et confortables, et leurs autoroutes sans limitation de vitesse.

Les clichés sur les Français sont un peu plus « soft » mais tout aussi ridicules et désagréables : les Français seraient petits, avec un béret et une baguette à la main, très fiers et très patriotiques, arrogants, égoïstes, faignants, assistés, racistes, voire des « tapettes », ils passeraient leur vie à se plaindre, à manifester, à bouffer des cuisses de grenouille, et les Françaises seraient des « filles faciles ».

En bref, du très haut niveau intellectuel. Incroyable que certains puissent accorder de la valeur à ces croyances pathétiques.

Pendant longtemps, je me suis battu férocement contre tous les clichés, mais en vain, je prêchais le respect dans le désert. En vérité, la plupart des gens à l'école, au travail ou au foot semblaient parfaitement heureux de n'avoir jamais voyagé et de ne pas voir plus loin que le bout de leur nez. Et ils adoraient qu'on réagisse à leurs provocations.

Puis, j'avais essayé d'exagérer leurs clichés : « En Allemagne, c'est l'horreur. Il faut faire le salut nazi et crier « Heil Hitler ! » à chaque fois que tu vas aux WC et avant chaque repas. Et les repas, je ne t'en parle même pas, ils ne mangent que le gras de la charcuterie matin, midi et soir, rien d'autre. Et si tu n'es pas blond aux yeux bleus, et que tu n'as ni de petite moustache, ni de mèche qui traîne sur le front, tout le monde s'arrête pour te fixer du regard quand tu te balades. »

« En France, c'est l'horreur. Il faut chanter la Marseillaise à chaque fois que tu vas aux WC et avant chaque repas. Et les repas, je ne t'en parle même pas, ils ne mangent que des cuisses de grenouille crues matin, midi et soir, rien d'autre. Et si tu n'es pas petit, brun, avec une moustache, une baguette et une bouteille de vin dans les mains, et un béret sur la tête, tout le monde s'arrête pour te fixer du regard quand tu te balades. »

Mais désormais, j'ignore solennellement les crétins, sans montrer la moindre réaction. Je les laisse dans leur ignorance, tout simplement.

Les gens cultivés, eux, savent qu'on ne peut rien généraliser et que chaque personne est différente.

De plus, on parle de pays, alors qu'il y a de grosses différences d'habitudes, de comportements, et de langage entre l'Allemagne du Nord, du Sud, de l'Est et de l'Ouest.

Idem pour les régions françaises : il y a de grosses différences entre l'Île-de-France, la Bretagne, la Vendée, l'Alsace, la Corse et le Nord-Pas-de-Calais par exemple.

Et avant de connaître une région et de pouvoir juger de sa richesse et de sa diversité, il faut y avoir vécu et s'être imprégné de la culture locale pendant des mois, voire des années. Ce ne sont pas des vacances touristiques de quelques semaines qui changeront la donne.

Chapitre 8 : Les profs

Avec les profs, c'était quitte ou double.

J'ai beaucoup de respect pour la profession d'enseignant en général, surtout pour les profs qui cherchent à faire des cours enrichissants, mais je me suis toujours méfié de leur pouvoir d'influence sur notre orientation.

Car en évaluant notre travail, nos capacités et nos comportements, ils jouent un rôle clé dans le tri sélectif des jeunes, à savoir qui pourra accéder aux études supérieures et donc, en théorie, à de meilleures conditions de travail, ce qui n'est pas anodin.

La majorité des profs que j'ai eu étaient sympathiques. Un prof d'histoire proche de la retraite s'emmêlait régulièrement les pinceaux, en nous racontant par exemple que Bismarck n'était plus « Herr der Ringe » (seigneur des anneaux) au lieu de « Herr der Lage » (maître de la situation). Et il suffisait de mentionner le mot « rhum » pendant son cours, qu'importe le contexte, pour qu'il parte pendant dix minutes dans un monologue et une description minutieuse et passionnée de cette « boisson fantastique ».

D'autres profs au lycée étaient si cools qu'ils nous laissaient dormir en cours, tant que ça restait discret et que ça ne perturbait pas leur travail.

Certains, cela étant, avaient raté leur vocation, comme les maniaques, ceux qui perdaient leur latin, ceux dont les voix hyper soporifiques rendaient vain tout effort de rester éveillé, ou ceux qui, malgré leurs connaissances indiscutables, étaient incapables d'expliquer, de transmettre ou de communiquer quoi que ce soit à des élèves – le comble pour un prof. Et il arrivait de tomber sur des cours jamais actualisés, vieux d'une dizaine d'années, voire parfois même sur du copier-coller de « Wikipédia »...

Mais le pire, de loin, ce sont les profs qui abusent de leur pouvoir.

Une de mes profs en première et terminale par exemple ne pouvait pas me saquer pour une raison simple : elle avait trop d'ego et ne supportait pas qu'on la corrige lorsqu'elle racontait n'importe quoi ou lorsqu'elle faisait des erreurs d'orthographe. Mais pour sa défense, il faut dire aussi que je critiquais ouvertement son cours lorsqu'il ne me plaisait pas.

Son cours sur la guerre d'Algérie, par exemple, m'avait exaspéré. Évidemment que les Français de l'époque ont beaucoup de choses à se reprocher, ça ne fait aucun doute, mais de là à affirmer qu'ils « n'étaient pas mieux que les nazis », j'avais halluciné. J'étais scandalisé par de telles déclarations car il s'agit de deux choses complètement différentes et incomparables.

À force de voir ses propos contestés, elle avait fini par les retirer, à contre-cœur. Mais j'avais cru discerner dans son regard fourbe et vicieux que jamais elle ne me pardonnerait d'avoir contesté « son cours et son autorité ». Et, en effet, elle ne m'a pas loupé.

En Allemagne, toutes nos notes de première et de terminale sont importantes car elles comptent dans la moyenne du bac. Mais pour obtenir une moyenne dans une matière, les profs étaient censés équilibrer, chaque semestre, nos notes écrites avec une note orale, qu'ils distribuaient, en théorie, en fonction du taux de présence et de la participation en cours d'un élève, autant au niveau quantitatif que qualitatif. Là où ça se corse, c'est qu'il y avait plein de magouilles.

La vengeance de cette prof trop maquillée qui sentait le parfum à plein nez, a consisté à me donner des notes systématiquement pourries à l'oral, de manière à ce que mes excellentes notes à l'écrit se transforment en onze ou douze sur vingt de moyenne générale. Et ce, alors que je n'étais jamais absent et que j'apportais toujours un minimum de participation à ses cours.

À première vue, une telle différence peut paraître anodine, mais c'est cette injustice qui m'a empêché de faire des études de traduction, la moyenne générale du bac étant le premier critère de recrutement des universités en Allemagne.

Et encore, j'ai eu de la chance qu'elle ne puisse pas me donner de notes pourries à l'écrit car si elle l'avait pu, elle l'aurait fait sans hésiter. Mais elle était trop intelligente pour me donner des preuves irréfutables de son abus de pouvoir.

À l'oral toutefois, il n'y avait aucun moyen de contester ses notes. Pendant deux ans, j'ai donc assisté, impuissant, à un sketch mémorable à chaque fin de semestre, lorsqu'elle me saquait, tout en donnant d'excellentes notes à l'oral aux élèves qui lui ciraient les pompes, et ce malgré des taux hallucinants d'absences : jusqu'à cinquante pourcents des cours séchés...

Par curiosité, je m'étais donné à fond lors du deuxième semestre de première, en participant le plus possible à chaque cours pendant cinq mois, juste pour voir quelle serait la note maximale qu'elle me donnerait à l'oral. J'ai eu douze. Autrement dit, je n'avais aucun moyen de combattre son ego, ses exigences irréalistes, et sa soif de pouvoir et de vengeance.

Pour avoir une bonne note, il aurait fallu lui lécher les bottes, ce qui était hors de question, plutôt crever. En terminale, j'ai donc choisi de me concentrer uniquement sur les matières où mes efforts étaient récompensés. Je n'ai jamais séché ses cours, j'étais toujours présent physiquement, mais je n'ai plus fait l'effort d'écouter ou de participer à la moindre discussion. Au moins, j'étais sage comme une image.

Le dernier semestre de terminale, juste avant les épreuves du bac, cette prof sans éthique et sans morale, qui a dû pervertir bon nombre de générations, en a profité pour me donner, avec une grande satisfaction et un grand sourire aux lèvres, 1/20 à l'oral, ce qui, avec mon 19/20 à l'écrit, me donnait tout juste la moyenne... Je n'ai même pas réagi, je n'en avais plus rien à foutre d'elle, de ses cours et de ses notes. Qu'elle montre son véritable visage, cela me convenait parfaitement.

Le plus important pour moi, c'était de rester authentique, intègre et fidèle à moi-même, le reste était secondaire. Qu'importe tous les bâtons qu'elle me mettait dans les roues, je m'en sortirais tout seul.

Je me souviens aussi d'une autre prof qui était tellement blasée par son travail qu'elle faisait du chantage avec les notes orales pour que des élèves fassent, sous forme d'exposés, cours à sa place. C'était scandaleux.

Alors que Manu avait treize à l'écrit, celle-ci l'avait menacé, avec un air à la fois hautain et mielleux, de lui donner trois à l'oral, ce qui lui aurait donné une moyenne de huit sur vingt, s'il ne faisait pas d'exposé pendant une demi-heure... Le pire, c'est que cette note juste en dessous de la moyenne aurait fait redoubler Manu à coup sûr. La prof le savait et elle en a profité.

Le seul moyen d'avoir une chance d'obtenir son année scolaire, c'était donc de jouer le jeu, Manu n'avait pas le choix. Après un exposé pourri de chez pourri qu'on avait préparé la veille ensemble, pendant lequel Manu avait passé une demi-heure à marmonner dans ses cheveux, peu d'élèves faisant l'effort de l'écouter, elle avait fini par lui donner sept à l'oral, de manière à ce qu'il ait tout juste la moyenne générale, le strict minimum pour qu'on ne fasse pas un malheur dans le lycée, dont tout le monde se souviendrait encore aujourd'hui.

Pour en finir avec les profs désolants, certains notaient aussi au hasard ou en fonction de leur affinité pour les élèves.

En biologie par exemple, une matière où j'ai toujours été une brêle monumentale – disséquer des lapins n'a jamais fait partie de mes kiffs – j'ai souvent eu de meilleures notes qu'« Eisenmann » alors que sans lui je n'aurais jamais eu la moyenne...

En fait, je recopiais la moitié de ses réponses à chaque contrôle, discrètement pour ne pas me faire gauler. Mais comparées aux torchons qu'« Eisenmann » rendait avec son écriture indéchiffrable, mes copies étaient toujours très propres, aérées et soignées, afin de cacher mon manque de connaissances. Donc, soit le prof valorisait les copies soignées, soit il sanctionnait les torchons, soit il notait au doigt mouillé.

Je me souviens aussi d'un contrôle où j'avais dû beaucoup insister pour que la fille, qui avait eu de loin la meilleure note de la classe, me montre, à contre-cœur, sa copie. En quelques secondes, j'avais compris sa réticence à me la montrer : son texte était d'une qualité médiocre et limite hors-sujet... En fait, cette élève, qui se donnait une image de fille timide et réservée, essayait de cacher qu'elle avait les faveurs de ce prof qu'elle connaissait en privé.

En bref, à l'école, il est parfois plus important de connaître ses profs, ou de se faire connaître d'eux, que de connaître leurs cours.

Et après une mauvaise note ou une prise de tête, ça peut rapporter gros sur le long terme d'aller s'expliquer calmement avec eux à la fin de l'heure.

Chapitre 9 : Weismann

Le prof le plus impressionnant qu'on a eu, de loin, c'était « Herr Weismann », notre prof d'allemand. Ses cours étaient si passionnants que personne ne les séchait. On aurait même probablement payé pour y assister.

On a eu la chance incroyable de l'avoir de la seconde au bac, les trois dernières années avant sa retraite, qu'il attendait avec impatience, au point de nous raconter avoir accroché plusieurs calendriers dans ses WC, pour y cocher, chaque jour, les journées qu'il lui restait à faire avant de pouvoir tirer sa révérence.

À première vue, il semblait insignifiant. Il était petit et mince avec de longs cheveux blancs brossés vers l'arrière et une épaisse barbe blanche. Mais aucun détail ne semblait échapper à son regard vif, éveillé, perçant et malicieux qui traversait ses petites lunettes rectangulaires blanches. Et quand il s'exprimait, on sentait qu'on avait en face de soi une personne suprêmement intelligente, rusée, lucide, qui percevait et maîtrisait avec aisance toutes les subtilités du langage et du comportement humain.

D'ailleurs, il affichait une sérénité à toute épreuve, impossible de le faire sortir de ses gonds.

Weismann était un expert dans l'art de transmettre des informations complexes en les expliquant de manière simple. Toutefois, il ne faisait de cadeaux à personne et pouvait montrer beaucoup de cynisme et de dédain envers « les fayots, les faignants, les fermés d'esprit et les opportunistes ingrats, insensibles et impitoyables qui observent et inventent perfidement et sournoisement les moyens les plus efficaces d'exercer de la violence ».

Ce qu'il adorait par-dessus tout, c'était la critique sous toutes ses formes, autrement dit « l'essence de toute amélioration ». Et il n'hésitait pas, occasionnellement, à s'approprier le vocabulaire de jeunes pour nous encourager à avoir un esprit plus critique : « Ce texte de Kopernikus n'est visiblement qu'une grosse partouze, je ne vous en voudrais pas d'affirmer que ce poème salaud et pervers vous saoule. »

En début d'année, il nous rabâchait toujours, de manière à la fois brève et intégrale, tout ce qu'il fallait savoir pour obtenir une excellente note au baccalauréat. Puis il donnait aux ambitieux une liste de livres à lire pour avoir la note maximale, et le reste de l'année, il nous faisait cours à sa manière sur les sujets qui le passionnaient, comme le livre « L'ornière » de Hermann Hesse par exemple, un livre que tout professeur devrait avoir lu avant d'enseigner.

Son sujet de prédilection, c'était les conditionnements des êtres humains à travers les siècles.

En bref, notre chemin serait déjà à moitié tracé avant même que nous soyons nés. Bien avant l'accouchement, un tas de choses seraient déjà fixées, par exemple notre nom et prénom, notre culture, notre famille, notre entourage, notre langue maternelle, notre orientation religieuse, nos vêtements, notre école, notre nourriture, en bref tout l'environnement dans lequel nous grandirons.

Puis, après la naissance, on nous apprend, par la répétition et à l'aide d'exemples et de comparaisons, le « nom et le sens des choses ».

Pour expliquer par exemple aux enfants les « rôles » des hommes et des femmes dans la société, on leur apprend d'abord à les différencier : un homme serait plus grand, plus fort, avec un pénis et des cheveux plus courts, alors qu'une femme serait plus petite, plus douce, avec un vagin, des seins, et des cheveux plus longs. Le rôle de l'homme serait de subvenir aux besoins de la famille en ramenant de l'argent à la maison et le rôle de la femme serait de s'occuper des enfants et d'entretenir le foyer, en faisant les courses, à manger, la vaisselle, le ménage, le linge, et en écartant les jambes quand « son mari » le souhaite.

Heureusement que les mentalités ont commencé à évoluer, du moins par-ci par-là, même si on est encore loin de l'équilibre.

Grâce à la répétition de comparaisons et de jugements, on nous transmet donc des valeurs, des croyances, des rêves, des intérêts, des envies, des désirs, des comportements à suivre, et tout un tas de « normes » à respecter : à savoir ce qui est considéré vrai et faux, possible et impossible, bon et mauvais, sain et malsain, moral et immoral, acceptable et inacceptable, autorisé et interdit, bien vu et mal vu, etc. Le problème d'un tel fonctionnement binaire, c'est qu'on finit par tout voir en noir ou blanc alors qu'il n'y a, en vérité, que des nuances de gris allant du gris clair au gris foncé.

Que ce soit à la maison, à l'école, au sport, à l'église, devant la télé, sur internet ou sur les réseaux sociaux, les parents, les profs, les éducateurs, les entraîneurs, les prêtres, les animateurs télé, les chroniqueurs ou les « youtubeurs » cherchent à capter notre attention en permanence pour insérer leurs idéaux dans notre subconscient et ainsi généraliser leur manière de penser, de juger, de se comporter, de réagir, de se tenir, de s'exprimer, de s'habiller et j'en passe.

D'ailleurs, notre « sociabilisation » se voit facilement dans un Curriculum Vitae ou une lettre de motivation, et elle saute aux yeux lors d'un entretien.

Puis, pour marquer définitivement le coup, on façonne le tout avec un peu de violence, grâce à un système de récompenses et de punitions cyclique : « gentil enfant, méchant enfant, c'est bien, pas bien ».

On attire l'âne avec une carotte devant et on le pousse avec un bâton par derrière : ceux qui comprennent rapidement sont récompensés et valorisés, les autres sont sanctionnés et isolés.

Ceux qui pensent être les seuls responsables de leurs malheurs, à cause de « l'insuffisance de leur intelligence, de leurs capacités ou de leurs efforts », se mettent alors à culpabiliser.

Par peur d'être regardés, jugés, avertis, menacés, réprimandés, sanctionnés, punis, rejetés, pas assez bons ou « pas comme il faut », beaucoup d'enfants finissent par suivre le modèle récurrent, en essayant à leur tour de capter l'attention, tout d'abord pour plaire ou pour obtenir des récompenses, puis, parfois, pour voir jusqu'où ils peuvent influencer ou manipuler. Et en fin de compte, on se retrouve avec des adolescents qui cherchent par tous les moyens à se distinguer et à se mettre en valeur, tout en emportant l'adhésion du plus grand nombre. Et ça frise l'obsession.

Autrement dit, une sorte de modèle à suivre est communiqué aux masses grâce aux normes : « Voici notre idéal de société, essayez tous de reproduire cette image ».

Cet idéal peut varier énormément d'une société, d'un continent, d'un pays, d'une région, d'une ville, et d'une famille à l'autre. Pour être considéré beau par exemple, il faut être, en fonction des régions, tout blanc, ou bronzé, ou métis, ou anorexique, ou bodybuildé, ou bien en chair, etc. Et bien sûr, la mode se doit aussi de changer régulièrement de manière à ce que ce concours dure éternellement.

Au final, les normes semblent être une sorte de prison mentale car lorsqu'on s'habille, se coiffe et se comporte d'une autre manière, on ressent en soi l'appréhension de ce que vont penser les autres de nous.

Ceux qui restent bien sagement « dans le moule » reçoivent de l'admiration ou une forme de tranquillité. Par contre, ceux qui veulent exprimer leur singularité sont souvent exclus de la société, considérés comme des parias, et attaqués de tous les côtés par les membres les plus extrêmes de la société.

Pas étonnant alors que certains passent leur vie à jouer des rôles et à prétendre être des personnes qu'ils ne sont pas.

À partir d'un certain âge, qui varie d'une personne à l'autre, on a été tellement domestiqué qu'on se retrouve piégé. Certains par exemple n'ont même plus besoin des autres pour se punir ou se dévaloriser, ils y arrivent très bien tous seuls : « je suis nul, moche, trop gros, trop vieux, je ne sers à rien, je n'arrive à rien, etc. » D'autres deviennent à leur tour des petits soldats qui essaient d'imposer aux autres ces normes venues d'on ne sait où - difficile de savoir précisément qui est derrière tout cela.

De manière générale, la majorité de nos choix et de nos décisions continueraient, pendant toute notre vie, de découler des dispositions acquises dans notre enfance, même si, selon Weismann, il nous resterait une « petite marge de libération et d'espoir ».

Un peu comme au « Poker » : grâce à beaucoup de finesse et de chance, on peut réussir à tirer son épingle du jeu, même en partant avec une mauvaise pioche.

Mais il ne faut pas se voiler la face pour autant, car plus la pioche est pourrie et plus il sera difficile de s'en sortir. Et si on ne reçoit que des mauvaises pioches, on est foutu car il est impossible de bluffer éternellement.

Un des moyens de se libérer des normes, du jugement, du regard et des réflexions des autres, serait de se valoriser tous les jours, en se disant par exemple qu'on est beau tant qu'on a un bon fond et ce indépendamment de notre apparence extérieure, qui, de toute manière, est à moitié incontrôlable, dans le sens où tout le monde vieillit tous les jours, sans exception.

Il ne s'agit pas pour autant de négliger son apparence volontairement, mais juste d'intérioriser que le fond d'une personne et sa personnalité, deux qualités souvent reflétées par le regard et les traits du visage, sont incomparablement plus importantes que le physique et l'esthétique.

Weismann nous a aussi expliqué que le fait d'avoir confiance en soi et de se sentir beau et bien dans sa peau était un choix qu'on pouvait faire en une seule journée et qui a de belles conséquences : tout devient plus simple, plus agréable et plus joyeux.

Et il souhaitait bon courage à tous ceux qui ne voulaient pas suivre à la lettre le chemin qui leur était destiné depuis leur naissance, tout en insinuant que ça en valait la peine, car ce serait « le seul moyen d'apprendre à se connaître soi-même. »

Chapitre 10 : Le Joker

En fait, chacun de ses cours semblait être un instant de vérité, où il nous dévoilait un peu plus du monde dans lequel nous vivions.

Mais par moments, « Herr Weismann » était un peu spécial quand même. Lorsque des élèves lui disaient joyeusement et ouvertement bonjour par exemple, il marmonnait dans sa barbe un discret « bande de fayots ». C'était probablement sa manière à lui de garder la distance minimale qu'un prof doit toujours garder avec ses élèves.

Il adorait aussi nous prendre au dépourvu, avec humour, en nous demandant de répéter après lui des jeux verbaux et des créations verbales du genre : « Un chasseur sachant chasser doit savoir chasser sans son chien. »

Mais en allemand, les « Zungenbrecher », c'est d'un tout autre niveau : « Der Potsdamer Postkutscher putzt den Potsdamer Postkutschkasten, den Postdamer Postkutschkasten putzt der Potsdamer Postkutscher » ou « Fischers Fritze fischte frische Fische, frische Fische fischte Fischers Fritze. »

Sa dernière année avant la retraite, il n'avait plus aucun filtre. Lorsqu'un élève assidu avait cité des paroles de Friedrich Hölderlin, Weismann avait répliqué qu'il trouvait ce poète allemand « tellement indigeste » qu'on y gagnerait davantage à « fumer un pétard de weed à la maison plutôt que de le lire ». Succès garanti auprès des élèves.

Un jour, lorsque le sujet du sexe était tombé dans un poème et qu'une fille de la classe lui avait demandé si son importance n'était pas exagérée dans notre société, Weismann lui avait répondu : « Quoi ? Le sexe ? Qu'est-ce que c'est que ça ?! Moi, ça fait longtemps que j'ai quitté ce business... J'ai eu ma période « Hippie » dans les années 70, lorsque ça copulait sens dessus dessous, mais depuis l'apparition du sida dans les années 80, je ne suis plus qu'une sainte nitouche ! »

Aucune idée du pourquoi de la chose mais une autre fois, il s'était mis à décrire sur un ton charnel et dans les moindres détails, le perçage d'un énorme bouton rouge avec une magnifique tête blanche bien juteuse : les ongles qui s'approchent du bouton monstrueux, la peau qui se contracte, la douleur qui s'accentue, le pus visqueux qui commence à gicler, le miroir qu'il faudra nettoyer, la dose de pus qui doit sortir avant que n'arrive le sang, l'infection du bouton, et j'en passe... La moitié de la classe était rebutée et gémissait pendant que l'autre moitié pouffait de rire, surtout à la fin du cours, lorsqu'il avait tout mis « en contraste » en comparant l'infection d'un bouton avec un accouchement par césarienne... Je vous épargne les détails.

En seconde, lors de ses premiers cours, je m'étais déjà dit qu'il était un peu fou sur les bords, pensant alors qu'il n'y avait « pas de génie sans un grain de folie ».

Mais j'ai compris au fur et à mesure que toute personne qui apportait quelque chose de nouveau, comme de nouvelles connaissances ou une autre manière de voir ou de faire les choses, était associée à de la folie.

Les « fous » sont en fait des gens qu'on ne comprend pas, tout simplement. Et le mot « folie » en soi n'est qu'une généralité de plus avec une connotation négative, alors qu'il n'existe pas que de la mauvaise folie.

En seconde au lycée, beaucoup d'élèves prenaient Manuel, Bene et moi pour des fous, parce que lors des pauses en été, on n'hésitait pas, lorsqu'il faisait très chaud, à enlever nos baskets et nos socquettes pour aérer nos pieds. Ironiquement, c'est rapidement devenu une sorte de mode et nous étions plusieurs dizaines d'élèves à le faire en terminale.

On avait compris alors que le fait de se sentir bien dans sa peau pouvait être pris pour de la folie dans une société globalement malade.

D'ailleurs, Weismann nous avait démontré, en utilisant « Don Quichotte » de Cervantes comme support, que « les vrais fous » n'étaient pas forcément ceux qu'on croyait, et qu'il n'y avait pas qu'une seule et unique vérité, mais une multitude de façons de voir les choses.

En tous cas, grâce à ses cours intensifs et passionnants, toute la classe a eu d'excellentes notes en allemand au bac. Certains ont même reçu la note maximale.

Lorsqu'il est parti à la retraite, l'année de l'obtention de notre bac, on l'a remercié chaleureusement en lui avouant sincèrement qu'il avait été, de loin, le meilleur prof qu'on avait jamais eu. On lui a aussi souhaité beaucoup de bonheur et de repos pour sa retraite, qu'il avait amplement méritée.

Mais personne de notre classe ne l'a jamais revu. Huit ans plus tard, on a appris qu'il était mort d'un cancer, une poignée d'élèves ayant assisté à son enterrement.

Nous gardons tous un excellent souvenir de cette personne qui nous a apporté bien plus de connaissances que la majorité des gens qu'on peut croiser dans une vie. Et d'une certaine manière, il continue de vivre en nous car beaucoup dans notre classe sont devenus ce que certains lui reprochaient d'être : « un vieil écolo, mai soixante-huitard attardé, qui souhaitait vivre dans la forêt. »

Car il avait toujours critiqué le côté irraisonnable des sciences modernes, et le côté provisoire de la science en général, celle-ci n'étant jamais acquise ou définitive car elle dépend toujours du niveau actuel des connaissances scientifiques. Autrement dit, une seule découverte peut suffire à tout remettre en cause.

En fait, Weismann n'avait jamais supporté de voir que cette planète, sans laquelle nous ne pourrions survivre, était encore sacrée il y a quelques siècles et qu'aujourd'hui, elle était intégralement exploitée, sans aucun scrupule.

La folie pour Weismann, ce n'était pas de voir les choses différemment mais de « nous empoisonner tous seuls, avec nos propres inventions ».

Chapitre 11 : L'adolescence

Selon Weismann, l'adolescence était la période où les jeunes prenaient conscience de leur personnalité, de leurs sentiments et de l'étendue du monde autour d'eux. Et ils se posaient plein de questions auxquelles personne ne semblait vouloir ou pouvoir répondre.

C'est vrai qu'après l'enfance, on se retrouve face à toutes sortes de nouveaux problèmes, comme son identité, son apparence, un manque de communication avec les proches, la pression de réussir à l'école, les discriminations, les confrontations, les injustices, le manque de tunes, même lorsqu'on travaille à côté des cours, sans parler des premières amours...

D'ailleurs, quel bordel ces amourettes, avec leurs prises de tête, leurs crises de jalousie, leurs rancœurs, leurs vengeances, leurs larmes, et tout le tralala. Tous ces adolescents hyper susceptibles, fascinés par l'idée que « l'amour sera éternel », convaincus que « plus jamais ils ne rencontreront une telle personne de leur vie », au point de refuser d'entendre qu'une relation amoureuse, c'est souvent compliqué, et c'est tout sauf du Walt Disney.

C'est bien gentil leurs grandes histoires d'amour et les rêves qui en découlent sauf que c'est souvent de la daube : on en fait des tonnes sur le moment magique de la rencontre, le fameux coup de foudre et les jours de cul qui suivent, pendant lesquels les amoureux se déclarent leur flamme et décident de faire leur vie ensemble. Et on finit par un gros mytho attendrissant : « ils se marièrent, eurent beaucoup d'enfants, et furent heureux jusqu'à la fin de leur vie ».

C'est pas compliqué de se marier et encore moins de procréer de nouvelles terreurs infernales, pas besoin d'être un génie pour ça... Mais c'est ensuite que ça se corse, lorsque le quotidien et les petits monstres viennent réveiller les parents de leur mirage romantique.

D'ailleurs, « beaucoup d'enfants », ça veut dire combien exactement ? Plus de cinq ? Ah, mais c'est sûrement un pur bonheur et une grande fierté de s'occuper d'une dizaine de casse-pieds pourris gâtés, qui n'arrêtent pas de se plaindre et de se chamailler. Rien que d'y penser, ça me fait rêver.

Mais plus sérieusement, le contrat de mariage en soi, mine de rien, c'est quelque chose d'hyper contraignant, faut pas déconner avec ça, faut être soit pété de tunes, soit vraiment 100% sûr de soi et de son partenaire.

D'ailleurs, une de mes amies essaie, depuis cinq ans, en vain, de divorcer. Et elle a déjà claqué des milliers d'euros de frais d'avocats à cause de son « mari » qui continue encore et toujours de faire obstacle, juste pour la faire chier. Allez lui parler de « robe de mariée », de « lune de miel », de bague au doigt, de collier au cou, de chaînes aux pieds, ou du mariage comme une belle preuve d'amour, un moyen d'épanouissement – voire comme la réponse à tous nos rêves, désirs et fantasmes – et vous en apprendrez des belles sur cette « union conjugale contractuelle à durée illimitée ».

Elle vous expliquera que le hic de tirer des plans sur la comète et de signer un contrat commercial qui permet d'exercer un contrôle social et une pression énorme sur son partenaire, c'est qu'il est impossible de savoir avec certitude ce que l'avenir nous réserve. Quoi qu'on fasse, on n'a jamais de garantie que le bonheur sera durable.

Bon après, chacun fait ce qu'il veut. Chaque couple est différent et unique, il appartient donc à chacun de se libérer de toute influence extérieure et de voir, ensemble, librement, et en toute sincérité, des exigences de chacun et de ce qui les rendra heureux.

Bref, comme tout le monde, je suis aussi tombé amoureux à douze ans et c'était une sacrée merdouille. En plus d'enchaîner d'incroyables boulettes, j'étais si jaloux et possessif que j'avais essayé de me faire passer pour le frère d'une copine afin de découvrir où elle était et ce qu'elle faisait…

Heureusement qu'elle m'a gaulé et fait la misère le jour même, car ça m'a permis de comprendre très jeune que la sincérité et la réciprocité étaient la base de toute belle relation.

Les premières séparations, qu'elles soient amoureuses ou amicales, peuvent être très douloureuses au premier abord, mais elles font partie de la vie, et avec le temps et l'âge, on finit par s'y faire. Ça ne sert à rien d'en faire tout un fromage. La meilleure chose à faire, lorsqu'une relation ne marche pas, c'est de souhaiter du bonheur à son ex-partenaire.

Là où je veux en venir, c'est que les adolescents se retrouvent face à toutes sortes de généralités et de clichés sur la crise d'adolescence, alors qu'ils ont besoin d'écoute, de compréhension et d'accompagnement. Une crise n'est jamais à prendre à la légère, et ce qu'importe l'âge, et on ne peut rien généraliser, chaque personne étant unique, avec son propre corps, son propre entourage, son propre environnement, sa propre histoire, et donc ses propres problèmes.

D'ailleurs, « le dentiste » et Bene n'ont jamais fait cette fameuse « crise d'adolescence » car ils ont toujours été pris au sérieux par leurs parents, qui, même s'ils n'étaient pas toujours d'accord avec leurs enfants, avaient compris que plus il y a d'écoute, d'échanges et de discussions, moins il y a d'affrontements. Et souvent, les jeunes ont de bonnes raisons de chercher la discussion ou de se rebeller.

Bon parfois, c'est l'inverse : les parents sont adorables et généreux et ils font de leur mieux, et leurs enfants se montrent ingrats, têtus ou opportunistes...

En tous cas, tout le pataquès qui est fait sur la rébellion des adolescents, leur évolution physique et le bouleversement de leurs hormones par exemple, me semble absurde.

En vérité, peu de jeunes se rebellent vraiment, la plupart sont trop obnubilés par leur reflet dans le miroir, l'argent, le sexe, les jeux vidéo et autres gadgets électroniques, mécaniques ou chimiques. Presque tout le monde finit tôt ou tard par rentrer dans le rang.

En ce qui concerne la « métamorphose physique », pas un jour ne passe sans que le corps évolue d'une manière ou d'une autre. Si on ne grandissait pas avant douze ans et si on ne vieillissait pas après dix-huit ans, ça se saurait.

Mais je dois quand même admettre que le mélange de poils et de transpiration me rendait parfois agressif. Heureusement, la solution a vite été trouvée : la cire et la pince à épiler. D'ailleurs quel plaisir, après avoir épilé un de ces foutus poils, de regarder et d'insulter l'énorme tige blanche à son extrémité, cette saloperie restée si longtemps bien cachée sous la peau... Et quel plaisir d'avoir les roubignoles douces comme des œufs !

On a eu un débat sur le sujet avec mes amis : qui est pour et qui est contre ? « Le docteur » et Bene ont plus ou moins pris mon parti car ils se rasaient les poils – pourtant c'est infernal les premières fois où l'on rase tout autour du « zgeg » qui pendouille, ça démange et ça gratte pendant trois jours comme si des puces avaient infesté le pire endroit possible, un vrai cauchemar...

« Eisenmann », « le dentiste » et Manu, eux par contre, étaient de fervents défenseurs de la jungle autour de la bistouquette. Et ils ont contré mon argument qu'elles glandent et transpirent toute la journée entre les cuisses, en affirmant qu'une douche par jour suffisait à évacuer toutes les odeurs de transpiration. On ne doit pas tous transpirer de la même manière... Enfin bref.

De mon point de vue, la « crise d'adolescence » n'est qu'une généralité de plus qu'on applique à tous les jeunes, une généralité qui permet de tuer dans l'œuf toutes les questions, les critiques, les remises en question et autres bonnes idées que les jeunes peuvent avoir, afin que rien ne change.

La conscience, synonyme d'indépendance, semble avoir toujours été considérée comme dangereuse, au point de sacraliser l'innocence et la naïveté.

Chapitre 12 : L'intensité

Les substances qui altèrent la conscience et le comportement sont l'un des sujets les plus tabous de l'adolescence.

Pourtant, il serait important d'en parler, uniquement par souci de prévention car, malgré les dangers, les risques, les peines encourues, et les mises en garde, énormément de jeunes continuent de pimenter leur existence d'une impulsion chimique.

Mais ce n'est pas qu'un problème de jeunes car des millions d'adultes dans le monde dépendent de somnifères pour s'endormir, d'excitants pour se réveiller, d'énergisants pour faire la fête, d'antidépresseurs ou de calmants pour se maintenir à flot, et de viagra pour bander.

Il y a tellement de drogues légales qui rendent facilement accroc, comme l'alcool, le sucre qui inonde le cerveau de dopamine (l'hormone du plaisir), le tabac, les téléphones portables, les jeux vidéo, les tatouages, les médicaments, etc., qu'il est impossible de tout énumérer.

Ensuite, il y a les drogues illégales. Personnellement, je trouvais absurde que le cannabis soit aujourd'hui encore passible de prison ferme dans beaucoup de pays, comme si fumer de l'herbe était plus dangereux et plus nocif que l'alcool fort à plus de quarante degrés.

Et finalement, il y a les drogues dures. Là, il y avait de grandes différences au sein de notre groupe d'amis : le « dentiste » par exemple n'a jamais pris quoi que ce soit d'autre que de l'alcool, alors que le « docteur » et « Eisenmann » ont quasiment tout essayé à part l'héroïne. Il faut dire qu'à l'époque, on manquait cruellement d'informations sur le sujet.

Bene, Manu et moi avons testé les amphétamines, la MDMA, le LSD, et les champignons hallucinogènes, mais on a toujours refusé de toucher à autre chose. On l'a fait par curiosité pour voir ce que leurs effets pouvaient nous apporter.

En fait, le besoin naturel d'intensité peut facilement mener aux drogues. Lorsqu'on adore les sensations fortes – à travers l'aventure, les voyages, les rencontres, la séduction, l'amour, le sexe, la musique, les concerts, les festivals, les jeux, les pointes de vitesse sur des routes désertes, ou les plongeons dans l'eau de plus de dix mètres de hauteur par exemple – les drogues et les teufs peuvent paraître fascinantes.

De plus, tout autour de nous nous encourage à vivre le plus intensément possible, sans se priver et sans jamais penser au lendemain, une sorte d'intense « Carpe diem ». Mais personnellement, je doute que le fait de fermer systématiquement les yeux sur tout ce qui nous attend puisse nous rendre heureux. Je pense qu'il y a un équilibre à trouver, on peut très bien penser à l'avenir sans pour autant négliger l'instant présent.

Désormais, plein de produits comme le chocolat, l'alcool ou les glaces nous sont vendus comme « intenses ». Et on ne compte plus le nombre de spots de publicité, de clips de musique, de films, de téléfilms, de séries télé, et même de livres qui nous vendent de l'intensité.

Sans parler des allusions aux drogues, par exemple dans les dessins animés, avec les Télétubbies complètement mabouls, Popeye qui mange des soi-disant « épinards » pour trouver sa force de surhomme, Blanche-Neige, la Reine des flocons de « neige » qui demande à des oiseaux de faire sa vaisselle, ou « Macaron » et « Mr Snuffleupagus », le monstre accroc aux « cookies » et l'éléphant junkie dans « Sesame Street ».

Et on trouve des scandales de stupéfiants dans tous les secteurs : la musique, l'art, la mode, le cinéma, la publicité, la finance, les sports, la police, la politique, et j'en passe.

Comme l'histoire de « Lord John Sewel » par exemple, un ex-sous-ministre de Tony Blair chargé, ironiquement, de « statuer sur la déontologie des lords » et rebaptisé « Lord Coke » par la presse britannique, suite à une vidéo le montrant en train de sniffer des rails de cocaïne en compagnie de prostituées.

Chaque année, vingt tonnes de résidus de cocaïne seraient filtrées dans les stations d'épuration de Paris. Avec un prix variant entre 40 et 80 000€ le kilo, ça fait entre deux et trois millions d'euros par jour et autour d'un milliard d'euros annuellement, rien qu'à Paris, sans compter les autres drogues...

En bref, la consommation de drogues au niveau mondial est inimaginable, qu'elles soient légales ou pas. Il faut dire aussi que ce n'est pas difficile de s'en procurer quand on a de l'argent car il y en a partout.

Le préjugé selon lequel « les drogués » seraient surtout des sans-domiciles-fixes, des punks ou des alternatifs – qui se font régulièrement contrôler et dénigrer - est donc faux, surtout qu'avec leurs dix euros par jour, ils n'en ont pas les moyens, ils boivent surtout une sorte de bière forte et pas chère.

Les potes du « docteur » et de « Eisenmann » avec lesquels nous avons essayé tous ces stupéfiants, avaient trouvé, à première vue, « leur place dans la société » : deux trentenaires qui bossaient, dont un dans la publicité, et une dizaine d'étudiants en prépa, en école de commerce, en médecine et en droit.

Et contrairement à nous cinq (Bene, Manu, le « docteur », « Eisenmann » et moi) qui ne faisions jamais de mélanges, eux prenaient des cocktails dangereux, en mélangeant, dans une seule et même soirée, des gouttes de LSD, des rails de cocaïne et de kétamine, de l'alcool, de la MDMA, et des pétards... Et contre toute attente, trois jeunes femmes accroc aux cristaux de MD prenaient autant de risques que le plus barjo du groupe.

Pourquoi ? Certains cherchaient à stimuler leur créativité ou à contrer l'ennui, d'autres étaient trop stressés par la pression de réussir leurs études, et beaucoup étaient fascinés par les paradis virtuels, au point de préférer les rêves à la réalité et d'affirmer qu'il n'y aurait « rien de plus triste au monde que de vivre sans rêves ».

D'ailleurs, leurs sujets de conversation tournaient souvent autour de l'histoire des drogues, à savoir « le pied que ça devait être lorsqu'il n'y avait que des produits végétaux », avant que l'industrie pharmaceutique ne commence à en isoler les produits actifs au XIXème siècle. Ils adoraient aussi discuter de Sigmund Freud, qui fut d'abord un expert mondial en cocaïne avant d'inventer la psychanalyse. Et le début du XXème siècle les rendait particulièrement nostalgiques, lorsque toutes les drogues connues pouvaient être achetées non seulement chez le fabriquant, par correspondance, mais aussi dans n'importe quelle pharmacie ou droguerie.

Peu de gens semblent le savoir mais même la publicité pour les prods était autorisée à l'époque, d'où la présentation de la cocaïne comme « un aliment pour les nerfs » ou « une manière inoffensive de soigner la tristesse ».

Par contre, pour ce qui est des effets, notre expérience est qu'on prend rarement la claque qu'on espérait.

En vérité, le producteur est le seul à connaître la composition exacte du produit initial. De plus, chaque revendeur « coupe » ou dilue sa part avec plein de merdes, comme des résidus de médicaments, afin de rentabiliser au maximum son activité. Et en définitive, le taux de pureté des drogues que ces étudiants consommaient régulièrement ne variait, dans le meilleur des cas, qu'entre dix et trente pourcents...

Le pire, c'était pendant les gros festivals, les teufs hardcore ou les teknivals. Plein de faux prods y circulaient, comme des médicaments qu'on peut acheter sans ordonnance et qui, pris en grande quantité et mélangés avec de l'alcool fort, avaient quantité d'effets secondaires inquiétants, tels que la perte de conscience, des malaises, des crampes, des troubles physiques et mentaux, de la paranoïa, des descentes infernales, des tics du visage, voire des convulsions. Et lorsqu'il faut endurer un mauvais trip d'une dizaine d'heures avant de pouvoir « redescendre », ce qui semble alors une éternité, c'est cruel.

On a vu plusieurs personnes perdre complètement le contrôle d'elles-mêmes, au point d'affirmer qu'il fallait « nourrir le saucisson dans la piscine et rentrer la biquette dans le frigo », et en rire après, une fois le trip fini. Sauf qu'un jour, il faudra en payer les pots cassés...

D'ailleurs, à force d'exiger sans cesse de nouvelles intensités, de nouveaux rêves et de nouveaux chocs, toujours plus puissants et toujours plus violents, certains de ces étudiants sont tombés dans un gouffre.

Frustrés par leur quotidien monotone, ils essayaient de combattre la routine par tous les moyens : en variant et en accélérant leurs expériences, en changeant régulièrement de partenaire pour « réveiller le désir », en essayant de nouvelles drogues hyper dangereuses comme le « fentanyl » et la « lykkepiller », ou en augmentant continuellement les doses, jusqu'aux limites du possible.

Mais en vain. Sur le long terme, rien ne les a comblés. Quelques-uns ont craqué et le corps des autres a miraculeusement fini par s'y habituer, au point de ne plus jamais retrouver d'effet « désiré ». En bref, ils avaient beau chasser par la porte cette fameuse routine qu'ils détestaient plus que tout, elle revenait toujours par la fenêtre, tôt ou tard.

Et aujourd'hui, d'après ce que « le docteur » et « Eisenmann » nous ont raconté, car Bene, Manu et moi ne fréquentons plus ce groupe depuis longtemps, ils seraient devenus hypernerveux, irritables, las, et lassants. Plus rien ne les stimulerait, plus rien ne les exciterait. Ils rempliraient désormais leurs week-ends de discussions sur leurs « premières fois » : la première fois qu'ils ont bu, fumé, niqué, pris du LSD, de la kétamine, etc., car à leurs yeux, c'est tout ce qu'il leur restait d'intense dans leur vie. À force de chercher à tout prix à vivre la vie la plus intense possible, le contraire s'est produit et ils ont saturé de tout.

Le plus radical du groupe, qui se vantait parfois « d'avoir les couilles de s'approcher de la mort » et de ressentir un maximum d'intensité, est allé tellement loin dans la consommation de stupéfiants divers qu'il vit un enfer aujourd'hui : il ne peut plus rien manger ou boire sans régurgiter, et il se shoote tous les jours au diazépam, un tranquillisant plus connu sous le nom de « Valium » qui lui permet de tenir le choc et d'endurer la souffrance.

En comparaison, mes amis et moi avons été très raisonnables : que des petites doses et jamais de mélanges. Et ce, pour plusieurs raisons.

Premièrement, on voulait toujours rester conscients de nous-mêmes et de nos actes.

Deuxièmement, on savait que c'était la même chose avec toutes les drogues : une fois la défonce finie, on se retrouve dans la même merde qu'auparavant, voire souvent pire à cause d'une santé dégradée et d'un porte-monnaie allégé.

De plus, la quantité de nos expériences en altérait toujours la qualité, et ce, dans tous les domaines : moins on sortait, on buvait, on fumait, on dansait, et plus c'était intense. Moins, c'était plus, et plus, c'était moins.

Et pour finir, l'intensité pour nous, c'était autre chose : une vie faite d'aventures, de voyages, à pieds, en vélo ou en bateau, de rencontres, de moments de partage, de culture et de précarité.

Oui, de précarité car plus on possède d'objets et de confort, plus on passe son temps à s'en occuper.

En somme, lorsqu'on accompagnait ce groupe de potes dans de gros festivals ou de grosses teufs, Bene, Manu et moi passions la majorité de la nuit de notre côté. On s'asseyait dans des coins un peu à l'écart, pour s'imprégner du son et de l'ambiance sans endommager nos tympans, et on observait les gens à distance, tout en fumant de l'herbe de qualité – la seule drogue qu'on appréciait réellement. Lorsqu'on trouvait des personnes inconscientes ou endormies, on s'assurait qu'elles allaient bien et qu'elles étaient bien accompagnées. Et si elles étaient seules, on s'asseyait à côté afin de les surveiller et de les protéger, le temps qu'elles aillent mieux.

Mais on s'est vite lassés de ce genre d'événements. On préférait les éco-festivals, où il ne s'agit pas de s'envoyer en l'air, de se mettre une grosse mine ou de partir en live, mais de faire des rencontres, de partager ses connaissances, de se laisser aller et de profiter de l'instant présent.

Aujourd'hui, plus que jamais, j'apprécie le fait d'être sobre, d'être juste moi-même. Je suis vraiment fier et soulagé de n'être jamais tombé aussi bas, d'avoir toujours préservé ma personnalité et ma sensibilité, et d'avoir toujours gardé une distance avec ce « groupe de potes » qui ne m'inspirait aucune confiance.

D'ailleurs, certains se sont montrés aussi égoïstes, malades et opportunistes que le système qu'ils critiquaient frénétiquement. De vrais escrocs.

Néanmoins, ce serait bien de ne plus s'acharner sur « les drogués », premièrement parce que le monde des drogues fait partie intégrale de notre société de consommation, de cette course contre la montre, et de cette recherche d'intensité.

Et deuxièmement parce qu'en général, il s'agit de simples personnes soit fascinées par les paradis virtuels, soit en quête de créativité ou de spiritualité, soit ravagées par les aléas de la vie.

Chapitre 13 : Les colocs

Il arrive un temps où il faut déménager de chez ses parents et partir vivre sa vie.

Six mois avant les épreuves du bac, ce moment était venu pour moi car je ne supportais plus la pression qu'ils nous mettaient, à mon grand-frère et à moi, de « réussir », autrement dit de décrocher le plus tôt possible un CDI – le « Saint Graal » à leurs yeux.

Nos parents ne comprenaient pas que ça nous aurait rendu fous de devoir travailler cinq jours sur sept, toujours au même endroit, toujours dans la même ville, toujours avec les mêmes personnes, et ce pendant plus de quarante ans... Rien que l'idée de vivre plus de dix ans dans la même ville nous répugnait, on était jeunes, on avait besoin de voyages, d'aventure, pas d'une illusion de sécurité.

J'ai donc cherché une chambre en colocation, entre dix et vingt mètres carrés, pour moins de trois cents euros par mois, tous frais compris, avec des colocataires de vingt à trente ans.

Dans la première coloc, un ancien militaire de vingt-six ans, petit, mince, avec la boule à zéro et un regard un peu malicieux, pour ne pas dire pervers, avait besoin de diviser le loyer par deux. Sauf qu'il rêvait d'une jeune colocataire cool qui inviterait un maximum de belles copines qu'il espérait pouvoir « pécho »... On a pris une bière ensemble, puis je suis parti. Il m'a dit de le rappeler si je n'avais rien trouvé d'autre au bout de trois semaines, mais je ne l'ai jamais rappelé. Je cherchais un endroit calme et paisible, pas une histoire qui puait le pâté.

La deuxième coloc était composée de trois trentenaires étudiants, deux femmes et un homme, et il restait une place pour une quatrième personne. Lorsqu'on a discuté de politique – allez savoir pourquoi – les trois se sont emportés et se sont engueulés comme des chiffonniers, juste devant moi, en oubliant complètement le but de ma présence. Mais contrairement aux débats tordants entre le « docteur »,

« Eisenmann » et le « dentiste », qui, eux, excellaient dans l'humour, l'ironie et le sarcasme, là c'était juste de la castagne insipide. Au bout d'un quart d'heure d'un combat de boxe violent et sanglant, j'ai pris mes cliques et surtout mes claques. Surpris, ils ont essayé de m'expliquer qu'ils « n'échangeaient leurs points de vue » que de temps en temps mais ma coupe était déjà pleine.

Dans la troisième coloc, l'ambiance était vraiment bizarre. Je me suis retrouvé dans un salon assez kitsch d'une couleur rose bonbon, à discuter avec une jeune femme de vingt-cinq ans qui semblait tout gérer et un jeune couple tout juste majeurs, entrelacés l'un sur l'autre sur un fauteuil « Proust », qui passaient la plupart de leur temps à se bécoter. Assise sur les genoux de son copain, la fille essayait, quand elle ne lui roulait pas des galoches, de monopoliser la conversation à propos de « son copain parfait »... Alors que franchement, je m'en tamponnais le coquillard des anecdotes de leur couple. Donc pour éviter d'avoir à leur tenir la chandelle toute la soirée, j'ai fini par l'interrompre en lui demandant si leur lit grinçait beaucoup la nuit. Personnellement, je trouvais la question inoffensive, mais elle a complètement plombé l'ambiance déjà trop superficielle pour mon goût. Juste au regard de la femme qui gérait tout, j'ai compris que les carottes étaient cuites. Mais de toute manière, je n'aurais jamais voulu y vivre.

Dans la quatrième coloc, trois jeunes femmes cherchaient un garçon pour un peu plus de parité. L'ancien militaire du premier appart que j'avais visité aurait été chaud patate lui ! Alors qu'on discutait autour de la table de la cuisine pour voir si le feeling passait, le gars qui allait les quitter est passé prendre quelques affaires. Du coup, il en a profité pour prendre une chaise et s'asseoir avec nous pendant quelques minutes. Le problème, c'est qu'on s'entendait plutôt bien tous les deux car en plus de ses dreadlocks, il adorait l'humour, le reggae et « se poser ». Et lorsque je lui ai demandé sincèrement pourquoi il déménageait, là, gros silence, j'avais touché un nerf.

Voyant que les trois jeunes femmes le fixaient d'un regard assassin, il a pris son temps pour répondre. Mais avant de pouvoir ouvrir la bouche, l'une des trois l'avait déjà épinglé ouvertement : « Alors là, je te préviens, fais gaffe à ce que tu dis ! » Du coup, il a répondu simplement que ça faisait longtemps qu'ils vivaient ensemble et qu'il était temps pour lui de bouger. Wesh, gros mytho ! Dis-le qu'il y avait plein de prises de tête !

La cinquième coloc, c'était un tel « dawa » que ma visite n'a duré qu'une dizaine de minutes. En théorie, deux jeunes femmes cherchaient un colocataire pour emménager avec elles. Sauf qu'après quarante minutes de tramway, je me suis retrouvé dans leur grande cuisine, devant une dizaine d'autres garçons qui essayaient tous, en chœur, de discuter avec ces séduisantes jeunes femmes, et celles-ci prenaient visiblement leur pied en picolant de la tequila...

L'appartement et la chambre en soi étaient géniaux et les filles avaient l'air, à première vue, plutôt sympathiques et comiques, mais impossible de faire connaissance dans de telles conditions. Alors pourquoi toute cette mascarade ?

En observant discrètement l'ensemble de la scène dans les moindres détails, j'ai fini par remarquer qu'elles explosaient de rire dès que l'une d'elles regardait, de manière furtive et nerveuse, la liste des vingt « prétendants » avec leurs noms, prénoms et numéros de téléphone. Après m'être rapproché de cette liste pour mieux l'analyser, j'ai découvert une minuscule petite croix au feutre bleu rajoutée à côté d'un nom et prénom. Donc, elles avaient déjà fait leur choix parmi les dix prétendants de la veille. Mais au lieu d'annuler leurs dix rendez-vous d'aujourd'hui, ces deux bourriques avaient préféré « s'amuser », en nous racontant n'importe quoi...

Agacé d'avoir fait un long déplacement pour rien, j'ai montré aux garçons présents la petite croix du doigt, tout en leur expliquant d'une voix forte et énervée qu'on se faisait berner et qu'on perdait notre temps car leur choix était fait depuis belle lurette. Puis, j'ai profité du silence de plomb pour filer, en jetant furtivement un dernier regard noir aux deux filles qui d'un coup semblaient très gênées.

La sixième coloc sentait le sapin avant même d'y aller : un loyer de seulement cent cinquante euros pour une grande chambre dans une ancienne maison de maître hyper bien placée et aménagée ? Quand c'est flou, il y a un loup. Mais je me suis quand même déplacé, par curiosité, pour voir à quel niveau se situait l'arnaque. À peine arrivé dans le grand jardin bien entretenu, j'avais compris... Vu le nombre de symboles mystiques accrochés partout, ça devait être une sorte de secte à moitié religieuse... J'ai hésité à faire demi-tour instantanément, mais après une soudaine réflexion, j'ai quand même voulu voir l'ensemble de leurs infrastructures et de leurs équipements. J'ai donc fait clairement comprendre que ma priorité, c'était de visiter, et une fois ma visite finie, je me suis barré sans prendre le temps de discuter.

Cette secte était blindée de tunes... Leur maison, leurs chambres, leurs pièces, tout était gigantesque, propre et bien isolé. C'était la première fois de ma vie que je voyais des chambres individuelles aussi grandes – plus de trente mètres carrés ! - équipées, en plus, des tous derniers gadgets électroniques et numériques. Toutefois, je préfère ne pas savoir ce qu'ils y faisaient à l'intérieur.

La septième coloc, c'était des gens qui se disaient alternatifs, donc à priori, ça aurait pu le faire. Sauf qu'on ne vivait pas du tout dans le même monde. À peine arrivé, ils m'ont à moitié gueulé dessus : « Yo man !! Alors, t'es un gros anarcho comme nous ou pas, mec ?! »

Pris par surprise, je leur ai répondu : « Euh, wesh, faut voir... Ça se discute, non ? » Mais impossible de discuter avec ces paumés. Non seulement leur appartement était une vraie porcherie, avec de la nourriture moisie et de la vaisselle dégueulasse un peu partout, mais en plus ils fumaient joint sur joint sur du shit à un euro le gramme, un truc hyper dur, tout noir, qui puait un mélange de lessive et de caoutchouc...

Lorsqu'ils m'ont proposé de tirer quelques lattes dessus, j'ai poliment refusé en leur expliquant que je ne fumais pas et que je ne supportais pas la fumée... pile le gros mytho qu'il fallait leur dire pour s'échapper le plus rapidement possible de ce cimetière.

La huitième coloc, je ne l'ai pas trouvée... L'adresse était mal indiquée et je n'avais aucun téléphone portable à l'époque pour appeler cette fille et lui demander plus de précisions. Foutu pour foutu, j'ai laissé tomber. Et le temps que je rentre, elle avait déjà changé son annonce en disant que dorénavant, elle n'accepterait plus aucun garçon. Parfois, il arrive de ces malentendus...

Cette recherche de colocation était un tel barouf que je commençais à perdre la motivation de rechercher quoi que ce soit. Mais alors que j'hésitais à me prendre un studio tout seul, quelque chose d'impossible car ça coûtait le double d'une colocation, Daniel, un ami de Bene, m'a contacté et demandé si ça me tentait de se trouver un truc ensemble car il venait de commencer des études d'informatique.

En définitive, notre coloc était pile poil ce dont j'avais besoin : un truc cool, à la fois propre, calme et un peu hippie, dans un petit appartement agréable, bien aménagé, au troisième et dernier étage d'une maison de la « Hastedter Heerstrasse ».

On y avait instauré nos propres règles : chacun pouvait se servir librement dans le frigo, sans aucune restriction, ce qui était extrêmement agréable, à condition toutefois de refaire des courses si l'un d'entre nous le vidait entièrement avec ses potes.

De plus, on fumait uniquement dans le salon afin d'éviter un maximum que l'odeur de tabac froid ne se propage dans le reste de l'appart. Vu que les fenêtres du salon étaient souvent ouvertes et la porte toujours fermée, on ne le chauffait pas. Du coup, il nous arrivait, en hiver, d'y fumer emmitouflés de duvets et de couvertures, sur des matelas à moitié gelés, en regardant les flocons de neige tomber sur la cime des hêtres, chênes, érables, et autres arbres environnants.

Et on avait aussi notre petite routine : tous les lundis soirs, on nettoyait tout l'appartement ensemble, et tous les vendredis soirs, on faisait les courses ensemble pour la semaine, afin d'être pénards le week-end.

En fait, on a toujours été sur la même longueur d'onde, il n'y a jamais eu de désaccords, même si financièrement, c'était toujours ric-rac.

Mélissa, sa copine un peu en surpoids avec sa grande touffe de cheveux bouclés teints en rouge me faisait souvent marrer. À vingt ans, elle suçait toujours son pouce et on ne comprenait pas toujours ce qu'elle disait, sachant qu'elle-même ne savait pas toujours où elle voulait en venir.

De plus, elle avait pour habitude de mettre, lors de ses grosses commissions, de la musique « hyper romantique » - ou cucul la praline selon le point de vue – à fond sur son portable, afin d'essayer de camoufler les gros « ploufs » que les obus propulsés par son postérieur pouvaient émettre au contact de l'eau.

Mais bon, Daniel était lui-même un peu perché. Pour faire pipi, il s'asseyait toujours à l'envers sur les WC, face au mur. De cette manière, il affirmait n'avoir aucune chance de faire pipi à côté, grâce à deux fois plus d'espace et de confort. Si ça, c'est pas de la révolution !

Chapitre 14 : La distance

Obtenir le bac nous a tous délivrés d'une énorme pression.

Personnellement, j'avais déjà redoublé en seconde et j'angoissais particulièrement à l'idée de rater mes épreuves et de devoir redoubler une nouvelle fois. En conséquence, j'avais révisé comme un taré pendant trois semaines, à raison de dix-douze heures par jour. Manque de bol, je suis tombé sur des sujets que je ne maîtrisais pas. Donc nouvelle angoisse, le temps d'obtenir les résultats, et finalement, malgré quelques notes bien pourries, enfin la délivrance... Adieu l'école, quel soulagement...

Malheureusement, ce sentiment de bonheur n'a pas duré.

À cette époque, ma copine Johanna, que je croyais être la femme de ma vie, était partie vivre une année entière au Japon pour ses études.

Notre amour était si intense et réciproque qu'elle avait hésité à abandonner ses études pour éviter que la distance ne nous sépare pendant des mois. Mais nous étions restés lucides malgré nos sentiments : vivre au Japon pendant un an était une occasion peut-être unique dans sa vie qu'elle ne pouvait laisser filer.

Après le décollage de son avion, les minutes et les heures étaient devenues insupportablement longues. La journée ça allait à peu près, j'arrivais à me changer les idées grâce au boulot, mais le soir, seul dans ma chambre, j'étais déchiré de l'intérieur. J'avais beau essayer de m'occuper un maximum pour éviter de trop penser à elle, rien n'y changeait, comme s'il me manquait la moitié de mon cœur. Le pire, c'est qu'on n'arrivait pas souvent à s'appeler, à cause du décalage horaire, de mon travail, de ses études, et de ses gros problèmes d'internet suite aux multiples tremblements de terre au Japon.

On avait prévu de se voir au bout de quatre ou cinq mois mais le sort en a décidé autrement, faute d'argent. Il faut dire qu'un aller-retour pour Tokyo coûtait la peau des fesses. Parfois, on se retrouve coincé dans des situations qui nous dépassent et ça peut être difficile de l'accepter.

Finalement, c'est la distance qui a détruit notre relation, à ma grande tristesse. Sentimentalement parlant, j'étais dévasté. Des mois de déprime ont suivi cette séparation.

En plus de l'absence de Johanna, presque tous mes amis étaient partis dans d'autres villes pour faire leur service civil ou étudier : « le docteur » à Berlin, « Eisenmann » à Heidelberg, Bene à München et « le dentiste » à Freiburg. Notre amitié n'en a pas souffert mais leur vie se passait ailleurs dorénavant, et il m'a fallu l'accepter.

J'avais conscience que les amitiés doivent évoluer, chacun faisant de nouvelles rencontres et prenant de nouvelles habitudes, à travers ses études, son boulot, ses passe-temps, ses voyages, etc., mais ça me rendait triste et nostalgique. Ces quelques années ensemble étaient passées trop vite à mon goût, surtout qu'ils ne revenaient à Bremen qu'un week-end toutes les six semaines environ, ce que je trouvais insuffisant.

Manu était le seul du groupe à être resté sur Bremen, sauf qu'on ne se voyait pas souvent non plus car on travaillait en décalé : lui le week-end en tant que cuistot et moi la semaine comme assistant éducateur dans une garderie d'enfants.

Dans cette grande structure constituée d'un grand jardin et d'une maison très spacieuse de trois étages, réaménagée spécialement pour accueillir des enfants de un à six ans, avec des matelas protecteurs sur les murs par exemple, mon rôle principal était, en plus de m'occuper des espaces verts et de quelques bricolages, d'y accompagner deux personnes dans leur travail : Nadejda, une éducatrice d'origine polonaise de quarante-cinq ans, très sensible et très douce malgré son regard dur et sévère, et Oustina, une grande et belle apprentie-éducatrice d'origine ukrainienne de vingt-trois ans.

C'était très agréable de travailler avec elles grâce à la relation de confiance qu'on avait développé entre nous. Toutefois, je m'inquiétais un peu pour Oustina, une personne très « modèle », qui respectait toutes les traditions, les lois et les règlements à la lettre, sans jamais les remettre en question. Elle était si romantique qu'elle continuait de rêver, même à son âge, d'un « beau prince charmant, riche, poétique, sensible, doux, parfait », et je redoutais un réveil brutal.

Parmi les enfants qu'on encadrait, on discernait beaucoup de timidité, de peur et un manque de confiance en soi. Ils avaient besoin d'être rassurés, de sentir qu'ils sont accompagnés, appréciés, écoutés, soutenus et encouragés.

On les valorisait à travers l'humour, la lecture de livres tels que « Till Eulenspiegel », le dessin, la peinture, la musique, les arts du cirque, la cuisine, surtout les desserts, la création et l'entretien d'un potager, mais aussi des jeux de société, de l'origami, des parcours de motricité, de la pâte à sel, des puzzles, des cerfs-volants, de l'initiation à la lecture, à l'écriture et à la base du bricolage.

En s'attaquant à autant de domaines différents, on savait que chaque enfant trouverait au moins un domaine qui lui permettrait de se distinguer et de prendre confiance en soi. Le point-clé, c'était d'adapter constamment la difficulté des activités à leurs niveaux, de manière à éviter que ce soit trop facile ou trop difficile et que certains s'ennuient ou abandonnent.

En leur transmettant nos savoir-faire, on travaillait aussi leur savoir-être : apprendre à écouter, observer, essayer, poser des questions, s'exprimer sans parler simultanément, partager, se respecter et vivre en communauté. En bref, un sacré arsenal pour affronter le monde qui les attendait.

Dans cette structure, les enfants étaient extrêmement bien accompagnés, ils ne mangeaient que des repas faits maison, préparés par les parents, et un paquet de sorties et de projets étaient organisés, comme « la semaine sans jouets », pendant laquelle les enfants nous ont montré leur énorme créativité avec, comme seul support matériel, du papier et des crayons.

Qu'est-ce que je n'aurais pas donné pour avoir droit à une telle éducation...

Un mercredi soir, au mois de novembre, alors que ça faisait plus de trois mois que j'y travaillais, la directrice du centre m'a appelé pour me dire de rester chez moi jusqu'au lundi matin, le temps qu'elle règle quelques problèmes au centre. Elle a ajouté que ça ne servait à rien de m'en soucier, car elle m'expliquerait tout cela en personne, le lundi, et elle m'a souhaité un bon week-end avant de raccrocher.

C'était étrange mais vu que je ne voyais pas de quel genre de problèmes il s'agissait et qu'en plus ça me laissait un long week-end, je ne m'en suis pas préoccupé plus que ça.

Le lundi matin, j'étais à peine arrivé au travail à sept heures et demi qu'on m'a immédiatement convoqué dans la salle de réunion au sous-sol, très sombre car sans fenêtre, où j'ai eu droit, assis en face de la directrice et de deux autres éducatrices, à un interrogatoire digne de la Stasi. En bref, des parents m'avaient accusé, à tort évidemment, d'avoir abusé de leurs enfants... Quelle horreur, comment était-ce possible, il y avait forcément un malentendu !

En fait, tout est parti d'une anecdote simple : un garçon de quatre ans était rentré dans les WC à l'improviste, sans frapper à la porte avant d'entrer, alors que j'y étais déjà et que j'avais oublié de fermer le verrou en haut de la porte. Et il est possible qu'il ait eu le temps de voir, pendant une fraction de seconde, mon zigouigoui, le temps que je claque la porte devant son nez, tout en lui râlant dessus qu'on devait toujours frapper à la porte avant d'entrer.

Voilà pour les faits.

Deux semaines plus tard, alors que j'avais déjà oublié cette anecdote, celle-ci avait pris des proportions incroyables derrière mon dos : des parents m'ont accusé de « me mettre tout nu devant les enfants et de les encourager à toucher mon pénis » mais aussi « de les caresser moi-même et de leur faire découvrir la sexualité »... Quelle horreur, le pouvoir de l'imagination est vraiment sans limites !

Ça m'a rappelé une anecdote après une sortie en forêt, lorsqu'un enfant de quatre ans avait raconté à sa mère avoir « trouvé une femme toute nue, morte dans les bois ». Affolée et horrifiée, la mère nous avait demandé en panique si nous y avions réellement trouvé un cadavre. En fait, il s'agissait d'une sculpture en bois à peine commencée sur un tronc d'arbre : on discernait une vague forme de visage, des cheveux longs et une poitrine mais rien de plus, pas de bras, pas de bas du corps et peu de détails. Lorsque la mère a vu les photos, elle a lâché, d'un air à la fois soulagé et embarrassé : « Oh mon dieu, mon fils... Non mais quelle imagination, du grand n'importe quoi ! Ça, ça ne peut venir que de son père ! »

En entendant leurs enfants s'exprimer, certains parents ont paniqué, au point d'oublier que tout ce qu'on me reprochait était impossible, sachant que j'étais systématiquement accompagné soit par Nadejda, soit par Oustina, soit par les deux en même temps. On était toujours au moins deux à les surveiller, ça a toujours été un travail d'équipe. C'est la règle de base de ne jamais être seul avec des enfants, afin que s'il arrive un accident, un éducateur puisse s'occuper du ou des enfants en détresse pendant que l'autre appelle les secours. Pendant l'ensemble de l'année, je n'ai jamais été, ne serait-ce qu'une seule minute, tout seul avec des enfants.

De plus, les parents auraient dû savoir que la directrice savait qui elle embauchait et que je préférerais me tirer une balle dans la tête plutôt que de faire du mal à un enfant – le pire crime à mes yeux.

Ça m'avait d'ailleurs bouleversé qu'on puisse me croire capable d'un tel crime, mon peu d'ego de base avait pris une énorme claque.

Lorsque je me suis souvenu de l'anecdote, quelques heures avant mon conseil de discipline de l'après-midi avec les responsables du centre et les délégués des parents, ça m'a frappé de voir qu'une si petite erreur de ma part pouvait avoir de telles conséquences.

Néanmoins, tout le monde a été touché par la sincérité et la spontanéité de mon témoignage. Après leur avoir expliqué les faits et leur avoir juré que j'étais parfaitement innocent et qu'il s'agissait ici d'un concours de circonstances malheureuses, je n'ai pu m'empêcher de vider tout mon sac avec les larmes aux yeux, les émotions prenant le dessus : toutes les difficultés que j'avais rencontrées depuis le début, à quel point j'avais galéré pour trouver ma place, surtout que dès ma première journée, des filles m'avaient dit qu'elles me « détesteraient toute l'année », aucune idée du pourquoi. Sans parler de la pression qu'on subissait de s'investir à fond toute la journée car le moindre repos était mal vu. Et aussi à quel point ça me faisait mal au cœur de ne voir aucun parent me demander comment allaient leurs enfants ou comment s'étaient passées leurs journées alors que je faisais partie des mieux placés pour le savoir.

Une fois mon témoignage fini, certains parents semblaient très gênés de s'être autant trompés sur ma personne. Alors, j'ai repris la parole pour leur dire que j'étais évidemment profondément blessé d'avoir pu être soupçonné de tels actes mais que je n'en voulais pas le moins du monde aux parents, bien au contraire : j'étais fier d'eux d'avoir réagi aux propos de leurs enfants car ça prouvait que leur bien-être et leur protection leur tenaient à cœur.

J'aurais juste souhaité qu'ils le fassent d'une manière moins violente, en gardant leur sang-froid, en mettant leurs émotions et leur imagination de côté, et en se laissant un minimum de doute, car il est possible que des enfants racontent une vérité déformée.

Au moins, cette anecdote leur aura permis de faire ma connaissance, de prendre conscience du travail effectué auprès de leurs enfants et de créer, enfin, une véritable relation de confiance.

Parfois, les choses doivent s'empirer avant de pouvoir s'améliorer.

Lorsque j'en ai parlé à Daniel, il m'a expliqué qu'il ne fallait pas le prendre personnellement et que ce n'était ni de ma faute à moi, ni de celle des parents : « Il faut que tu comprennes que si des innocents sont accusés à tort, c'est uniquement parce qu'il existe des salopards qui perpétuent de tels crimes. »

Alors il m'a raconté pourquoi il lui arrivait d'être morose, malgré un fond sensible, joyeux et fêtard en général, et pourquoi il avait rapidement mis fin à son service civil : une des filles de cinq ans qu'il encadrait pendant son service civil avait été abusée par le compagnon de sa propre mère... Non mais quel monde de fous ! Incroyable que des gens puissent être autant malades !

Ces histoires nous ont bouleversés Daniel et moi, on a mis des mois à s'en remettre. Il faut dire qu'on avait à peine vingt ans et que personne ne nous y avait préparé.

Après un mois d'arrêt maladie, Daniel avait démissionné et entamé des études d'informatique. Moi, j'ai quand même fini mon année dans la même structure, mais de manière hyper vigilante, toujours sur le qui-vive et à l'affût du moindre geste ou mot qui pourrait être mal interprété.

Mon comportement frôlait la paranoïa, j'avais désormais peur de ce que les enfants pourraient raconter à leurs parents. Pendant le restant de l'année, j'ai donc strictement refusé de tenir la main d'un enfant en marchant, de changer la moindre couche, d'essuyer le derrière d'un enfant après une grosse commission, en bref, tout contact physique. Et tant pis pour les enfants qui avaient besoin d'un câlin après une chute ou pour être rassurés.

De toute manière, les hommes qui travaillent dans le domaine social ont intérêt à prendre beaucoup de précautions, en évitant un maximum de contact physique et en faisant en sorte de ne jamais se retrouver, ne serait-ce qu'un seul instant, seul avec des enfants ou toute autre personne à soigner.

À la fin de l'année, les parents m'ont remercié sincèrement et chaleureusement avec de beaux cadeaux, pour avoir aidé à développer la conscience, les connaissances, la confiance en soi, la maturité, la sérénité, et la capacité d'attention et de concentration de leurs enfants. Ça m'a surpris, je ne m'y attendais pas.

C'est pendant cette année difficile que j'ai compris l'importance d'éveiller les consciences afin de protéger les personnes sensibles et éviter qu'elles ne se fassent abuser.

Chapitre 15 : Online

Pour s'échapper et oublier nos problèmes, Daniel, Mélissa et moi nous étions lancés corps et âme dans un jeu vidéo en ligne auquel on ne jouait qu'occasionnellement auparavant.

La magie des jeux vidéo, c'est que de simples « pixels » nous donnent l'illusion de voyager, de vivre des aventures, de découvrir de nouveaux mondes, avec des paysages magnifiques et des monstres fantastiques, de construire des villes, de faire fleurir une économie, de créer un empire, et de faire la guerre. Et ce à plein d'époques différentes : allant du temps des dinosaures au futur, en passant par l'Antiquité, le Moyen-Âge ou la Renaissance par exemple.

On s'était attachés à un jeu qui offrait l'illusion de liberté grâce à la possibilité de façonner son personnage à sa propre sauce, de manière à ce qu'il reflète notre image réelle et nous semble ainsi « unique ». Et le fait de jouer sur un serveur européen était plaisant car ça permettait de discuter avec des personnes venant des quatre coins d'Europe.

Il n'y a d'ailleurs que de vraies personnes qui peuvent transformer ces mondes vides de sens et entièrement virtuels en mondes semi-réels. Les serveurs sans joueurs ne font pas long feu car l'intérêt de s'investir dans son personnage et de courir après tous ces milliers de monstres et d'objets virtuels, c'est soit de se mesurer aux autres joueurs, soit de suivre une histoire.

Dans ce jeu, on se valorisait surtout en butant les autres en mode « Guerre des guildes » ou en mode duels « Player versus Player ». D'ailleurs, dans la ville principale « PvP », un groupe d'hypocrites passait ses journées à attendre d'autres joueurs pour leur sauter dessus, les défoncer, et les humilier.

Pour être le plus fort, il fallait d'abord avoir accès à l'information, connaître les forces et faiblesses de tous les personnages et de tous les objets, maîtriser un personnage bien construit avec des équipements surpuissants, mais il était aussi indispensable de tricher, en s'entourant d'intelligence artificielle. Car les « bots » et les « macros » permettent, entre autres, de « cliquer » des centaines de fois par seconde, contrairement à une demi-douzaine de fois pour un humain.

Malgré de gros « lags » - ces distorsions du jeu dues aux encombrements du flux des données entre le PC du joueur et le serveur du jeu – il nous est arrivé le week-end d'y jouer des nuits entières jusqu'à dix heures du matin, de dormir jusqu'à seize heures, de se promener pendant une heure pour s'aérer le cerveau et reposer nos yeux, et de se remettre à jouer.

C'est fou ce qu'on peut perdre comme temps de vie dans tous ces mondes virtuels, qu'il s'agisse de jeux vidéo, de télévision, de téléphone portable, de vidéos sur Internet, de films, etc. Du temps qu'on ne récupérera jamais.

Je pense qu'on était tous accrocs dans ce jeu car lorsqu'on joue plus de cinq heures par jour en moyenne, on ne peut plus parler d'un simple divertissement.

En fait, la plupart des joueurs étaient piégés par leurs rêves de personnages « parfaits et invincibles ». Raison pour laquelle certains ont passé des années à courir, en vain, après des objets rares et puissants d'une probabilité de chute (item drop rate) de 0,01%, soit une chance sur dix mille à chaque monstre décimé, sur des monstres si puissants qu'il fallait une douzaine de joueurs pour les achever et qui en plus ne réapparaissaient que toutes les quatre à six heures, à des intervalles irréguliers. Et le pompon, c'est que la concurrence était féroce car des milliers de joueurs convoitaient ces objets.

Alors qu'ironiquement, tout était virtuel. D'ailleurs, en créant son propre serveur privé, on pouvait créer en quantité illimitée tous les objets imaginables en quelques instants...

Un autre piège de ce jeu, c'est que rien n'y était jamais acquis. Des mises à jour régulières rajoutaient de nouveaux mondes, avec de nouveaux monstres et de nouveaux équipements « inédits » toujours plus puissants. Ceux qui voulaient le maximum, le « top du top », ne se reposaient donc jamais.

À cette époque, je pensais qu'être accroc à un jeu vidéo était moins nocif que toutes les autres drogues. Mais beaucoup de joueurs semblaient négliger leur vie réelle pour mieux se concentrer sur ces mondes virtuels. Et dans une grande « guilde », il n'était pas rare d'assister à des abandons d'études, des pertes de boulot, des séparations de couple, voire même des divorces. Et sincèrement, ça fout les jetons d'entendre, en bruit de fond, dans le « teamspeak » - un logiciel qui permet de discuter à plusieurs avec des micro-casques – des enfants pleurer... Certains parents préféraient jouer plutôt que d'aller s'en occuper...

Au fur et à mesure, Daniel, Mélissa et moi avons aussi réalisé qu'à l'instar de la télévision, des vidéos, des chansons et des films, on pouvait véhiculer des images, des idées, des fantasmes et des messages à distance, en présentant les mondes d'une certaine manière. Autrement dit, il faut carrément s'en méfier.

Je ne sais plus exactement quand, mais un jour, Mélissa a ressenti qu'il était temps pour nous de reprendre nos vies en main. On en a discuté et elle avait raison, on ne voulait pas mourir un jour en se disant que tout ce qu'on avait fait de nos vies était virtuel...

Dès lors, on a tout arrêté du jour au lendemain, un peu comme Forrest Gump, lorsqu'il a subitement arrêté de courir en plein milieu du désert.

Quelques années plus tard, les serveurs ont fermé, faute de rentabilité. Alors, tout ce que les joueurs croyaient avoir créé, après s'être investis pendant des milliers d'heures, a été définitivement effacé.

Mais je suis prêt à parier que les joueurs les plus accros ont tout recommencé à zéro sur un autre serveur...

En tous cas, ça nous a fait beaucoup de bien à nous trois de s'en libérer. Après tant de mois à être toujours à la bourre, toujours débordés, à tout faire à la dernière minute, à tout repousser au lendemain, c'était incroyable de retrouver autant de temps libre.

On a claqué dans les deux cents euros chacun dans ce jeu mais bon, ça va encore. On se rassurait comme on pouvait, en se disant, par exemple, que les conséquences d'une addiction aux jeux de casino auraient été bien pires.

Chapitre 16 : Hartz

Un jour, je ne pouvais plus repousser à plus tard ce que j'allais « faire de ma vie », il fallait choisir ce que j'allais étudier. Mais là encore, c'était impossible pour moi d'y répondre de manière précise et définitive. Je savais juste que je voulais voyager un maximum, la belle affaire...

En faisant plein de recherches sur internet, j'avais trouvé une formation de traducteur de trois ans, à la suite de laquelle on avait de grandes chances d'être embauché. Là, on touchait du bois. Mais les places étaient très limitées et ma moyenne du baccalauréat de treize sur vingt m'a empêché d'y accéder. C'était hyper frustrant d'être quasiment trilingue et de n'avoir aucun moyen de le prouver.

Tout vient de ce proverbe de merde, complètement faux en plus : « Was Hänschen nicht lernt, lernt Hans nimmer mehr ! » On peut le traduire par : « Tout ce qu'on n'apprend pas jeune, on ne l'apprendra jamais ! ». Mais personnellement, je préfère le traduire par : « Vous n'aurez pas de deuxième chance ».

Ma moyenne du bac était tellement handicapante que j'ai fini par ne regarder que les descriptions d'études supérieures « à ma portée »... Quelle belle foutaise.

Finalement, j'ai choisi de faire des études d'économie politique, sans savoir où cela me mènerait. Sauf que l'image que je m'en étais fait n'avait rien à voir avec la réalité. De plus, j'étais souvent seul en amphithéâtre et à la bibliothèque car les personnes sympathiques que j'y avais rencontrées ne pensaient qu'à faire la fête.

Et lorsque j'ai discuté avec un ancien étudiant en économie politique qui, malgré la validation de son master après six années d'études, n'avait toujours pas trouvé le moindre débouché, c'est la goutte d'eau qui a fait déborder le vase et j'ai tout abandonné juste après les examens du premier semestre.

Il m'avait expliqué avoir appris beaucoup de choses et que ça finirait sûrement par lui servir un jour ou l'autre, sauf qu'il n'avait alors, concrètement, qu'un diplôme en main : juste une feuille A4 de papier à montrer en plus de son CV. Et à lui de se débrouiller tout seul car maintenant qu'il n'était plus à l'université, il n'intéressait plus personne…

Hors de question pour moi de vivre un tel scénario et de passer six ans à travailler des cours qui ne me fascinaient même pas, juste pour me retrouver seul au chômage à presque trente ans, avec seulement un petit document attestant de mon « diplôme universitaire ».

J'avais besoin de concret, d'action et de changer de vie, pas d'être de nouveau assis, à écouter de nouveaux inconnus, à prendre de nouvelles notes que j'apprendrais par cœur, que je recopierais dans un temps limité, et que j'oublierais ensuite.

Finalement, je suis tombé dans le programme « Hartz 4 », une sorte « d'aide sociale forfaitaire », du moins en théorie.

J'avais fait l'erreur fatale de ne pas me réinscrire à l'université pour le deuxième semestre, avec comme conséquences, la perte de toutes sortes d'aides comme la sécurité sociale, les bourses, les transports en commun gratuits, et même l'aide financière de mes parents, qui n'avaient plus aucune obligation légale de m'aider sans inscription à l'université. Du coup, pour pouvoir payer ma nourriture et mon loyer, j'ai dû me tourner vers une des agences allemandes pour l'emploi.

Avec « Hartz 4 », mon loyer était pris en charge car il était considéré raisonnable, et je touchais pas loin de cinq cents euros par mois pour cent cinquante heures travaillées. On parle en général de « un euro jobs » mais en additionnant le loyer et la rémunération, on tourne plutôt entre quatre et cinq euros de l'heure.

Mais pour se faire une idée d'un niveau de vie, le salaire seul ne suffit pas, il faut, évidemment, le comparer au coût de la vie, qui varie énormément d'une ville à l'autre, et, par chance, la vie n'était pas trop chère à Bremen.

Toutefois, vu que les ressources ne cessent de disparaître, le coût de la vie ne cesse d'augmenter, et ce bien plus vite que les salaires – petit à petit, l'étau se resserre.

Ce qui saignait le plus mon porte-monnaie, c'était les transports en commun, car sans carte étudiante, le tramway coûtait bonbon : trois euros pour un aller-retour à « l'Agence pour l'emploi », à l'autre bout de la ville, et deux euros trente pour un seul aller-retour au chantier de réinsertion. L'abonnement mensuel, lui, coûtait soixante-dix euros. Du coup lorsqu'il faisait beau, je faisais des heures de vélo et lorsqu'il pleuvait, je prenais le tramway, souvent sans payer.

J'ai eu de la chance car malgré tous leurs contrôles, je n'ai eu que deux amendes de quarante euros chacune à régler, ce qui m'a permis d'« économiser » une centaine d'euros sur trois mois. Mais à quel prix. Quel stress d'être constamment sur le qui-vive de peur d'être contrôlé. En fait, c'est un véritable luxe de pouvoir vivre tranquillement dans la légalité...

Lorsqu'on entre pour la première fois dans le programme « Hartz 4 », on nous fait passer plein de tests : des tests psychotechniques qui mesurent nos aptitudes logiques, verbales et numériques, des tests d'aptitudes cognitives, et des tests de compétences et de culture générale pour déterminer nos capacités et nos connaissances en mathématiques, en allemand, en anglais, etc.

Je n'ai jamais reçu mes résultats mais lorsque je me suis retrouvé dans une grande salle propre et lumineuse, devant trois examinateurs pour en discuter, on m'a demandé agressivement ce que je « foutais » là... Surpris par la forme de leurs propos – je ne voyais pas ce qu'on pouvait me reprocher – j'ai répondu froidement, avec les sourcils froncés, à leurs questions. Voyant que mes réponses les contrariaient, j'ai conclu par un « parfois, on a la poisse, tout simplement ».

Avec le recul, je pense connaître la raison de leur antipathie. Ces examinateurs semblaient croire dur comme fer au destin, au mérite, et à un monde juste dans lequel les postes et salaires variaient selon les capacités, les compétences et les responsabilités des salariés. Et ça a dû les fâcher de devoir expliquer à un jeune homme avec des capacités similaires, ou peut-être même supérieures aux leurs, qu'il allait devoir ramasser des poubelles le reste de sa vie pour qu'on lui octroie un minimum d'argent et de confort.

Car une fois tombé dans ce programme, ça nous colle à la peau. Et avec le fameux proverbe de « Hänschen », bon courage pour en ressortir...

Toutefois, il y a des choses qu'on ne peut lire sur aucun test, telle que la résilience d'une personne.

Bref, après un entretien tendu, ils m'ont envoyé travailler dans les espaces verts, où je suis resté dix semaines avant de disparaître.

Mais pour être franc, il n'y avait pas que du négatif. Au début, ça m'a même procuré une certaine satisfaction de nettoyer les parcs – c'est tellement plus agréable quand tout est propre – et d'être dehors, dans la nature. Bon, « nature », c'est un grand mot car il ne s'agissait que d'espaces verts pitoyablement aménagés, mais c'était toujours mieux que tout le béton qui nous entoure et nous asphyxie.

Ramasser les déchets ne m'a jamais dérangé, à condition qu'ils soient bien visibles et qu'on puisse les collecter. Ce qui m'énervait, c'était de trouver, bien planqués dans des buissons, des documents déchirés, des bouteilles en verre cassées, des petits emballages en plastique, des mégots ou des capsules de bière. Non seulement certains connards jettent tout par terre, alors qu'il y a des poubelles partout, mais en plus ils les balancent en mille morceaux dans des buissons, de manière à ce qu'on ne puisse pas les ramasser.

La meilleure chose à faire dans ce cas-là, c'est de tout ressortir des buissons et de tout poser sur les bancs, de manière à ce que les gens réalisent qu'en les balançant par la porte, ils reviennent par la fenêtre.

Dire que dans un monde idéal, chacun ramasserait, nettoierait et recyclerait sa propre merde.

Cela étant, l'Agence pour l'emploi pouvait rêver pour qu'on respecte à la lettre leur règlement à la con. Tous les jours, officiellement, on était censés travailler de sept à seize heures mais vu qu'on avait toujours tout fini bien avant la pause du midi et qu'on mangeait nos gamelles en dix minutes, on s'éclipsait toujours vers quatorze heures, ni vu, ni connu.

Ironiquement, dans « Hartz 4 », on était censés, malgré les journées de boulot après lesquelles on avait juste envie de prendre une douche, de manger, de se détendre et de se reposer, pouvoir justifier d'une intense recherche de travail.

Enfin bref, ce qui a vraiment changé la donne au bout de dix semaines, c'est l'arrivée d'un nouveau « chef ».

J'avais apprécié le petit chef pépère de soixante ans, en surpoids, qui parlait peu et qui dormait beaucoup dans sa voiture le matin. Le midi, il faisait son tour en vélo pour vérifier que tout était propre, puis il allait faire un tour en voiture, personne ne sachant ni où il allait, ni ce qu'il faisait, et il ne revenait que vers quinze heures trente, lorsque tout le monde était déjà parti, pour tout fermer.

Le nouveau chef, je l'ai rapidement surnommé « Caius Obtus », car ce petit quadragénaire avait tout pour lui : un mauvais fond, un regard de crétin, un sourire niais, des chicots pourris, un crâne dégarni, et un ventre énorme qui pendouillait par-dessus son jean.

Après, tant que la personne a un bon fond, on s'en fout du physique. Mais cette tête brûlée, qui adorait donner des ordres et voir les sous-fifres s'exécuter, se prenait pour un cow-boy, un dur à cuire, alors qu'il ne valait pas un clou.

Qu'est-ce que c'est fatiguant et lassant que même dans les endroits les plus paumés du monde, certains se croient toujours supérieurs aux autres...

Le premier jour, Caius nous a observés de loin sans faire de commentaire. Le fait qu'on se barre tous à quatorze heures ne l'a nullement choqué, tous les services le faisaient.

J'avais l'habitude de travailler seul, ça par contre, ne plaisait pas à môssieur. Du coup, dès le lendemain matin, Caius a décidé de m'accompagner pour « me montrer comment faire »... Mais c'est qu'il a de l'humour le laniste ! Et lorsqu'il a vu quelques mégots que je ne prenais pas la peine de ramasser, il a sauté sur l'occasion pour claquer son fouet et me rappeler à l'ordre. Ces mégots traînaient juste à côté de la poubelle – du gros foutage de gueule – donc hors de question pour moi d'y toucher, ça n'aurait fait qu'encourager les crasseux à continuer de les balancer.

Lorsque je lui ai expliqué mon point de vue, cet empoté m'a répondu que j'avais des gants. Ok et alors ? Il semblait n'avoir rien compris, je lui ai donc ré-expliqué une deuxième fois mon point de vue mais plus lentement. Sauf que lui aussi m'a répliqué la même chose une deuxième fois, à savoir que j'avais des gants...

Mon sourcil droit s'est levé et je lui ai demandé s'il était sérieux. Ah, ça par contre, il l'a compris, vu le câble qu'il a pété. Et le pire, c'est que plus il s'énervait, plus il postillonnait.

En bref, il m'avait dans le pif, mais impossible de savoir pourquoi. Sur le fond, il avait peut-être de bonnes choses à dire, qui sait, c'est possible après tout, mais impossible de discerner ce qu'il baragouinait car il ne faisait aucun effort pour articuler. De plus, le ton sur lequel il me parlait était exécrable, comme si j'étais la dernière des merdes.

Ne comprenant qu'un mot sur deux, j'ai préféré garder mon sang froid et calmer le jeu en mettant mon ego de côté et en ramassant les trente mégots sans broncher.

Mais à la pause du midi, lorsque j'ai appris qu'il était parti encaisser mes trois euros de consigne avec les bouteilles de verre et de plastique que j'avais trouvées dans la journée, là, c'est moi qui ai pété une durite.

En Allemagne, il existe un système de consignation, le « Pfand », qui permet de récolter vingt-cinq centimes pour chaque bouteille de verre ou de plastique intacte rapportée. En général, je trouvais une bonne dizaine de bouteilles par jour, ce qui représentait une soixantaine d'euros par mois, ce qui est loin d'être négligeable.

J'en avais rien à foutre des trois euros mais je trouvais son comportement si fourbe et écœurant que je me suis barré dès midi, furibond.

Et vu que le lendemain matin je ne m'étais pas calmé, j'y suis retourné pour m'engueuler avec lui.

Manque de bol, Caius avait prévenu « Jules César », son supérieur hiérarchique, celui qui avait le pouvoir de me mettre à la rue en me supprimant toutes mes aides, autrement dit de me jeter aux lions, et il lui avait rédigé un rapport mensonger : que mon boulot serait bâclé, que je ne voulais pas travailler et d'autres conneries dans le genre alors que ça faisait dix semaines que personne n'avait à se plaindre ni de mon travail, ni de mon comportement. Et les deux m'attendaient de pied ferme, le fouet à la main, à sept heures du matin, par Toutatis !

Lorsqu'on s'est assis tous les trois à l'intérieur de la vieille caravane toute petite et toute pourrie, qui nous servait de réfectoire et de refuge lorsqu'il pleuvait, « Jules » m'a donné le rapport assassin de « Caius » entre les mains.

En le lisant, j'ai eu un élan de pitié... Il était truffé d'erreurs d'orthographe, il y en avait à quasiment tous les mots. Et après l'avoir lu, lorsque « Caius » a essayé de s'exprimer avec son élocution désolante, cet élan s'est encore amplifié pendant un instant, jusqu'à ce que je réalise que vu tous les mensonges qu'il proférait, il faisait partie de ces gens impitoyables, prêts à tout pour sauver leur peau ou améliorer leur réputation.

En conséquence, lorsque ça a été mon tour de m'exprimer, j'ai utilisé le pouvoir du langage pour lui montrer que malgré notre différence d'âge, j'étais plus cultivé qu'il ne le serait jamais. « Caius » n'a pas réagi à mon long discours sur « l'importance d'une gestion à la fois souple, cohérente et responsable du personnel pour éviter les conflits inutiles », pas un seul mot ou geste de sa part, rien.

« Jules » par contre semblait mal à l'aise, réalisant probablement que j'allais poser un paquet de problèmes avec mes valeurs d'irréductible Gaulois.

Une fois mon discours fini, je me suis levé et j'ai pris mes affaires. Ce cirque et leurs humiliations avaient assez duré, il était temps pour moi de passer à autre chose. Mais alors que je venais d'ouvrir la porte pour sortir de la carriole, « Jules » a repris la parole pour me menacer de me sucrer une journée de salaire, c'est-à-dire sept euros cinquante, si je m'en allais avant d'avoir trouvé un compromis. Je me suis retourné, stupéfait qu'il n'ait rien trouvé de mieux à dire...

Puis, après avoir observé en silence, pendant un bref instant, leurs regards offensés, j'ai hoché la tête en signe d'acquiescement, et je suis parti, sans répliquer.

Ça ne servait à rien de perdre ma salive avec ces Romains car je venais d'un autre monde qu'eux, un monde dans lequel on a pleinement conscience que la vie est courte et fragile et qu'un jour tout s'arrêtera. Qu'importe le boulot, l'argent, le confort, la carrière, la réputation, tout cela je m'en foutais. L'essentiel pour moi, c'était que mon âme soit toujours en paix avec moi-même, hors de question de mourir avec une âme soumise, exploitée, abusée, humiliée, violée ou détruite.

Le soir même, j'ai appelé Mary, ma meilleure amie partie travailler en Angleterre, pour savoir si elle pouvait m'héberger un ou deux mois. Elle m'a répondu qu'il n'y avait aucun problème et que j'étais toujours le bienvenu chez elle.

Une semaine plus tard, je suis donc parti la rejoindre, « chez les Bretons ».

Je ne sais plus exactement pourquoi j'y ai déménagé. À l'époque, j'avais ressenti en moi une profonde envie de prendre le large et je l'avais suivie, sans trop me poser de questions.

J'avais vingt et un ans.

ID# Deuxième partie

Chapitre 17 : L'écriture

Quel bordel les déménagements. Pour les gens organisés, c'est peut-être une broutille mais pour les boulets, c'est du sport.

Vu que je déménageais à pied, en train et en bus, j'avais essayé de revendre les meubles que je ne pouvais pas emmener, comme l'étagère, le bureau et le lit, mais sans grand succès. Du coup, tout ce que mes amis ne voulaient pas récupérer, je l'ai offert à un groupe de punks qui vivaient dans un squat peu connu du centre-ville car bien caché par des arbres.

Pour le reste, deux de mes trois gros sacs de sport étaient remplis de vêtements indispensables, car chauds et imperméables, le dernier étant destiné à emmener des souvenirs.

Le problème, c'est qu'à force d'assimiler des souvenirs à toutes sortes d'objets, on les accumule, et on a du mal à s'en séparer.

Au bout de quelques jours, j'ai compris que mon véritable problème n'était ni le manque de place dans mes sacs, ni la réticence à jeter des choses qui se décomposeront tôt ou tard, mais le manque de confiance en ma mémoire, celle-ci étant quelque chose de sélectif et d'instable, qui évolue constamment, en fonction de quantité de facteurs différents.

Avec le temps, l'alcool, les médicaments ou la fumette par exemple, notre mémoire peut nous faire défaut, en oubliant des souvenirs, en les adoucissant, en les amplifiant, ou en les remettant en question.

Or, je voulais garder une forme de sincérité et de fidélité par rapport à mon histoire. Je voulais garder les cicatrices de mon vécu, sans pour autant les traîner comme un boulet. En bref, un juste équilibre entre les deux : ne jamais oublier, mais sans en souffrir pour autant.

En fait, la solution était simple : il me suffisait d'écrire sur papier tout ce que je ne voulais pas oublier.

Alors, je me suis plongé dans l'écriture, les relectures et les reformulations, au point de zapper la rénovation de la chambre, jusqu'à ce que Daniel, qui avait trouvé un autre colocataire, me le rappelle la veille de mon départ. On a donc passé une nuit blanche avec Daniel et Mélissa à le faire ensemble.

Faute de sommeil, j'ai fini par m'endormir, vers midi, comme une masse, assis au milieu de mes trois sacs, dans un petit parc à quinze minutes de la gare à pied, alors que j'attendais mon premier train.

Par chance, mon inconscient m'a réveillé en sursaut. De plus, deux SDF alcooliques sont venus m'aider, alors que je courais comme un cinglé avec mes affaires et la boule au ventre pour ne pas louper ce train, en portant chacun un sac jusqu'à la gare.

En voyant le choc sur leurs visages, lorsqu'ils ont réalisé, avec effroi, à quel point ces sacs étaient lourds, j'ai failli exploser de rire, malgré l'urgence. Les pauvres n'ont pas arrêté de faire des grimaces, de souffler et de gémir jusqu'à la gare. Surtout que je leur avais laissé les deux sacs les plus lourds... C'était leur sport de l'année, ça les a meurtris. Ils étaient au bout de leur vie en arrivant, complètement essoufflés et trempés de sueur.

Mais grâce à leur aide, j'ai pu monter dans le train in extremis. Je leur devais une fière chandelle, je leur ai donc offert, en guise de remerciement, toute la monnaie que j'avais.

À Bruxelles, j'ai continué mon cirque en courant dans tous les sens et en oubliant d'enregistrer mes bagages lourds pour le train de Londres. Au lieu qu'ils soient entreposés dans des espaces de stockage réservés, j'ai dû les trimbaler avec moi tout au long du voyage, ce qui amusait beaucoup les passagers qui ne portaient que de simples sacs à dos.

C'est quelque chose d'être un boulet. Je n'ai jamais atteint le niveau olympique d'Olaf, heureusement, mais je devais être pas loin du niveau régional.

En arrivant à Londres, Mary m'y attendait. Elle avait changé, elle semblait plus mature, moins tête en l'air, mais aussi un peu malade. Elle était pâle et semblait exténuée. Je lui ai demandé si ça allait et elle m'a répondu qu'il n'y avait pas de raison de s'inquiéter car elle était juste fatiguée.

À Londres, c'était infernal : que de circulation, de monde, et de chaos. D'ailleurs, à cause d'un énième pic de pollution, on s'est cotisés pour payer, exceptionnellement, un de ces taxis londoniens hyper spacieux et confortables pour aller à la gare Victoria, où l'on est arrivés pile à une heure de pointe... Je vous raconte pas le bordel.

Et lorsque notre train pour Bristol s'est affiché sur le grand panneau principal, c'était une hécatombe, un vrai raz-de-marée : une foule immense s'est précipitée sur le quai pour être les premiers à s'installer dans le train. On s'est fait bousculer dans tous les sens sans que personne ne s'excuse, comme si c'était le premier jour des soldes depuis des années. J'avais l'impression d'être une boule de « flipper », balancée à droite et à gauche contre des « bumpers » et des « slingshots ».

Du jamais vu en pleine journée. J'avais connu bien pire en pleine nuit, évidemment, mais là, c'était vraiment pas le moment, il faisait jour, on avait plein d'affaires à porter, on était sobres et il n'y avait pas de musique. Donc pour permettre aux passagers de faire leur « pogo » dans de meilleures conditions, il faudrait peut-être revoir le règlement de la « Société nationale des chemins de fer britannique » et autoriser un peu de son et quelques jeux de lumière.

Plus sérieusement, avec la fatigue, la moutarde m'est rapidement montée au nez, et j'avais beau faire de mon mieux pour rester calme – en me disant par exemple que ça ne servait à rien de s'énerver, surtout qu'on serait bientôt assis dehors à Barnstaple avec une boisson fraîche à la main – j'avais de plus en plus de mal à me contrôler.

Une fois dans le train, je suis resté scotché devant les grands espaces de stockage aux extrémités des compartiments, car ils étaient remplis de petites valises et de petits sacs qui auraient pu être entreposés sur les porte-bagages au-dessus des sièges. Et alors que je me retournais vers Mary pour lui demander ce qu'on allait faire de mes affaires, un couple d'une cinquantaine d'années l'a poussée hors du passage, dans le décor...

C'est la goutte d'eau qui a fait déborder le vase. En voyant Mary tomber par terre, j'ai complètement perdu mon sang froid, au point de gueuler « What the hell is this fucking country ?! Jesus Christ, where are all those so-called fucking gentlemen now ?! », d'effrayer ainsi le couple parti se mettre à l'abri, et d'envoyer valser, à travers le compartiment, l'ensemble des bagages stockés dans les espaces réservés.

Ma réaction n'était pas digne d'un gentleman non plus, il n'y a donc pas de quoi en être fier. Mais au moins, on a pu ranger mes bagages tranquillement et s'asseoir sans problème.

Une fois installés, pendant que les autres passagers ramassaient leurs affaires et les posaient enfin, comme par miracle, au-dessus de leurs sièges, et ce sans moufter, je me suis dit que c'était scandaleux que le respect se mérite... Le respect, c'est la base de toute chose, ça devrait toujours être donné...

J'étais vraiment déçu de ma première journée en Angleterre, contrairement à Mary qui, pas rancunière pour un sou, se fendait la poire à chaque fois qu'elle repensait à la tête choquée des passagers voyant leurs sacs voler.

D'ailleurs, elle aimait se moquer de moi en disant : « Uh, er, sorry Sir ? Could you please avoid touching my bag ? Oh my god... Okay, well, fine, great. I'll... er, better say nothing and get it myself... Thank you very much sir, that's er... lovely... »

Chapitre 18 : Mary

J'ai rencontré Mary à Bremen, lors d'un stage de théâtre, dans une de ces grandes maisons reconstruites après la guerre, dans une vaste salle très lumineuse avec du beau parquet.

La première fois qu'on s'est parlés, c'était lors de la troisième séance, lorsque le petit prof de théâtre chauve et mince avait demandé au groupe, avec sa voix aiguë, de se mettre par deux pour nous entraîner à danser, et si possible en binôme un garçon et une fille.

Comme souvent, j'avais été le dernier des garçons à réagir. Pendant que les autres s'étaient dépêchés de demander aux filles les plus séduisantes de les prendre comme binôme, j'avais observé le tumulte passivement, jusqu'à ce qu'il ne reste plus que moi, le glandu du groupe, et une grande jeune femme mince, habillée en yéti des neiges, avec des traits fins, un visage souriant, et de longs cheveux bruns non lissés.

Mary, qui possédait la double nationalité anglaise et allemande, avait vingt-et-un ans à l'époque, cinq de plus que moi, c'était donc elle qui était venue me dire, avec un sourire un peu gêné, qu'on allait devoir se mettre ensemble sachant qu'on était les seuls sans partenaire.

Au premier abord, elle avait l'air un peu perchée, un peu fofolle. Elle semblait très heureuse de vivre dans son propre monde, même lorsque du monde se moquait d'elle et de son apparence fantaisiste – elle portait toujours de larges pulls en laine car elle avait toujours froid, le problème c'est qu'ils étaient souvent moches.

Lors de la première danse, elle m'avait mis mal à l'aise en s'approchant trop près de moi. Gêné par tant de proximité, je ne savais plus comment me comporter, j'évitais donc de lui parler et de la regarder dans les yeux, jusqu'à ce qu'elle me demande sérieusement quel était mon problème, tout en me fusillant de son regard perçant et pétillant.

Voyant que j'étais timide, gêné, et que je ne savais pas quoi lui répondre, elle m'a expliqué d'une manière plus douce et plus complice que je devais faire un effort car il était possible qu'on nous demande de danser ensemble en public lors d'une représentation. Elle avait raison, j'ai donc acquiescé et nous avons commencé à discuter amicalement.

En fait, Mary était une personne remarquable, toujours joyeuse et de bonne humeur, pleine de caractère, d'humour, de vie, d'insouciance et d'originalité. Je me souviens aussi que son aisance verbale, sa confiance en elle et sa culture m'avaient particulièrement intimidé, au point de me sentir parfois inculte et désemparé lorsqu'elle s'exprimait.

Par contre, qu'est-ce qu'elle me faisait rire. Il fallait toujours qu'elle se dandine dans tous les sens et elle improvisait systématiquement tous ses textes, au grand dam du prof de théâtre. Et chaque fois que je devais jouer un personnage en face d'elle, elle en profitait pour me faire des grimaces discrètes, du genre renifler tout en regardant à droite et à gauche comme si ça puait la crotte par ici. Elle était si douée en grimaces qu'il m'est arrivé plusieurs fois de terminer mes textes sur une note beaucoup plus aiguë et joyeuse qu'il ne l'aurait fallu, et ce même lors des représentations...

L'amitié profonde qui s'en est suivie m'a apporté beaucoup de confiance car ce n'est pas tous les jours qu'on peut, à l'âge de seize ans, s'inspirer d'une jeune femme aussi imperturbable.

Mary était particulièrement surprise et heureuse de ma visite, surtout qu'elle avait peu d'amis à Barnstaple.

Et dire que certains passent à côté de telles amitiés, juste parce qu'ils jugent les gens de loin, sur leur apparence, ou parce qu'ils se laissent influencer par des ricanements ou des moqueries absurdes.

C'est d'ailleurs Mary qui m'a appris que les sages se moquaient d'eux-mêmes et que les idiots se moquaient des autres.

Chapitre 19 : GB

Une fois arrivés à la gare de Bristol, nous avons pris un bus pour Barnstaple. Alors, la beauté de la campagne britannique m'a enchanté.

Je ne connais pas grand chose du reste de la Grande-Bretagne mais le « Devon » valait le détour. Par moments, on se croyait dans le « Comté des Hobbits ». C'était tellement ressourçant toute cette nature, ces vastes plaines, ces collines vertes, ces falaises de craie et ces plages de sable entourées de pins.

Barnstaple était une petite ville de vingt mille habitants traversée par le fleuve « River Taw », où l'on trouvait plein de pubs chaleureux, dans lesquels de vrais musiciens mettaient une sacrée ambiance, et plein de petites boutiques intéressantes, dont de multiples « second-hand shops » où l'on pouvait acheter des vêtements utiles pour trois fois rien.

La plupart des jeunes britanniques que j'ai rencontrés semblaient s'ennuyer de cette région trop paisible pour leur goût – beaucoup rêvaient de vivre à Londres – mais moi perso, j'ai adoré y vivre.

Et ce malgré beaucoup de chômage et un temps souvent pourri : en plus du vent du nord glacial, il tombait souvent des cordes, et lorsqu'il ne pleuvait pas, il faisait gris. Sans blague, il nous est arrivé de ne pas voir le moindre jour de soleil pendant plusieurs mois d'affilée. Mais qu'importe le temps, Mary, elle, continuait de faire ses blagues ironiques du genre : « Ah, quel soleil, quelle chaleur, qu'est-ce que c'est agréable ! On va pouvoir se balader en short et sandales ! »

Après avoir affronté autant de froid, de vent, d'humidité et de pénombre, je comprends mieux d'où vient l'humour britannique si noir, décalé, ironique et sarcastique.

Mary vivait depuis deux ans dans une de ces grandes maisons mitoyennes en brique typiquement britanniques, en colocation avec cinq autres personnes.

Catherine, qui gérait cette coloc, occupait tout le troisième étage, le dernier. Elle était adorable, généreuse, à l'écoute, courageuse, et elle avait beaucoup d'humour. On ne la voyait que tôt le matin ou tard le soir car elle travaillait, à soixante-cinq ans, plus de soixante heures par semaine comme serveuse dans un pub...

Cette ancienne hippie avait des cheveux mi-longs en pétards teintés en noir, un visage fin, ridé et souvent éreinté à cause du surmenage et de ses problèmes de sommeil, et elle ne s'habillait toujours qu'en noir, de la tête aux pieds. Elle faisait souvent des efforts pour sourire mais on sentait qu'il y avait, sous son expression joyeuse et son regard pétillant plein de compassion, une profonde tristesse. Elle avait souvent beaucoup de mal à s'endormir, raison pour laquelle il lui arrivait de fumer des pétards bien chargés le soir. Sauf qu'elle était parfois si défoncée que vers trois heures du matin, on pouvait l'entendre faire la java avec son accordéon ou passer frénétiquement l'aspirateur ou réviser des pas de danse classique qu'elle avait appris étant jeune.

Et le matin avant d'aller au boulot, elle adorait cueillir et assembler des mauvaises herbes du jardin pour en faire une sorte de « salade » avec une vinaigrette épicée, tout en affirmant qu'il n'y avait rien de plus « sain et naturel » pour la santé, ce qui faisait rire Mary aux larmes.

Un jeune couple marié, grands amateurs de « ganga », souvent habillés en rappeurs avec pantalons larges et casquettes à l'envers, avaient la chambre au premier étage à gauche, avec vue sur le jardin.

La fille, Nelly, faisait des travaux d'intérêt général, un programme similaire au « Hartz 4 » en Allemagne, baptisé ironiquement « aide au travail ». En bref, elle balayait les rues et ramassait les poubelles trente heures par semaine pour toucher une indemnité d'environ 280 Livres Sterling par mois, ce qui est peu, vu le coût de la vie en Grande-Bretagne.

Son mari, Mohammed, un ancien migrant venu du Nigeria à l'âge de quinze ans, grâce à l'argent de ses parents et l'achat de faux papiers pour plusieurs milliers d'euros, avait réussi à obtenir de vrais papiers en épousant Nelly et en signant, dans un fast-food, un de ces « contrats à zéro heure » qui demandait une disponibilité de la part des signataires 24h/24 et sept jours sur sept.

Il a refusé de s'épancher en détails sur son périple pour arriver en Grande-Bretagne mais il ne voulait pas qu'il y ait d'ambiguïté : ça avait été un parcours du combattant, le trafic d'humains étant « un immense business abominable ».

Selon Nelly, il aurait vécu une sacrée désillusion en arrivant ici et en voyant autant de chômage. Avec les films américains et toutes sortes d'histoires et de rumeurs de richesses, de grandes maisons hyper confortables, de grosses voitures et de belles jeunes filles faciles à impressionner, il s'était attendu à autre chose. Toutefois, il refusait de se plaindre car il était heureux d'avoir épousé Nelly et il préférait largement vivre ici.

En dehors de leurs boulots, ces deux-là passaient leurs journées dans leur chambre, à jouer à des jeux vidéo et à fumer la chicha. On les croisait rarement dans la maison.

Au premier étage à droite, avec vue sur la rue, il y avait Jessica, une petite jeune femme blonde obèse qui travaillait à mi-temps dans un call-center, et qui galérait à éduquer seule son enfant de trois ans, Anthony, qu'elle avait eu à l'âge de seize ans. Du coup, Catherine, Mary et moi, on l'aidait à s'en occuper.

Anthony pouvait être un sacré loustic. Un jour, Jessica avait décidé de lui faire confiance en ne lui mettant aucune couche pendant toute une journée, une expérience couronnée de succès... Pile lorsque Mary et moi étions rentrés de notre promenade quotidienne, on avait entendu Catherine s'exclamer dans le salon : « Oh gosh, Anthony... You've shited through your pants and trousers into your socks and shoes ! » Et Anthony lui avait répondu que ça ne le gênait pas le moins du monde. Mary, qui riait toujours, était morte de rire évidemment.

Mais d'un autre côté, cet enfant très sensible était très affecté par le départ de son père, retourné vivre à Londres six mois plus tôt, suite à trop de disputes avec Jessica. Anthony souffrait visiblement de ne plus le voir et il l'exprimait en le réclamant, en s'énervant parfois de n'être entouré quasiment que de femmes, ou en demandant à sa mère de lui envoyer par la poste un de ses dessins. Mais Jessica, profondément blessée et pleine de rancœur d'avoir été quittée, a toujours refusé.

Avec moi, Anthony était toujours extrêmement adorable. Il essayait souvent d'attirer mon attention et de m'impressionner, il adorait que je lui lise « Le Petit Prince » de Saint-Exupéry et il se sentait très important lorsque je l'écoutais s'exprimer.

Mary et moi étions au deuxième étage à droite, avec vue sur la route, et il n'y avait personne dans la chambre d'en face. Sa chambre était propre, espacée et aérée, tout était bien rangé. Elle avait réussi à trouver deux armoires, une étagère et une grande table en bois massif sur laquelle se trouvaient nos PC. Mary adorait visiblement les bougies et les décors psychédéliques car il y en avait un peu partout, et elle avait apporté une touche de soleil à sa chambre, en appliquant sur les murs un enduit « tadelakt » en jaune chaleureux.

Catherine m'a expliqué qu'ils pouvaient uniquement se partager le loyer parce que le proprio était vieux et que la maison n'avait jamais été rénovée. En fait, je n'ai jamais payé de loyer mais j'étais toujours disponible pour aider les autres colocataires, surtout Catherine, qui ne voulait qu'une seule chose : que je sois bien. Et plutôt que de l'aider, elle préférait que je m'occupe d'Anthony qui avait vraiment besoin d'une présence masculine à ses côtés.

Tout le monde se partageait le salon et la cuisine au rez-de-chaussée et chaque étage avait sa propre petite salle de bain avec baignoire et WC.

Le gros problème de notre salle de bain au deuxième étage, c'est qu'un des carreaux de la fenêtre était cassé et qu'on n'avait pas assez d'argent pour le remplacer. Du coup, en hiver, il y gelait à l'intérieur. Idéal pour faire sa grosse commission ou prendre un bain... Surtout que la baignoire était si petite que lorsque je me lavais, je devais choisir où avoir froid : au-dessus du ventre ou aux jambes. Et il était impossible de prendre une douche avec les vieux robinets séparés : un qui donnait de l'eau bouillante et l'autre de l'eau gelée.

Je ne me souviens plus du nombre de fois où j'ai galéré pour obtenir une température de l'eau agréable pour le corps, me retrouvant tout nu, debout dans la baignoire, en train de me les geler pendant que mes mollets et mes pieds cramaient dans l'eau bouillante. La différence entre la température de l'air dans la salle de bain et celle de l'eau dans la baignoire pouvait atteindre plus de trente degrés.

En bref, c'était chaud de se laver.

Et pourtant, j'ai beaucoup aimé vivre dans cette colocation. Je m'y sentais libre et en paix. Surtout que tout le monde était très respectueux.

Chapitre 20 : WTF

Mary était un peu fragile physiquement et elle se fatiguait rapidement. Je lui ai donc filé un coup de main au boulot, surtout que l'équipe dans laquelle elle travaillait était composée essentiellement de personnes proches de la soixantaine, qui galéraient avec les tâches physiques comme aménager la grande salle, changer les décors et les scènes, porter dans la salle de projection au quatrième étage des bobines de films d'une trentaine de kilos, etc.

Je l'ai fait bénévolement, sachant que ce centre culturel n'avait aucun moyen de me payer, déjà qu'ils n'arrivaient pas à rentabiliser leur activité. Mais ça valait quand même le coup car, pour me remercier de mon aide quotidienne, le directeur m'avait autorisé à assister gratuitement aux films, concerts et pièces de théâtre qui m'intéressaient.

Ça m'a permis par exemple d'assister au concert de « L'orchestre de ukulélés de Grande-Bretagne » et plus généralement, de découvrir la culture britannique, comme la voix d'Amy Winehouse, les stand-up de Simon Amstell, ou la culture skinhead par exemple, qu'on peut découvrir dans le film « This is England ».

Ce taf bénévole ne me prenait que quelques heures par jour, j'en ai donc profité pour rejouer au foot, un sport que je n'avais plus pratiqué depuis des années.

En me baladant seul dans la ville, j'avais rencontré le dirigeant d'un club qui fumait dehors, au bord de deux terrains de foot, devant un grand foyer avec un superbe bar à l'intérieur. C'était un passionné de sport de quatre-vingt-trois ans, un vrai gentleman, très respectueux, très agréable et toujours à l'écoute qui portait toujours un de ces bérets typiquement britanniques, avec un visage très marqué, un grand nez crochu, et un regard souvent préoccupé. Il s'inquiétait beaucoup de l'avenir à force de voir disparaître, lentement mais sûrement, à chaque nouvelle génération, les anciennes valeurs qu'il défendait.

Lorsque je lui ai demandé le prix de la licence, il m'a expliqué que chaque joueur donnait deux Livres Sterling par match à l'arbitre officiel, ce qui m'a surpris car je m'attendais à devoir payer l'équivalent d'une centaine d'euros.

Du coup, je n'ai jamais compris le fonctionnement de leurs assurances. Je ne sais même pas s'il y avait une prise en charge en cas de blessures graves. Enfin bon, vu qu'il m'a toujours semblé beaucoup plus facile de souscrire une assurance et d'y cotiser que d'obtenir le moindre remboursement, peut-être que leur système est plus juste, qui sait.

Officiellement, les soins y étaient gratuits mais je n'ai aucune idée de la qualité du service donné, vu que je n'y suis allé qu'une seule fois pour des côtes cassées, suite à une collision avec un autre joueur, et que le médecin m'a affirmé que le meilleur moyen de les soigner, c'était de se reposer.

Le plus surprenant, c'était les terrains sur lesquels on jouait. Quelle horreur comparé aux pelouses synthétiques en Allemagne, où l'on pouvait s'entraîner tous les jours sans se soucier des conditions météorologiques. Alors qu'ici, les chevilles craquaient à cause des nids de poule et beaucoup de matchs finissaient dans la boue et l'obscurité. Heureusement que les anglais savaient frapper de loin – plein de boulets de canon finissaient en pleine lucarne – sinon il n'y aurait pas eu beaucoup de buts.

Le pire terrain sur lequel on a joué, c'était un champ de patate avec des taupinières, le tout à moitié inondé, en pente d'un bon pourcent... C'était limite impossible d'accélérer en montée et de ne pas glisser en descente. Et avec le temps pourri, nos pieds s'enfonçaient tellement dans le sol qu'il était impossible de passer le ballon, du coup tout le monde le balançait aveuglément vers l'avant, le fameux « kick and rush ».

Dans de telles conditions, seul un but farfelu pouvait donner la victoire et on avait gagné ce match un à zéro grâce à un dégagement du gardien adverse, en aval, qui avait tiré en pleine figure d'un de nos attaquants, en amont, ce dernier restant KO au sol suite au choc, alors que le ballon roulait dans le but adverse, sous le regard ahuri et abusé de l'équipe adverse.

Après ces matchs farfelus, souvent disputés dans le froid, contre le vent et sous une pluie infernale, j'avais le choix entre prendre une douche glaciale au clubhouse – car il n'y avait jamais suffisamment d'eau chaude pour tous les joueurs – ou attendre d'être rentré pour prendre un bain brûlant dans une salle de bain gelée.

Vu ce qui m'attendait à la maison, je ne me posais même pas la question, je prenais mon courage à deux pieds et j'allais brailler seul comme un âne pendant quelques minutes, sous le rire de mes coéquipiers. Mais ça en valait la peine car après ces douches glaciales, j'étais propre, j'avais chaud et j'étais bien plus réveillé que pendant l'ensemble du match.

La passion des britanniques pour les sports était impressionnante, c'était limite une religion, car malgré le temps, les terrains et les matchs pourris, il y avait toujours énormément de spectateurs.

Je pense que cette passion venait de la conscience de vivre sur une île, car lorsqu'on est entouré de flotte et que les espaces sont visiblement limités, on en prend soin : on cultive les sols avec amour, sachant que c'est la terre qui nous permet de vivre, et on défend farouchement son territoire.

Cet amour du sol sautait aux yeux dans leur pratique des sports. La « pétanque » britannique par exemple n'avait rien à voir avec son équivalent français. En France, on balançait les boules sur du sable, en gueulant avec un accent marseillais : « Tu tires ou tu pointes ? » Alors qu'au « Bowling Club » de Barnstaple, les « Ladies and Gentlemen » tous en costard, bien polis et bien éduqués, s'agenouillaient sur des serviettes et faisaient glisser les boules sur le sol en douceur, afin de ne pas abîmer le gazon naturel sacré, rasé à un centimètre pile poil, et pas un millimètre de plus !

Bon, au foot et au rugby, c'était un autre amour du sol, particulièrement barbare. Tout le monde semblait y aimer la castagne et voir des joueurs voler dans le décor, surtout à domicile où « imposer sa loi » physiquement et techniquement était une question d'honneur. Bref, il fallait, comme dans le « Kesseltreiben », ou dans les trains partant de Londres, que ça cogne et qu'on garde quelques séquelles. Mais là encore « dans le respect », c'est-à-dire sans provoquer de blessures graves ou dangereuses.

Le samedi soir aussi, il arrivait parfois de devoir « défendre un pub ». D'ailleurs, la plupart des histoires que mes coéquipiers racontaient avant ou après le match, avec leur fort accent local, tournaient autour de sorties de pub qui avaient mal fini, tard dans la nuit : « I was smoking in front of the 'Black Tavern' when a 'fucker came and told me to piss off. I asked him : Are you fucking kidding me you bastard ? And this wanker told me : Fuck off dickhead ! So I tried to punch this motherfucker in his fucking face, but he dodged the blow and managed to give me one on top of that. So I fell on the floor for a second, but when I got up again, this 'fucker got scared thinking you know man, this budy might fight the whole fucking night, so he ran into the fucking bar, calling for his fucking friends, asking them for fucking help ! » Etc.

Ces histoires, que je ne comprenais qu'à l'aide des différentes variations du mot « fuck », qui selon une légende serait l'abréviation de « Fornication Under the Consent of the King », étaient souvent exagérées, même s'il est vrai qu'à la sortie des pubs, il était préférable de ne pas trop « l'ouvrir ou la ramener ».

Par contre, après les matchs, c'était autre chose : on avait beau se défoncer la tronche pendant quatre-vingt-dix minutes, une fois la fin du match sifflée, il n'y avait pas de rancune entre les deux équipes et tout le monde se serrait la main, même à l'arbitre. Puis, après une douche gelée, tout le monde se retrouvait dans le clubhouse pour y manger des frites, boire des litres de bière et rire ensemble des buts marqués, des belles actions, des coups de sifflets douteux, et des blessures.

Mon entraîneur était le portrait craché du hooligan anglais : petit, en surpoids, très costaud, avec plein de tatouages et la boule à zéro. Il adorait profondément le côté physique de mon style de jeu, qui consistait à toujours aller au charbon tout en restant plus ou moins fair-play, à tel point que lors d'une causerie d'avant match, il avait espéré me motiver à fond en me demandant d'être « a fucking german tank ! », un putain de tank allemand.

Ce n'était évidemment pas la première allusion franche et déplaisante que j'entendais à propos du Troisième Reich, loin de là, mais ça faisait tellement longtemps que je n'en avais plus entendu que j'en étais vexé.

Au bout de quelques secondes, alors que j'étais à deux doigts de lui expliquer que je n'appréciais guère les références à l'histoire nazie, mon silence et mon regard froid avaient fini par le gêner au point de modifier son discours en : « Ey budy, I'm serious. Today, we really need you to fucking destroy everybody. »

Ça ne s'est jamais reproduit, il a bien interprété ma réaction.

En vérité, je savais qu'il n'en avait rien à foutre des nazis, qu'il voulait juste me dire qu'il aimait la passion avec laquelle je jouais et qu'il comptait sur moi pour que je donne le meilleur de moi-même. Je savais aussi qu'il avait du mal à s'exprimer et que ses propos étaient plus maladroits qu'autre chose.

Mais ça a toujours été un sujet très sensible pour moi, je n'ai jamais plaisanté avec ça.

Chapitre 21 : Reich

Pendant presque dix ans, je me suis senti responsable des crimes nazis, me les appropriant comme si j'avais été un fervent supporter de leur régime, alors que ça n'a jamais été le cas, bien au contraire.

Le fait d'avoir été régulièrement traité de « sale boche » et de « sale nazi » à l'école, pendant mon enfance en France dans les années 1980, y est pour quelque chose.

Enfant, je n'avais jamais osé demander à mes parents ou à mon grand-frère les significations de ces insultes. Je discernais parfaitement le ton agressif et insultant sur lequel elles étaient proférées, ce qui ne me donnait aucune envie d'en savoir plus sur le sujet.

C'est dans mon ancien collège français, cette sorte de grande prison tout en béton où il n'y avait qu'une seule entrée et sortie et où l'on n'avait droit qu'à trois choses – écouter, se taire et recopier – que j'avais compris le sens de ces insultes.

Alors que je venais de passer en classe de cinquième, la prof d'histoire avait abordé l'histoire du Troisième Reich à sa manière : en montrant dès le premier cours, sur un rétroprojecteur, un maximum de choses horribles sur le camp d'Auschwitz, tout en expliquant grosso modo en quoi consistait la « solution finale des nazis ».

Pendant que cette jeune prof d'histoire nous expliquait de plus en plus de détails atroces pour nous en mettre plein la vue, tous les regards de la classe se sont tournés vers moi, à cause de mon nom de famille allemand.

Personne ne m'avait jamais préparé à l'avance à l'histoire nazie, aux camps de la mort et à la Deuxième Guerre mondiale – des sujets tabous à la maison car mon père, qui souffrait profondément « de tous ces meurtres, de toute cette torture, et de la destruction de notre diversité, de nos vies, de nos villes, de nos valeurs, de notre culture et de notre histoire », pouvait s'emporter à ce propos et partir dans un mélange incontrôlable de tristesse, de déprime et de colère. Raison pour laquelle il lui arrivait, trois ou quatre fois par an, de se saouler au vin rouge et de finir la soirée en pleurant seul dans la cuisine.

Comprenant alors pourquoi j'étais autant renié, j'ai été envahi de sentiments d'horreur, de honte et de culpabilité.

Ça m'a tellement choqué et affecté que pendant la majorité du collège, j'ai vécu comme un fantôme, ne parlant à personne, m'isolant dans un coin pendant les pauses, encaissant seul et en silence les remarques désagréables. Le midi, il m'arrivait régulièrement de ne pas manger à la cantine, juste pour avoir du répit.

J'imagine que mes frères ont vécu quelque chose de similaire, ce qui expliquerait leur comportement souvent taciturne, mais je n'en ai aucune idée car nous n'en avons jamais parlé.

Avec les autres garçons, le contraste était impressionnant. Alors qu'ils essayaient par tous les moyens de se mettre en valeur et de séduire des filles pour « sortir avec », moi j'essayais en vain de donner du sens à ce que je venais d'apprendre. J'avais douze ans.

Le soir après les cours, j'errais souvent seul dans mon quartier, à travers les vieux immeubles en béton à moitié délabrés, jusqu'à vingt heures, l'heure à laquelle je devais être rentré pour ne pas me faire engueuler par mes parents, qui avaient peur que je fasse de mauvaises rencontres la nuit, dans cette banlieue où tout ce qui traînait dans les caves se faisait voler. Il m'arrivait aussi de m'isoler dans un vieux champ abandonné, non loin d'un camp de gitans, à quelques kilomètres au sud de ce collège.

La nuit, je ne dormais plus. J'appréhendais de m'endormir et de refaire ce même cauchemar encore et encore de ces squelettes humains à Auschwitz, torturés jusqu'à la mort par Josef Mengele. D'ailleurs, certains rêves paraissent si réels qu'on ne réalise que lors du réveil qu'il s'agissait d'un rêve.

Du coup, je passais mes nuits à écouter la radio dans mon lit, en général des conneries, jusqu'à ce que je tombe de fatigue vers trois ou quatre heures du matin.

Jusqu'à vingt ans, j'ai exaspéré et fait rire beaucoup de monde en arrivant systématiquement en retard et épuisé le matin. En fait, j'ai tellement bien joué mon rôle d'empoté passif et endormi que pas une seule personne n'a jamais soupçonné que l'unique raison de ma fatigue chronique et de mes problèmes de sommeil était une profonde blessure et incompréhension.

Pas même mes parents ou mon grand-frère qui, au lieu de chercher à comprendre ce qui m'arrivait, me reprochaient de « faire ma crise d'adolescence ». Alors qu'avant cela, j'avais été un enfant plutôt simple, autonome et agréable qui faisait rarement du chiqué, qui pouvait passer dix heures de route dans une voiture sans jamais chouiner avec seulement deux tortues ninjas comme jouets – par contre, qu'est-ce qu'elles prenaient cher ces deux-là : « Et pif et paf, et schting et yahhh et tu vas voir ce que tu vas voir ! » Ça ne rigolait pas... Et lorsqu'elles se reposaient, je transformais les sièges arrière de la voiture en canots de sauvetage sur un océan déchaîné, après que notre bateau pirate a coulé, suite à une confrontation meurtrière avec le fameux pirate Barbe Noire. Sans sauciflard, ni une seule goutte de rhum, c'était pas la goguette ! Ah, la vie dans les Caraïbes, elle n'y tenait qu'à un fil, certes, mais quelle aventure, quelle liberté, quel combat et quel horizon...

En cours, aucun élève et aucun prof – pas même la prof d'histoire – n'a jamais compris comment j'avais pu passer, du jour au lendemain, d'un élève attentif à un élève apathique et indifférent qui passait son temps à dessiner ou à regarder les nuages à travers les fenêtres.

Certains profs se moquaient même de moi en insinuant devant la classe que j'avais dû tomber amoureux d'une fille inaccessible. Alors, j'ai appris à cacher, un peu comme « Severus Snape » dans « Harry Potter », non seulement mes sentiments et mes émotions mais aussi mon intelligence et mes capacités d'écoute et d'observation, en me forgeant petit à petit l'image de quelqu'un de passif, endormi et deux de tension.

Ce qui intriguait le plus certains profs et élèves, c'était comment je m'y prenais pour continuer à obtenir d'excellentes notes alors qu'en apparence, je ne faisais plus aucun effort. Mais il suffisait d'avoir un bon esprit d'analyse et de synthèse pour tirer son épingle du jeu.

En cinquième et quatrième, beaucoup de profs se sont acharnés sur moi, en me virant de cours et en me sanctionnant de dizaines d'heures de colles et d'autres punitions ridicules, parce qu'en plus de ne plus prendre de notes, je ne répondais plus à leurs questions.

Mais bizarrement, leur colère s'est progressivement transformée en inquiétude en troisième, lorsqu'une sorte de fatigue chronique s'est emparée de moi, au point qu'il m'arrivait de plus en plus souvent de m'endormir en cours. Alors, certains profs ont préféré m'envoyer à l'infirmerie plutôt que de continuer à me sanctionner comme des cinglés.

Ce n'est qu'à l'âge de seize ans que j'ai commencé petit à petit à m'en libérer, après que nous avons déménagé à Bremen, mes parents, mes deux frères et moi, lorsque père y trouva un travail bien payé – une première pour lui et l'occasion pour nous de sortir de notre misère et ainsi de pouvoir enfin manger ce qu'on voulait et non ce qu'on pouvait se payer.

Les livres et les films que mes amis allemands, Hans, Friedrich, Felix, Benedikt et Manuel m'avaient conseillés, m'ont beaucoup aidé.

« Le liseur » de Bernhard Schlink par exemple, m'a permis de comprendre à quel point la destruction des livres non nazis avait handicapé le peuple allemand. Évidemment, plus un peuple manque de culture et d'éducation, plus il est facile à manipuler.

Dans le film « Imitation Game », on apprend, cinquante ans plus tard, la tragique histoire d'Alan Türing, qui a réussi à casser le code de la machine Enigma, utilisée pour crypter les messages pendant la Deuxième Guerre mondiale.

Le plus triste c'est que malgré ses découvertes inestimables, Türing a été poursuivi et jugé, après la guerre, pour son homosexualité, et forcé à choisir entre la prison et une castration chimique « pour se soigner »... Un scandale.

Et dire que l'homosexualité est, aujourd'hui encore, illégale et passible de mort dans un paquet de pays... Non mais sérieux, quoi, foutez-leur la paix...

A la fin de ce film, je m'étais demandé combien d'autres secrets d'État resteraient cachés à tout jamais. Car il est très probable que seul le « strict nécessaire » ait été révélé au peuple et qu'on ne sache que ce qu'on veut bien nous raconter, je ne saurai donc jamais toute la vérité sur quoi que ce soit.

D'ailleurs, ma prof d'histoire au collège n'a jamais mentionné les transgressions nazies du droit international tolérées par la Grande-Bretagne et la France : la création d'une armée de l'air moderne, le rétablissement du service militaire, la création d'une marine de guerre, la remilitarisation de la Rhénanie, l'annexion de l'Autriche, le sacrifice honteux et répugnant de la Tchécoslovaquie, offerte à Hitler lors des accords de München en septembre 1938, le pacte de non-agression signé entre George Bonnet et Ribbentrop en décembre 1938, le pacte entre Hitler et Staline en août 1939, et j'en passe.

De plus, contrairement à ce qu'on m'avait enseigné en histoire au collège, j'avais lu dans la presse internationale que le peuple japonais n'était pas « insurgé et fou furieux, prêt à tout plutôt que de se rendre » à la fin de la Deuxième Guerre mondiale. Au printemps 1945, l'empereur japonais aurait envoyé ses ambassadeurs aux États-Unis pour capituler sur-le-champ alors que le Japon n'avait plus d'armée et que sa population était affamée. Les Services américains auraient donc entretenu cette illusion le temps que la bombe nucléaire soit prête, afin de voir ce qu'elle avait dans le ventre.

Et les quarante mille morts à Nagasaki, trois jours après Hiroshima, auraient servi à « montrer aux militaires américains qu'une bombe au plutonium avait la même efficacité qu'une bombe à l'uranium... » Waouh. « In God we trust ! », comme dirait Francis Scott Key...

Mais ce dont j'avais le plus besoin, c'était de comprendre comment un peuple pouvait tolérer un tel massacre.

Et c'est le « dentiste » qui a le mieux répondu à mes questions, en me montrant le film « Le Labyrinthe du silence » sur le procès d'Auschwitz à Frankfurt en 1963, et en m'imprimant, entre autres, un résumé fidèle du concept de « Banalité du mal » de Hannah Arendt. Cependant, le mot « banalité » est mal choisi car il porte à confusion.

Arendt posait la question de l'inhumain qui gît en nous tous : si nous vivions nous aussi dans une dictature qui maintiendrait l'impunité pour les crimes les plus horribles, ne serions-nous pas tentés à notre tour de sombrer dans la monstruosité ?

Le rapport de Douglas Kelley, un ancien psychiatre de l'US Army chargé, lors du procès de Nürnberg, de l'expertise psychiatrique d'une vingtaine de responsables nazis, va d'ailleurs dans ce sens. Selon Kelley, aucun des dignitaires nazis ne présentait de symptômes de maladie mentale, et il existerait « d'innombrables clones de Goering ou de Ribbentrop dans toutes les sphères professionnelles, des individus gouvernés par leur narcissisme et leur ego, imperméables à tout scrupule moral », prêts à s'allier « au diable » si cela sert leurs intérêts.

Le message d'Arendt, c'était donc que le mal pouvait venir de n'importe quelle personne en manque d'éducation, de culture et de compassion, obéissant aveuglement à une quelconque autorité, en appliquant toutes les lois de son pays à la lettre, sans jamais les remettre en question, faisant prévaloir systématiquement l'obéissance sur la conscience.

Pour être un « bon citoyen », il faudrait d'abord s'assurer que les lois de son pays sont justes, respectueuses et humaines avant d'y obéir. Et lorsque ce n'est pas le cas, la « désobéissance civile » serait non seulement légitime, mais impérative. Tout ceci est bien sûr toujours d'actualité.

La dernière pièce du puzzle qui me manquait, c'était de comprendre que la grande majorité de la population allemande était convaincue qu'elle faisait « quelque chose de bien, d'essentiel », qu'elle accomplissait une « tâche suprême et vitale pour l'humanité »...

Pendant des années, la propagande nazie avait déshumanisé ses victimes en extrayant progressivement d'elles tout ce qu'il y avait d'humain, jusqu'à ce qu'une ligne de partage imaginaire soit créée entre les supposés « surhommes aryens » et les supposés « sous-hommes juifs, homosexuels, noirs, tziganes, handicapés, etc. »

Cette propagande continue était si efficace que les supposés « sous-hommes » étaient considérés comme « des parasites dangereux qui menaçaient l'être humain supérieur », des virus nocifs dont il fallait se débarrasser d'une manière « hygiénique », le plus rapidement et radicalement possible...

À savoir comment on se serait comportés si on avait vécu à cette époque, il n'y avait pas de consensus entre nous. Friedrich par exemple affirmait qu'en tant que grande gueule et syndicaliste de gauche, il aurait probablement été l'un des premiers à se rebeller et à se faire buter. Alors qu'Olaf a eu un moment de lucidité en affirmant qu'il aurait attendu mai 1945 pour faire de la résistance, sachant qu'un gaffeur et trouillard comme lui se serait rapidement fait attraper et qu'il aurait avoué tout et n'importe quoi, par peur de se faire torturer.

D'ailleurs, la croyance que la torture fait avouer des vérités est absurde. La torture fait péter les plombs à ses victimes, au point de raconter n'importe quoi, tout et son contraire, juste pour que la douleur cesse.

Lors d'un échange scolaire mémorable avec un élève américain vivant dans un coin paumé au fin fond du Texas, Olaf, encore lui, avait eu la mauvaise surprise, en arrivant chez sa famille d'accueil, de trouver un drapeau avec une énorme croix gammée accroché au-dessus de son lit... Ce faisant, sa famille d'accueil avait espéré lui faire plaisir et le mettre à l'aise... Le manque de culture, ça peut être cruel... Choqué, Olaf a sauté sur le drapeau nazi pour le détacher et leur a demandé de le jeter.

En tous cas, malgré beaucoup de doutes sur mon identité dans ma jeunesse, je n'échangerais ma double nationalité pour rien au monde. Car avoir accès à plusieurs cultures différentes est une incroyable richesse dont tout le monde devrait être fier.

Et les différentes cultures ont beaucoup plus à offrir que l'histoire ne laisse paraître.

Chapitre 22 : Aïe

En vivant avec Mary, notre amitié s'est rapidement transformée en relation. Ce n'était pas prévu, mais le fait de passer autant de temps ensemble nous a rapprochés.

Et le moins qu'on puisse dire, c'est qu'elle cachait énormément de qualités sous ses diverses façades. Jamais je n'aurais pu soupçonner autant de tendresse, de générosité, de sensualité, de fougue, sans parler de sa faculté de ressentir les moindres pulsions de mon corps. Comme quoi, il ne faut jamais se fier aux apparences.

J'avais été moins maladroit qu'habituellement avec elle. J'avais réussi, pour une fois, à mettre mon peu d'expérience à profit.

Je n'ai jamais été particulièrement timide, mais j'ai toujours eu besoin de beaucoup de temps pour faire confiance. D'ailleurs, entre prendre le risque qu'un préservatif craque lors d'une partie de galipettes avec une inconnue et s'astiquer le poireau, je ne me suis jamais posé la question : j'ai toujours préféré rentrer seul chez moi, me poser dans mon lit avec un paquet de mouchoirs, et sabrer le champagne. Car seules les véritables rencontres, celles qui nous laissent une trace à jamais, m'apportaient de la plénitude.

Passons les jeux du papa et de la maman à la maternelle et les premiers bisous à l'école primaire pour en venir à Charlotte, une magnifique jeune fille, sportive, avec de longs cheveux bruns foncés, un visage rond, des yeux noirs malicieux et de belles tâches de rousseurs, que j'avais essayé d'impressionner car elle avait treize ans – deux de plus que moi, un écart que je trouvais très intimidant à l'époque !

C'était un mercredi après-midi, personne n'avait cours. Aucune idée du pourquoi mais elle discutait avec sa meilleure amie sous un arrêt de bus tout en béton, non loin de l'immeuble où j'habitais. Après les avoir reconnues de loin, j'étais passé devant en leur disant « salut » et elles m'avaient répondu avec un hochement de la tête et un sourire légèrement moqueur.

C'était la toute première fois que j'avais osé lui « parler » vu que normalement, elle était toujours entourée d'une douzaine de copines. Alors, emporté par la folie des premières amours, j'ai escaladé l'arrêt de bus par l'arrière, puis j'ai sauté du toit, en m'imaginant retomber juste devant les filles, comme « Zorro » lorsqu'il sautait du superbe étalon noir « Tornado », puis me retourner vers elles et leur dire, avec un grand sourire et un clin d'œil macho : « Alors, la pêche ? ».

Mais pendant mon envol, alors que je rêvais d'une fin héroïque, j'ai perdu l'équilibre, et au lieu de retomber sur mes deux pieds, je me suis pris une méchante gamelle : une de mes chevilles a glissé sur le bord du trottoir et je me suis effondré par terre, me foulant quelque chose à la hanche au passage, ce qui m'a fait boiter pendant deux jours.

Il était une fois un blaireau qui avait fini à l'ouest à force de regarder trop de westerns.

Il m'a fallu vingt bonnes secondes pour réussir à me relever, avec le visage crispé par la honte et la douleur, rouge comme une tomate, sous le fou rire incontrôlable de la meilleure amie de Charlotte qui se demandait quelle mouche m'avait piqué.

Puis, voyant que Charlotte me regardait d'un air gêné, j'ai barbouillé quelques mots du genre « Bon bah, bonne journée... » et je suis rentré chez moi, en boitant douloureusement, toujours sous le fou rire incontrôlable de sa meilleure amie.

Bonjour la réputation de merde à l'école après de telles boulettes ! Qu'est-ce que je n'aurais pas donné pour pouvoir raconter à tout le monde que mes blessures venaient d'une baston légendaire, lors de laquelle j'avais sauvé plusieurs jeunes femmes en détresse des griffes d'une dizaine de fous furieux...

En fait, ce que j'aurais apprécié, c'est qu'on m'explique, dès l'âge de dix ans, que les bases d'une bonne relation étaient l'écoute, le dialogue, la tolérance, la confiance, la patience et la disposition à faire des sacrifices.

Personne ne m'avait expliqué que ça ne servait à rien de « faire le bonhomme », de se mettre en avant, de faire la cour aux femmes pendant des semaines, ou de se prendre la tête pour un oui ou pour un non, car les choses se faisaient naturellement, ou pas.

Personne ne m'avait expliqué qu'il suffisait d'être fidèle à soi-même et attentif, certaines occasions ne frappant que très discrètement à la porte.

Peu après mon saut de la mort du toit de l'arrêt de bus en béton, je suis passé en classe de cinquième. Alors, tout a perdu de son intérêt, même les filles, et ce jusqu'à l'âge de seize ans.

Après cette longue traversée du désert, j'avais réussi, sans savoir comment, à plaire à Mia, une jeune femme à première vue sympathique et mignonne, avec ses tresses noires et son regard charmeur, et ce malgré l'image de mou du genou que je m'étais forgé et que j'entretenais.

Au début de notre longue relation, celle-ci était si amoureuse que lorsque je rentrais trempé de sueur d'une soirée du genre « Kesseltreiben », elle me sortait un truc du genre : « Oh mais tu es tout sale, viens ici que je m'occupe de toi... »

Évidemment, ça n'a pas duré et lorsque le sentiment amoureux a commencé à se dissiper, sa réaction a changé en : « Oh mon Dieu, mais va te laver, tu pues l'oignon ! »

Un beau jour, un an plus tard, devant la petite maison traditionnelle de ses parents, elle avait essayé de m'expliquer, avec les larmes aux yeux, qu'elle ne m'aimait plus.

Il faut dire aussi que je n'étais pas un de ces « beaux étalons grands séducteurs au charme infini et au portefeuille bien rempli », il y avait donc peu de chances que ça dure éternellement.

Mais à l'époque, ça m'avait tellement surpris qu'à sa question si ses sentiments pouvaient revenir un jour ou pas, je lui avais répondu que non, je n'y croyais pas.

Après une semaine de pause, on s'était remis ensemble et ensuite c'était devenu une sorte de relation zigzag : on se quittait toutes les semaines et on se remettait ensemble au bout de quelques jours. Ce cirque a duré près de deux mois, jusqu'à saturation, lorsque je lui ai demandé, une bonne fois pour toutes, de la clarté.

Alors, elle a essayé très maladroitement de m'expliquer un truc du genre que je pourrais peut-être être l'homme de sa vie mais qu'elle était trop jeune pour ça et qu'elle voulait d'abord rencontrer d'autres hommes et vivre d'autres aventures avant de se poser définitivement.

Ce que j'ai super mal pris, j'ai trouvé ça hyper insultant, premièrement parce qu'elle donnait l'impression de s'ennuyer avec moi, qu'elle le dise clairement alors... Deuxièmement parce qu'elle semblait convaincue que je voulais passer toute ma vie avec elle, ce qui n'était pas le cas. Et troisièmement parce qu'elle me croyait naïf... Sauf que j'avais beau être investi sentimentalement dans cette relation, je n'étais pas dupe, je savais depuis longtemps qu'elle ne durerait pas éternellement, les séparations étant monnaie courante après le bac. La différence, c'est que moi je n'avais aucune envie d'en parler, contrairement à elle qui insistait pour m'expliquer tout cela en détails, comme à un gamin...

J'ai eu le droit à une overdose de douceur, de compassion et de tristesse qui, en plus de sembler à moitié jouée, était insupportable. Et plus elle s'exprimait, plus sa manière de me parler m'exaspérait.

Et alors qu'elle n'en finissait plus de se lamenter et que je commençais à sérieusement m'énerver, j'ai eu une sorte de révélation : même après un an et demi de relation, elle ignorait presque tout de moi... Car au lieu de me prendre pour un jeune homme conscient et résilient, elle me prenait pour une sorte de larve hyper sensible et fragile, qui risquait de s'écraser au premier obstacle...

Après une révélation aussi décevante, j'ai tout arrêté le soir même, en lui disant d'aller vivre sa vie de son côté et de me « foutre la paix ».

L'histoire aurait pu s'arrêter là mais non. Dès le lendemain, il a fallu que cette casse-pieds s'incruste avec une de ses amies à une soirée barbecue chez Bene, alors qu'elles n'étaient pas invitées. Et qu'est-ce qu'elle a trouvé de mieux à faire ? Draguer, dans le petit jardin fleuri de rhododendrons, un des potes de Bene devant moi, probablement après avoir lu dans un de ces magazines pour adolescentes que « rendre jaloux pouvait faire des miracles ».

Ouais, bah tu parles d'un miracle... Furax, à deux doigts d'exploser, je suis immédiatement rentré à la maison pour éviter de tout défoncer. Il fallait définitivement mettre un terme à cette histoire et ce le plus tôt possible.

Une fois dans ma chambre, j'ai hésité entre lui écrire une lettre et l'appeler pour lui dire ses quatre vérités. J'étais plus crédible au téléphone, je l'ai donc appelée. En tombant sur sa messagerie, je me suis dit que c'était une bonne chose car elle pourrait écouter mon message plusieurs fois, le temps de s'y accoutumer. Puis, j'ai gueulé comme un putois tout ce qui me passait par la tête – beaucoup d' « ordure » et de « pourriture » – pour illustrer à quel point je méprisais son comportement.

Ensuite, ça a été le drame total : la catastrophe, la tempête, l'ouragan, le tremblement de terre, le tsunami, la famine, la montée des eaux, la Troisième Guerre mondiale, tout simultanément. En bref, la fin du monde. Oubliez les drames « Roméo et Juliette » et « Titanic », ce sont des cacahuètes en comparaison. Que des larmes, de la fausse dépression, du chantage, des excuses bidons, des faux évanouissements, et j'en passe. J'ai eu le droit à du théâtre de très haut niveau, très travaillé, la palette complète, l'offre Tout Compris « All inclusive », et gratuitement en plus.

En bref, une séparation idéale, tout ce qu'il y a de plus paisible, aimable, et révérencieuse, où l'on se sépare en bons termes, sur une note positive et bienveillante, en se souhaitant du bonheur mutuel et en sachant qu'à chaque fois qu'on se recroiserait par hasard, ce ne serait pas un moment de gêne, de malaise, ou de pétage de plombs, mais une belle surprise...

Selon « Hartmann », qui est resté plus ou moins en contact avec Mia vu qu'il sortait avec une de ses amies, il paraît qu'elle aurait essayé de m'espionner sur Internet et de me suivre en soirée, parfois à moitié déguisée, afin de découvrir qui je fréquentais et ce que je faisais dans mon temps libre.

Le sentiment amoureux en soi est quelque chose de si instable, si fragile et si puissant qu'il peut nous rendre aveugle, se transformer en obsession, et nous pousser à toutes sortes de folies dévastatrices.

Pour être magnifique, ce sentiment doit être à la fois réciproque, sincère, respectueux et tolérant.

Autrement dit, malheur à ceux qui ne maîtrisent pas leurs émotions.

De manière générale, lorsqu'il n'y a plus de circulation d'énergie et de possibilité de discuter, il faut, si on veut garder quelques bons souvenirs, prendre un maximum de distance. D'ailleurs, je préfère largement une séparation rationnelle et un peu précoce qui laisse des traces nostalgiques, plutôt qu'une séparation trop tardive qui laisse un goût amer.

Un an plus tard, alors que j'avais recroisée Mia en soirée, j'étais quand même allé lui parler et lui demander quelques nouvelles, de manière à terminer cette histoire sur une note plus conciliante, plus raisonnable et plus vertueuse. Mais lorsqu'elle m'a proposé de garder une amitié, je lui ai répondu que je ne lui souhaitais sincèrement que du bonheur, mais ça, c'était trop me demander.

À mes yeux, le véritable amour n'est plus d'exiger des personnes qu'on aime de rester toute notre vie à nos côtés.

C'est, au contraire, d'avoir le courage de les laisser partir vivre librement ce qui les rendra heureuses, tout en ne leur souhaitant que du bonheur.

Chapitre 23 : Le dilemme des femmes

La relation avec Mary était limite idéale les trois premières années : à la fois stable et équilibrée, basée sur la confiance et le respect, et riche en conversations captivantes.

Il n'y avait pas de cadre rigide dans lequel une simple amitié peut être source de jalousie, pas de sentiments de propriété, de mensonges, de manipulations, d'ennui, de sensations d'étouffer ou de domination d'un des deux partenaires.

Nos prises de bec étaient rares mais on savait se disputer comme un vieux couple s'il le fallait.

Et la cerise sur le gâteau, c'est qu'on n'était pas pour autant dans l'émerveillement gaga. Pas question pour nous de graver un « together forever » sur un cadenas qu'on attache à un pont par exemple.

En fait, il n'y avait qu'une seule chose qui m'énervait chez elle : sa fatigue chronique. J'avais besoin de pouvoir compter sur elle à tout moment et parfois, j'avais la désagréable impression d'être le seul à tout gérer.

En tous cas, grâce à nos discussions sérieuses, le temps semblait désormais loin où les femmes me semblaient « compliquées et difficiles à comprendre ».

En vérité, c'est tout con : il suffit de bien les écouter, de lire entre les lignes, et de se mettre à leur place pour comprendre pourquoi elles nous en font voir de toutes les couleurs.

La majorité des problèmes viennent probablement de la différence d'éducation entre les garçons et les filles.

Apprendre à faire le ménage et la potée en jouant avec des poupées, tout en rêvant de « belles princesses libérées par le mariage et l'amour éternel d'un beau prince charmant », n'a rien à voir avec les rêves de chevaliers, de pirates, de cow-boys, d'aventures, de guerres, de batailles, de conquêtes, de victoires, de trophées, de richesse, de pouvoir, de gloire et d'honneur qu'on transmet aux garçons.

Surtout que beaucoup de filles sont éduquées dans l'angoisse : la peur qu'elle n'en fasse qu'à sa tête, qu'elle soit fragile ou trop sensible, qu'elle ne trouve pas « sa place » dans ce monde d'hommes, qu'elle salisse « l'honneur de la famille », qu'elle tombe amoureuse de garçons « non fréquentables », qu'elle les ramène à la maison, qu'elle épouse un abruti, qu'elle se fasse avoir comme un pigeon, qu'elle tombe enceinte ou doive avorter, et, dans le pire des cas, la peur qu'elle se fasse tabasser, enlever, violer ou tuer.

Mais à part tomber enceinte et avorter, tout cela peut aussi arriver à un garçon, qui peut très bien représenter plus de soucis et de problèmes qu'une fille. Et pourtant, beaucoup de garçons continuent d'être éduqués comme des rois.

Après, les peurs ne sont pas que négatives, certaines peuvent, à petite dose et à condition d'être maîtrisées, nous donner de bons conseils et nous avertir de dangers imminents.

À grande dose par contre, elles prennent le dessus sur l'objectivité, le bon sens, la réflexion, et peuvent développer des formes, voire des délires, de paranoïa et de psychorigidité. Et elles sont contagieuses, particulièrement chez les bébés et les enfants qui ressentent s'ils sont désirés et attendus avec impatience, ou s'ils sont une source d'angoisse et de stress, ce qui favorise toutes sortes de complexes dès le plus jeune âge.

En plus d'avoir une éducation souvent étouffante, la marge de manœuvre des femmes est si étroite qu'elles peuvent s'en prendre plein la gueule pour un simple faux-pas ou une simple faute de goût. Il n'y a pas de cadeaux, c'est impitoyable, même entre femmes.

Et la goutte d'eau qui fait régulièrement déborder le vase, c'est qu'en plus de grandir souvent privées de liberté, elles voient les garçons libres de s'émanciper, ce qui est injuste. Surtout que ces derniers ignorent tout du conditionnement des filles et des privilèges qu'ils ont. Et lorsque des filles essaient d'aborder le sujet, elles sont souvent ignorées, moquées ou méprisées.

Pas étonnant dans de telles conditions que beaucoup de jeunes femmes pètent des câbles. Et encore, je ne parle ni du harcèlement permanent, ni des femmes mises sous tutelles qui doivent épouser « le meilleur parti pour la famille », ni des femmes battues, ni des esclaves, etc...

Désormais, je comprends mieux pourquoi les femmes que j'abordais dans l'espoir d'avoir une simple discussion amicale, sans aucune arrière-pensée, m'envoyaient balader, avant même que je ne puisse m'exprimer.

Pour l'anecdote, les conversations entre hommes m'ont rarement intéressé, premièrement parce que trop d'hommes prennent une simple conversation pour de l'homosexualité, et deuxièmement parce que, sincèrement, c'est rare qu'ils aient quelque chose de captivant à raconter.

Lorsque le « Barbare » à Bremen fermait ses portes le mercredi vers trois heures du matin, il m'arrivait d'aller seul au grand pub « Le Bastion », une vieille maison en pierre de deux étages, rénovée et décorée dans un style Halloween, au cœur d'un parc d'un autre quartier éloigné. La soirée alternative/punk jusqu'à sept heures du matin y offrait une superbe ambiance avec des pintes de bières pour deux euros.

C'est là-bas que j'ai rencontré Nina, une de mes meilleures amies, une grande jeune femme blonde et mince, avec un visage très fin et des vêtements très stylés. Elle était assise seule à une table haute près du comptoir, avec un pina colada à la main, et elle passait son temps à observer ceux qui dansaient.

Malgré sa posture droite, son allure fière, et son regard particulièrement froid et sévère, j'ai eu une brève intuition qu'on pourrait bien discuter ensemble, je suis donc allé lui demander si je pouvais m'asseoir à côté d'elle.

Mais je m'étais à peine dirigé dans sa direction que l'expression de son visage s'était renfermée, comme si elle se disait « Oh mon dieu, j'espère que ce péquenaud ne va pas m'aborder ». Une appréhension que j'avais pris avec humour jusqu'à ce qu'elle me réponde sur un ton tranchant et désenchanté : « Mouais... Si t'as rien de mieux à faire... » Ouh la la, quel caractère !

En m'installant sur une chaise à une distance respectable d'elle, face à la piste de danse, j'avais décidé de mettre de côté mon ironie parfois trop puérile, surtout qu'elle semblait déjà regretter de ne pas m'avoir rebuté.

Mais je lui avais à peine demandé sérieusement comment elle s'appelait qu'elle m'avait lâché sur un ton colérique et menaçant : « Bon, tu vas m'en poser beaucoup des questions comme ça ?! Parce que moi là franchement, j'ai pas du tout envie de te parler. C'est clair ou il faut que je te fasse un dessin ?! »

Vexé par la violence de sa réaction, alors que je n'avais rien fait de mal, j'avais pris mon temps pour répondre, au point de finir par la mettre mal à l'aise.

Lorsqu'elle a essayé, une bonne minute plus tard, de se rattraper en me disant sur un ton plus conciliant « Non mais c'est bon, hein, tu peux parler si tu veux... », j'ai répliqué du tac au tac sur un ton aussi sec que le sien auparavant que je ne parlais que si j'en avais envie.

Vu sa tête dépitée, elle avait dû se dire un truc du genre : « Et merde, je suis tombée sur un grand susceptible en plus... » Et plus les secondes passaient en silence, plus le malaise semblait s'amplifier.

Mais elle n'a pas bougé pour autant.

Ce n'est qu'au bout de quelques minutes, une fois calmé, que je lui avais expliqué ma vision des choses : « Non mais je pense comprendre la raison de ta réaction agressive. Tu m'as vu arriver en pensant que j'étais un de ces obsédés du cul qui ne pensent qu'à « pécho ». Tu ne t'es pas imaginée une seule seconde que j'avais une copine avec laquelle j'étais heureux, que je n'avais aucune envie d'aller voir ailleurs, et que si je sortais, c'était pour profiter de l'instant présent, pour m'oublier, me perdre et me retrouver, mais aussi pour rencontrer de nouvelles personnes sympathiques et cultivées. En te voyant, je me suis dit qu'on pourrait sûrement avoir de belles discussions ensemble, mais il semblerait que je me sois trompé. »

Surprise par ma réponse, elle m'avait fixé avec ses grands yeux verts d'un air ahuri, jusqu'à ce qu'elle réalise que j'étais parfaitement sincère. Alors, son attitude avait complètement changé et elle avait insisté pour me suivre partout où j'allais le reste de la soirée, jusqu'à dix heures du matin, en participant à toutes les conneries qui me passaient par la tête, et en voulant discuter de tous les sujets imaginables.

En fait, Nina saturait complètement de cette société obsédée par le sexe, la prostitution et la pornographie, surtout qu'à chaque fois qu'elle sortait, elle se faisait draguer par des dizaines de mecs différents, aussi ridicules et repoussants les uns que les autres, comme si elle n'était qu'un bout de viande à leurs yeux.

Elle était si blessée et frustrée par ce manque de reconnaissance, qu'elle avait de plus en plus de mal à faire la différence entre les nombreux machos et sexistes qui veulent juste tirer leur coup et un jeune homme sincère et respectueux, qui souhaite rencontrer des personnes sensibles pour discuter, écouter, apprendre et partager.

Les discussions avec Nina et Mary m'ont permis de comprendre à quel point ça pouvait être contraignant et oppressant de ne jamais pouvoir se lâcher, de devoir être systématiquement accompagnées par des amies cent pourcents fiables qui gardent toujours un œil sur elles, et de devoir toujours se méfier des hommes, de leurs cadeaux et des boissons qu'ils vous offrent, et pas seulement des mecs frustrés, bourrés, jaloux, possessifs ou dominants, mais aussi de ceux qui semblent trop gentils, trop généreux, trop adorables ou trop « parfaits ».

Car chaque week-end sans exception, certains hommes vicieux cherchent des « proies faciles », autrement dit des filles bourrées, droguées, à moitié conscientes et mal accompagnées, pour les violer. On ne peut pas reconnaître ces hommes à l'apparence. En vérité, même des soi-disant « copains de copains » ou « copains de copines » à première vue chics, bien élevés et agréables sont capables de profiter d'un moment de faiblesse et de solitude de la part d'une femme.

Le point clé lors d'une rencontre, c'est donc la sincérité, ce qui n'est pas facile à discerner.

Aujourd'hui encore, on est loin d'un monde juste, paritaire et égalitaire entre les hommes et les femmes. La frustration générale de beaucoup de femmes est donc parfaitement justifiée.

Chapitre 24 : Mamie

Alors que ça faisait des mois que j'étais heureux de ma vie calme et banale en Angleterre, ma grand-mère française adorée que je n'avais pas vue depuis des années est morte d'un cancer.

En l'apprenant de manière aussi brusque, une sorte d'épuisement s'est emparé de moi, au point de devoir m'allonger dans le lit et de m'endormir instantanément.

Lorsque je me suis réveillé, cinq heures plus tard, j'avais les idées claires : je devais y aller. Alors, sans perdre de temps, j'ai pris des billets de train pour la France et toutes les précautions nécessaires pour mon départ, le soir-même.

Après un trajet bizarre, rempli d'appréhension et de réflexions sur la mort, je suis arrivé, le lendemain après-midi, dans la chaumière normande de ma grand-mère : cette maison rustique avec ses murs à colombages et son toit de chaume, entourée d'un jardin avec quelques arbres vieux de plusieurs centaines d'années et un potager, autrefois si bien entretenu, et désormais laissé à l'abandon.

Y recroiser toute la famille et les entendre discuter de boulot, de santé et de la vie en général était surréaliste. Perdu dans mes pensées, je ne les écoutais qu'à moitié.

Lorsque je suis entré dans le salon exposé plein sud, là où reposait mamie, l'air y semblait figé et glacé, malgré le soleil qui illuminait son visage très pâle.

Mamie reposait sur un lit funéraire réfrigérant, son corps était enveloppé d'un drap blanc, ses mains étaient posées croisées sur sa poitrine, et elle semblait au premier abord dormir sans rêver.

En s'approchant de son visage, on pouvait lire un mélange de souffrance, d'épuisement, de vide, de repos, de paix et de délivrance.

Voir une personne morte pour la première fois de sa vie est quelque chose d'étrange. C'était bien ma grand-mère, mais il ne restait que son corps en face de moi. Son esprit, sa conscience et sa personnalité s'étaient volatilisés, comme si son âme était redevenue une de ces molécules de poussière qui volent dans l'atmosphère.

Submergé par une vague de tristesse et de fatigue, j'ai pris une vieille chaise en bois pour m'asseoir à côté d'elle. Le visage couvert de larmes, j'ai pris sa main glacée dans la mienne, avant de m'endormir de nouveau, instantanément.

À partir de cet instant, j'ai perdu toute notion d'espace et de temps. Je ne sais pas combien d'heures je suis resté à ses côtés, sans que personne ne vienne me tirer de ma somnolence, à dormir, pleurer, rêver et à repenser à toutes sortes de souvenirs que je partageais avec elle : le temps passé à s'occuper des chiens, à cultiver son potager, à prendre plaisir à voir grandir toutes sortes de graines, à récolter des légumes pour les cuisiner et les savourer. D'ailleurs, aucune personne n'a jamais égalé la cuisine succulente de ma grand-mère.

Toutes ces journées passées à jouer dehors, à grimper jusqu'aux cimes des arbres, à construire toutes sortes de cabanes avec trois fois rien, à pécher, dans la rivière proche de sa maison, avec uniquement un fil et un hameçon, sans canne à pêche, afin de ressentir les moindres vibrations d'un poisson qui mort à l'hameçon.

A l'âge de dix ans, ma grand-mère avait décidé que je pourrais choisir les émissions qu'on regardait le samedi soir à la télé, ce qui, à l'époque, était une sacrée révolution ! Bon en vérité, ça restait quelque chose de très relatif, vu que le choix était limité à seulement quatre chaînes de télévision, et qu'en plus, on choisissait toujours un programme dans le consensus. Mais au moins, j'avais la télécommande dans la main, et ce pendant toute la soirée !

À douze ans, Mamie m'a laissé boire mon premier café et mon premier petit calvados maison à soixante degrés. Ah, je l'ai senti passer ce premier trou normand... au point de le suivre à la trace jusqu'à sa sortie. Évidemment, c'est resté un secret bien gardé entre mamie et moi, car on se serait fait tous les deux sonner les cloches si mes parents l'avaient appris.

Lorsque je lui avais demandé, à treize ans, ce que ça faisait de fumer, elle était allée piquer une de ces vieilles gitanes hyper fortes à un de mes oncles, qui laissait toujours ses paquets de blondes traîner sur le bord de la cheminée. Puis elle m'avait donné un paquet d'allumettes et m'avait envoyé, avec ma chienne préférée, dans la forêt qui longeait la maison pour y fumer tranquillement.

Une fois dans une clairière isolée, j'avais allumé la clope, tiré une grosse première taffe et bien sûr, toussé comme un phoque. Au moins, ça avait été efficace : je n'ai rien refumé jusqu'à l'âge de seize ans, lorsque j'ai pris goût à l'herbe.

Par la suite, j'avais souvent accompagné ma grand-mère lorsqu'elle prenait du cidre, du vin rouge ou du calva, car une fois éméchée, elle me racontait plein de secrets. Et c'est incroyable tout ce qu'il peut y avoir comme anecdotes cachées dans les grandes familles.

Toutes ces informations sur mes arrière-grands-parents, mes grands-parents, et mes parents m'ont permis de comprendre cet héritage familial que je traînais, inconsciemment, comme un boulet de forçat depuis ma naissance.

Un de mes arrière-grand-pères français, par exemple, avait été forcé, dès l'âge de huit ans, à aller chercher des éclats de houille dans des mines de charbon à mille mètres sous terre...

Mon père allemand avait lui aussi connu la misère. Chaque fois qu'il faisait une connerie, ses parents l'enfermaient dans la cave pendant deux jours, avec seulement de l'eau à boire. Ma mère française, quant à elle, était la reine des fugueuses pendant sa jeunesse, elle pouvait disparaître pendant plusieurs jours, sans que personne ne sache où, ni quand elle reviendrait.

Ma grand-mère m'a aussi appris que mes parents s'étaient mis sérieusement au travail après la naissance de mon grand-frère, en repassant l'équivalent du bac pour reprendre des études et des formations et obtenir d'autres diplômes, et ce afin de nous procurer un meilleur avenir.

Je me souviens lui avoir expliqué que mon grand-frère et moi, qui avions l'habitude de nous auto-gérer car on ne voyait nos parents que tôt le matin ou tard le soir, leur en voulions de ne pas nous consacrer suffisamment de temps. Elle m'avait alors répondu qu'on avait tort car le seul objectif de tous leurs sacrifices était que leurs enfants aient une meilleure vie que la leur.

Selon mamie, les enfants avec leur propre idéal de justice avaient parfois trop d'exigences envers leurs parents : « Les enfants fonctionnent sur du court terme, beaucoup ne voient que l'instant présent, et ils ne comprennent pas que leurs parents préparent l'avenir. »

Toutes ces révélations m'ont énormément aidé car ce n'est qu'avec la compréhension que vient l'acceptation, et que suit la libération. Comme quoi, il n'y a que la parole sincère qui peut nous libérer.

Quel incroyable cadeau de la part de ma grand-mère... qui insistait que ce cadeau n'était que pour moi, raison pour laquelle je n'en dévoilerai pas plus. Après tout, tout le monde a le droit de garder des secrets, personne n'est obligé de tout dévoiler.

Pendant les trois jours jusqu'à son enterrement, j'ai passé l'essentiel de mon temps assis à côté d'elle, à moitié endormi, dans une sorte de transe imperturbable, incapable de voir ou d'entendre quoi que ce soit d'autre que son esprit, qui portait les traits de son visage et qui flottait dans l'air, juste au-dessus de son corps. Était-ce un rêve ? Probablement, mais il m'est impossible de le savoir avec certitude.

En tous cas, ça m'a calmé et rassuré de voir son esprit me regarder avec tendresse et amour, et de l'entendre me dire que je n'avais aucun remord à avoir de ne pas l'avoir revue avant sa mort, et qu'il n'y avait aucune raison d'avoir peur de quoi que ce soit car la mort n'était qu'une étape de plus, tout simplement.

Au bout du troisième jour, j'avais atteint un stade où seul mon corps était présent. Mon esprit voguait ailleurs, dans les nuages. J'étais tellement envahi par mes sentiments, mes émotions et mes pensées que je n'entendais plus rien, ni personne. Les conversations traversaient mes oreilles sans qu'aucune information ne monte à mon cerveau. Toutes ces paroles n'avaient plus d'importance, seule la lumière et l'énergie comptaient.

Et alors que je me trouvais dans la cuisine, adossé contre un vieux placard en chêne massif, un de mes oncles m'a sorti de mes réflexions. Il se tenait devant moi, avec un air autoritaire et imposant, et il essayait de m'expliquer quelque chose, sans que je ne lui prête d'attention. En fait, il m'a fallu plusieurs minutes pour réaliser qu'il me parlait, et pour comprendre qu'il attendait de moi que je lise un texte religieux et émouvant dans l'église, ce qui était hors de question.

Car même si j'ai toujours aimé les églises et les cathédrales pour leur architecture, les orgues et leurs jeux de lumière, je n'ai jamais adhéré à la moindre religion à cause des guerres religieuses, des massacres, des crimes de l'inquisition et des scandales de pédophilie. Toutes les religions ont du sang sur les mains, aucune ne peut se vanter de n'avoir rien à se reprocher.

Lorsque je lui ai répondu calmement que non, je ne lirais rien du tout, il est parti dans un délire impressionnant, sûrement trop stressé par l'organisation de l'enterrement et toute la paperasse administrative qui va avec. Et le fait que je sois deux de tension devant une douzaine de témoins semblait avoir poussé ses nerfs à vif.

Je l'ai donc laissé finir sa crise avant de lui expliquer calmement mais froidement qu'il commençait sérieusement à m'énerver et que ce n'était vraiment pas le moment de me

« chauffer », car la tension et la fatigue émotionnelle accumulées ces derniers jours m'avaient rendu à la fois distant et discret, mais aussi intraitable, irascible et hostile, surtout lorsque quelqu'un avait le malheur de me sortir de mes pensées.

De plus, cet « oncle » était l'équivalent d'un inconnu pour moi. On avait parlé deux ou trois fois dans ma vie, pendant un quart d'heure à tout casser, et voilà qu'il voulait se mêler de mes affaires et me donner des ordres ? Non, je ne crois pas, non.

Et puis hors de question d'obéir à une personne qui m'agressait. D'ailleurs, trop de personnes acceptent, à cause de présumés liens « de sang » ou hiérarchiques, d'endurer des saloperies de la part d'un « membre de la famille » ou d'un « supérieur », alors qu'on ne laisserait jamais un inconnu nous traiter de telle manière.

Pris d'un moment de panique en voyant mon regard changer d'une manière qu'il ne connaissait que trop bien, mon grand-frère a ouvert la fenêtre en affirmant haut et fort qu'il faisait en effet « très chaud » dans la cuisine. Les diversions, ça avait toujours été sa spécialité.

Mon oncle a hésité à en rajouter une couche pendant quelques secondes avant de se ressaisir et de sortir à moitié furibard, sans dire un mot de plus.

Le lendemain, lors de l'enterrement, l'esprit de Mamie flottait dans l'air devant moi, avec un sourire plein d'amour. Lorsque ce fut mon tour de faire un signe de croix devant le cercueil, je lui ai répondu, à travers ma voix intérieure, « à bientôt mamie ».

En partant, mamie m'a offert d'incroyables cadeaux : des parents et des frères plus sensibles, plus agréables, et plus à l'écoute, mais aussi une nouvelle forme de confiance en moi, car elle m'a enlevé définitivement toute peur de souffrir, de mourir ou de la mort en elle-même.

En fait, les personnes « décédées » qu'on a profondément aimées ne disparaissent jamais, elles continuent de vivre en nous. J'ai gardé par exemple beaucoup du caractère et des valeurs de ma grand-mère, de ses mimiques, de sa manière de penser, de s'exprimer et de voir les choses.

La vérité, c'est que dans tout ce qui « disparaît », il y a toujours quelque chose qui reste.

La vie et la conscience ne s'arrêtent donc jamais.

Chapitre 25 : MS

Sur le chemin du retour, une soirée entre amis en Allemagne m'est revenue à l'esprit, pendant laquelle Olaf avait affirmé que son plus grand souhait était de « ne pas mourir bête ». Alors, « le docteur » lui avait répondu du tac au tac : « Dans ce cas-là, gros, essaie de ne pas mourir... » Et on avait tous explosé de rire.

Cela faisait au moins une semaine que je n'avais pas ri, une éternité.

J'étais content de rentrer et de retrouver Mary et j'avais hâte de savoir les résultats de ses examens, dont une prise de sang. Car pendant l'enterrement de ma grand-mère, Mary en avait profité pour aller voir un spécialiste à Plymouth pour ses problèmes de fatigue, de stress et d'émotions : elle avait beau dormir une douzaine d'heures par jour, elle était tout le temps épuisée. Et on se prenait de plus en plus la tête à ce sujet.

Dès l'instant où je suis descendu du bus à Barnstaple, j'ai senti que quelque chose clochait. Elle était émue et son regard était différent, plus intense que jamais. Inquiet, je lui ai demandé si ça allait.

Voyant que l'accumulation des événements récents et du voyage m'avaient crevé, Mary m'a rassuré en me disant que je n'avais aucune raison de m'inquiéter et qu'on discuterait ensemble de tout cela à la maison, après une sieste.

Lorsque je me suis réveillé, elle avait déjà préparé du thé et posé des cookies maison sur la petite table de nuit à côté du matelas, et elle était assise sur ses genoux, à côté de moi, avec les larmes aux yeux. Elle m'a embrassé sur le front, puis elle m'a expliqué qu'elle souffrait de deux maladies à des stades bien avancés : une hypothyroïdie et la sclérose en plaques.

Je n'avais aucune idée de ce que c'était, alors elle m'a expliqué que l'hypothyroïdie était une insuffisance d'hormones qui entraînait un ralentissement global des fonctions de l'organisme et la sclérose en plaques était une inflammation et une dégénérescence des nerfs.

D'un coup, tout s'expliquait : pourquoi elle était tout le temps épuisée, pourquoi elle dormait autant, pourquoi elle avait toujours froid et mal au dos – sa moelle épinière était endommagée –, pourquoi il lui arrivait d'avoir des sautes d'humeur aussi explosives, et des crises de douleur avec la sensation que sa peau s'enflammait.

Mon premier choc a été de réaliser que cela faisait des années qu'elle devait être malade et que jamais cette possibilité ne m'avait effleuré l'esprit...

Tout ce temps, j'avais été complètement aveugle, naïf et niais... J'avais vécu inconsciemment, comme si de rien n'était, en croyant tout le tintouin sur « la société la plus confortable de l'histoire, avec une espérance de vie de quatre-vingt-dix ans grâce aux fulgurants progrès de la science et de la médecine ».

Jamais ça ne m'avait effleuré l'esprit que ces progrès n'étaient accessibles qu'à une minorité et que le reste d'entre nous allait morfler. Quelle claque.

Par la suite, j'ai énormément culpabilisé en repensant à tous les reproches que j'avais pu lui faire à cause de sa fatigue chronique...

Lorsque je lui ai demandé quelles sortes de médicaments et de traitements existaient pour la soigner, elle a eu un moment d'hésitation où elle a regardé le ciel par la fenêtre. Alarmé, je l'ai priée de ne rien me cacher.

Alors, à contrecœur, elle m'a expliqué avoir vu plusieurs médecins et que tous avaient eu un discours similaire : tous les médicaments et tous les traitements ne pourraient qu'atténuer la douleur, pas la soigner. Et le plus probable des scénarios, c'est qu'elle risquait bientôt la paralysie.

Cela faisait déjà quelque temps que j'avais en effet remarqué qu'elle avait de plus en plus de mal à finir nos randonnées. Mais ignorant comme j'étais, j'avais cru que c'était lié à la fatigue et au stress qu'elle s'infligeait elle-même, en se prenant la tête avec l'argent, le boulot et l'avenir.

Si les médecins avaient raison, non seulement elle ne pourrait plus marcher d'ici quelques années, mais son handicap s'aggraverait jusqu'à ce qu'elle meure, ce qui pouvait arriver « assez vite » si elle se laissait aller. Incapables de donner le moindre chiffre ou de préciser ce qu'ils entendaient par « assez vite », les médecins ont préféré encourager Mary à bien prendre soin d'elle, de manière à vivre « encore longtemps ». Mais leurs grises mines ne l'avaient pas rassurée.

Il m'est impossible d'expliquer le choc que ça m'a fait et les sentiments complexes et violents que j'ai ressentis. Et sûrement pas en assemblant des mots.

Lorsque j'entends parler de souffrance, de tristesse, de choc, de bouleversement ou de drame par exemple, ça ne veut plus rien dire pour moi. Car il y a des centaines de chocs ou de bouleversements différents et des centaines de manières différentes de ressentir de la souffrance ou de la tristesse.

Je pourrais rajouter autant de mots, de noms, d'adjectifs et d'adverbes que je voudrais, jamais je n'arriverais à exprimer correctement ce que j'ai ressenti à l'époque et ce que je ressens encore aujourd'hui, le langage ayant lui aussi ses limites.

Tout ce que je peux dire, c'est que Mary était une personne incroyablement sensible, adorable, douce, respectueuse et généreuse. Je n'ai jamais compris et accepté qu'elle doive mourir aussi jeune, surtout que j'ai croisé un paquet de vieux retraités frustrés, complètement cinglés, qui passaient leurs journées à harceler le monde autour d'eux.

Il n'y a vraiment aucune justice, aucun destin et aucun mérite dans ce monde. Tout cela, ce ne sont que des illusions pourries, censées nous donner de faux espoirs. La vérité, c'est qu'on a de la chance ou on n'en a pas, tout simplement. On peut faire autant d'efforts qu'on veut, si on a trop la poisse, ce sera en vain.

En fait, on est parfois beaucoup plus impuissant qu'on ne le croit. Vu la brutalité de mon éveil, j'aurais préféré n'avoir jamais été un idéaliste, bercé par tant d'illusions pendant tant d'années, par toutes ces fausses promesses que tout finira forcément bien...

Mon corps a aussitôt réagi à ces révélations. Envahi de larmes et d'une immense fatigue, j'ai été incapable de rester éveillé, et je me suis rendormi, encore une fois, instantanément.

Le lendemain matin, je faisais de l'eczéma pour la première fois de ma vie, au point de devoir me gratter les mains jusqu'au sang, tous les soirs, pour pouvoir m'endormir.

Parfois, j'attendais que Mary s'endorme pour observer, pendant des heures, son visage fin, à moitié éclairé par les bougies, à la fois doux et marqué par les épreuves de la vie.

Chapitre 26 : La pythie

Parfois, on aimerait bien avoir une pause, le temps de souffler. Mais la vie ne s'arrête jamais, elle continue toujours, et il faut faire avec.

En tous cas, Mary mérite le plus grand respect. Elle avait souvent les larmes aux yeux, mais elle n'a jamais voulu s'y attarder. Plutôt que de se morfondre dans un océan de plaintes et de déprime, elle a préféré redoubler d'efforts pour garder sa joie de vivre et être fière du temps qu'il lui restait.

De mon côté, ma vie est devenue, pendant plusieurs semaines, une sorte de film qui défilait continuellement devant mes yeux, une sorte d'instant présent prolongé que je passais à rêver, pendant que j'essayais de donner du sens à tout ce que mon corps me faisait ressentir comme émotions et sentiments.

Jusqu'à ce qu'on réalise qu'on avait besoin de comprendre comment elle avait pu tomber aussi malade, sachant que Mary avait toujours vécu de manière plutôt saine : elle ne fumait pas, buvait rarement, ne prenait aucune autre drogue, n'avait aucun antécédent médical familial et mangeait, à première vue, de manière raisonnable.

Du coup, on s'est plongé dans le Net pour trouver des réponses sur les origines de ses maladies. Mais après des nuits entières à y chercher quelque chose de plausible, on était frustrés, car le flou y était généralisé : on y trouvait plus de suppositions que d'informations vérifiées et il n'y avait aucun consensus sur le moindre sujet, on pouvait toujours trouver quelqu'un qui voyait les choses d'une autre manière. Dans ce cas-là, on fait quoi, on choisit ce qu'on veut croire ?

Le discours le plus relayé sur les problèmes de santé était que la majorité seraient soit hérités des parents, soit la conséquence de problèmes psychologiques, genre stress et dépression, soit la conséquence d'une vie débridée. Mais Mary ne tombait dans aucune de ces trois catégories.

De plus, vu les millions de personnes dans le monde qui sont obèses, diabétiques, atteintes de malformations, de cancer, d'Alzheimer, de Parkinson, d'autisme, d'asthme, d'ulcères, de colopathies fonctionnelles, d'anémie, d'asthénie, d'hypertension, de maladies cardio-vasculaires, de leucémies, de schizophrénie, et j'en passe, c'est moyen comme explication.

À la fin, malgré la découverte de quelques informations intéressantes, on a fini par se méfier de tout ce qu'on trouvait sur Internet, surtout sur les réseaux sociaux où un montage audiovisuel mensonger publié et partagé plusieurs milliers de fois peut rapidement devenir une « vérité acceptée de tous ». Et ce alors que n'importe quel extrémiste du monde entier peut y publier, instantanément et de façon anonyme, tout ce qui lui passe par la tête pour inciter à la violence.

Pour se faire une opinion, il faut donc se concentrer un maximum sur l'auteur : Pour qui travaille-t-il et dans quel but a-t-il écrit cet article ou publié cette vidéo ? Pour faire de l'argent, attirer l'attention, influencer, manipuler, défendre des idées, instaurer le doute, propager des rumeurs, ou pour informer ? En bref, est-ce que cet inconnu nous semble digne de confiance ou pas ?

Je ne sais plus exactement pourquoi, ni comment, mais plutôt que de se concentrer uniquement sur les problèmes de santé, on s'est mis à lire tout ce qui nous tombait entre les mains.

C'est rapidement devenu une routine de comparer plein de journaux différents pour voir lesquels avaient le plus d'éthique.

Et petit à petit, la recherche d'informations est devenue une sorte de baume, ça nous donnait l'impression d'agir concrètement.

Mary comparait les journaux britanniques et américains pendant que je décortiquais la presse française et allemande, et le moins qu'on puisse dire, c'est qu'il y a d'énormes différences entre les journaux et les pays.

Qu'est-ce qu'on peut trouver comme reportages « chocs » d'enquêtes criminelles, de faits divers sensationnels, incroyables, inédits, exclusifs, inouïs, du jamais vu. Et il semblerait qu'on puisse se faire des couilles en or avec des histoires inventées de toutes pièces et « confirmées » par des fausses confidences payées.

Mais à force de trier tous ces journaux et de lire entre les lignes, on a fini par trouver ce qu'on cherchait : des explications crédibles à nos yeux.

Beaucoup des problèmes de santé pourraient venir de la contamination de l'eau, de l'air et des sols, à cause de la pollution mondiale et des tonnes de déchets et de produits chimiques qui sont balancés à droite et à gauche, dans l'indifférence totale.

Pas étonnant qu'on retrouve dans nos assiettes des aliments farcis de métaux lourds, d'hydrocarbures, de nanoparticules, de dioxines, de résidus de pesticides, d'insecticides, de fongicides, d'herbicides.

En plus de mettre des centaines voire des milliers d'années à se décomposer, les polluants chimiques rentreraient « comme du sable dans les cellules et les altéreraient à long terme, perturbant les hormones sexuelles et provoquant toutes sortes de maladies graves. » Tout le contraire des intoxications aux microbes qui provoqueraient une réaction immédiate du corps humain.

Certains articles et documentaires sur les perturbateurs endocriniens, ces produits chimiques dissimulés dans des milliers de produits courants, étaient particulièrement inquiétants : ils « pirateraient les systèmes hormonaux, provoquant de la stérilité, des pubertés précoces, malformations du pénis ou cancers des testicules chez les garçons, cancers du sein ou désordres ovariens chez les filles, des ménopauses précoces, des troubles de la croissance et un effondrement des défenses immunitaires, et ce même à faible dose… »

Et le pire, c'est que de nouveaux produits toujours plus puissants sont développés et commercialisés chaque année, à cause des résistances que les mauvaises herbes et les parasites développent avec le temps...

En bref, on n'est pas sorti de l'auberge, surtout que les conséquences de cette pollution invisible à l'œil nu peuvent mettre des années à se dévoiler.

L'être humain, qui ne laisse aucun espace inexploité, est évidemment à l'origine de cette pollution colossale. D'ailleurs, vu la surpopulation mondiale et notre manque de conscience écologique, c'est surprenant que l'ensemble de la faune et de la flore ne soit pas encore totalement ravagé. Mais ça ne saurait tarder.

Pour limiter le carnage, il faudrait qu'on consomme moins et mieux, et qu'on se restreigne à deux enfants par couple. Le problème, c'est qu'une « descendance » est un signe de richesse et de prospérité dans beaucoup de cultures : plus il y a d'enfants, mieux ce serait, au point de pointer du doigt ou de stigmatiser ceux qui n'en n'ont pas ou qui n'en veulent pas.

Ironiquement, certains essaient encore de nier que l'être humain, son style de vie et son mode de consommation sont les premiers responsables de tous ces déchets et de toute cette pollution.

Leurs conneries sur les flatulences des vaches par exemple – ces soi-disant « ennemies de la couche d'ozone » - c'est du pipi de chat, premièrement parce que ce sont les humains qui ont échangé leurs fourrages naturels contre des aliments bourrés de glucides, ce qui donne le fameux méthane, et deuxièmement parce que les animaux ne prennent ni la voiture, ni l'avion, ils ne font pas de croisières sur des paquebots pouvant émettre plus de deux cent mille particules fines par centimètre cube, ils ne produisent et ne jettent pas de produits hyper toxiques partout, ils ne pratiquent ni le « chalutage en eau profonde », cette déglingue durable des fonds marins, ni l'extraction du « gaz de schiste », qui consiste à balancer autour des nappes phréatiques plus de six cent composés chimiques pour en faire sortir du sol. Et vu qu'un puits de schiste fournit la moitié de sa production en un an, il faut sans cesse en forer de nouveaux. Vive l'eau contaminée...

Mais ce ne sera jamais la faute des humains, promis-juré-craché.

Tous ces humains qui se croient « importants, intelligents et supérieurs à la nature et aux animaux » sont en fait le pire du pire. Afin de faire triompher leur ego et l'hypocrisie, et à force de buter, de manger, d'empailler et de collectionner toutes sortes d'animaux morts comme des trophées, ces enflures ont fait l'amalgame entre « la domination » et « l'intelligence »...

La planète serait vieille de plus de quatre milliards d'années et les humains se croient les « rois du monde » en détruisant et en empoisonnant tout, quelle preuve d'intelligence.

Enfin bref. Avec une planète aussi consommée, polluée et surpeuplée d'ignorants, certains affirment non sans raisons que tous les voyants sont au rouge et que ce sera bientôt la fin des haricots : il y aurait plusieurs sortes de cataclysmes dans les « trente prochaines années », avec de nombreuses catastrophes naturelles, des guerres à cause des pénuries d'eau potable, de nourriture et d'électricité, des épidémies et des pandémies à cause de notre affolante production et consommation de viande et de la résistance croissante des bactéries aux antibiotiques.

D'ailleurs, si les bactéries résistent un jour à la Colistine, « le dernier rempart humain à n'utiliser qu'en cas extrême », toutes les anciennes épidémies redeviendront mortelles. Sachant que les trois quarts des antibiotiques fabriqués seraient balancés dans la gamelle des animaux, et que le risque qu'une résistance se développe augmente à chaque utilisation, on comprend mieux l'inquiétude des scientifiques écolos.

On entend aussi parler de construire une « arche de Noé » ou de « conquérir l'espace pour permettre à l'espèce humaine de survivre ». Afin de perpétuer tous nos bienfaits ailleurs ? Perso, ce serait un cauchemar pour moi de vivre dans une station spatiale, je préfère autant crever ici.

En tous cas, quoi qu'il arrive, on ne pourra s'en prendre qu'à nous-mêmes. Notre conscience était censée accompagner la nature dans la préservation de son équilibre, mais notre ego, notre manque d'éducation, de sensibilité, de compassion, d'intelligence, de bon sens, de solidarité, et notre refus de nous donner des limites nous auront décimés.

Après, la question qui se pose, c'est si la planète réussira à se régénérer ou pas. Personnellement, je pense que la nature finira, tôt ou tard, par reprendre tous ses droits.

Chapitre 27 : Régime

Dire que pendant longtemps, Mary et moi avions cru les discours rassurants sur la nourriture, à savoir qu'aucun aliment ne serait mauvais en soi, que la malbouffe serait sans incidence pour 90% de la population, que seuls les excès et le manque d'activité seraient dangereux, que tout était contrôlé et que les normes étaient respectées. Qu'est-ce qu'on était naïfs...

Alors qu'il suffisait d'ouvrir les yeux : le pourcentage de personnes obèses et malades dans le monde ne cesse d'augmenter, on enchaîne toutes sortes de scandales alimentaires, comme celui de Kreutzfeld-Jacob, les intoxications alimentaires aux salmonelles, les contaminations à Escherichia Coli, les œufs au fipronil, le poulet à la dioxine, et la liste des ingrédients allergènes ne cesse de s'allonger : « Susceptible de contenir des traces d'arachide, de lactosérum, d'œuf, de soja, de gélatine de poisson, de gluten, etc. »

Friedrich est devenu diabétique, un cauchemar, en plus de son obésité. D'ailleurs, lors d'une semaine de vacances en Allemagne, il nous avait prélevé une goutte de sang, un matin après notre petit-déjeuner sucré, pour calculer, grâce à son lecteur de glycémie, notre taux de sucre dans le sang. Et le pire, c'était le mien : mon taux de 0,91 sur mes prises de sang à jeun avait grimpé à 1,52 ! Depuis, je limite à mort le sucre, surtout le matin, et surtout sous forme liquide.

Bene a également été touché, il a été hospitalisé après s'être nourri uniquement de plats surgelés pendant des mois – une manière radicale de voir si un produit est bon pour la santé. Depuis, il est obligé de suivre un régime strict à base de fruits et de légumes crus.

Quant à Mary, elle avait fait un test de dépistage pour analyser les pesticides, les produits de synthèse, les perturbateurs endocriniens et les métaux lourds dans son corps. Les résultats étaient sans appel : son corps était contaminé par une vingtaine de molécules du genre glyphosate, méthasulfocarb, dioctylphthalate, plomb, etc., à des seuils « alertes », autrement dit inquiétants.

Un nombre incalculable de produits qu'on consommait étaient donc contaminés... Manger des produits frais, locaux et « bio » serait un bon début, certes, mais ça ne suffirait pas, loin de là.

Il fallait analyser tout ce qu'on consommait, non seulement la nourriture mais aussi tout ce qu'on pouvait mettre sur la peau ou dans le corps : les vêtements, le savon, les shampoings, les crèmes, les déodorants, les mousses à raser, les médicaments, le dentifrice, les tampons, la pilule, etc.

On n'a pas fait les choses à moitié, on a essayé de déchiffrer tout ce qu'on pouvait, tous les avertissements qui accompagnaient les produits et toutes les étiquettes alimentaires avec leurs calories, les acides gras saturés, le sel, le sucre et les centaines d'additifs autorisés dans nos assiettes : les produits stimulants l'appétit ou retardant la sensation de satiété, les colorants, les exhausteurs de goût, les arômes artificiels, les correcteurs d'acidité, les émulsifiants, les stabilisants, les gélifiants, etc. D'ailleurs, lorsqu'on additionne tout cela, on se demande parfois ce qu'il reste de bon dans le produit.

Sans parler des arnaques parfaitement légales, comme vendre de la viande, du poisson ou du beurre bourrés de flotte, ou de la crème glacée avec 55% d'air « foisonné » dedans.

Dommage que ces informations ne nous aient pas intéressés plus tôt, car on aurait pu s'éviter beaucoup de merde, on aurait pu faire beaucoup mieux. Dire qu'auparavant, on ne regardait que deux choses sur un produit : le prix au kilo et l'image « photoshopée » de l'emballage pour voir si elle donnait l'eau à la bouche ou pas...

On aurait dû se douter que les produits de qualité « pas chers » n'existaient pas. Un prix élevé n'est pas pour autant systématiquement synonyme de qualité, certes, mais de manière générale, plus le prix d'un produit est bas, plus le risque d'arnaque est élevé.

En plus de rejoindre une association de consommateurs, on a aussi fait nos propres tests, la théorie ayant ses limites.

Au boulot, Mary et moi avons entreposé, sur l'étagère vide d'une petite salle de réunion jamais utilisée, une vingtaine d'aliments différents dans des bocaux en verre, afin de voir leur temps de décomposition.

C'était poilant, des frites ont réussi l'exploit d'y tenir tout l'hiver sans vieillir en apparence. On aurait probablement pu les revendre après les avoir réchauffées. Idem pour les pommes vert fluo qui étaient toujours aussi dures qu'au premier jour, après six mois à supporter des températures variant entre zéro et trente degrés.

Contrairement à la plupart de nos collègues de boulot qui trouvaient les produits chimiques inoffensifs et qui se réjouissaient que les aliments puissent se conserver aussi longtemps, nous, on trouvait ça un peu surnaturel. C'était comme si une personne de cent ans avait le corps d'un adolescent : à première vue, ça semble avoir la patate, mais il y a forcément quelque chose qui cloche à l'intérieur.

Surtout que nos frites maison avec des pommes de terre fraîches du jardin – de loin les meilleures, autant au niveau du prix, de la texture, du goût et des saveurs – avaient rapidement une sale gueule, on ne pouvait pas les conserver plus de quelques jours.

Malheureusement, on n'a pas pu aller au bout de nos expériences. On a dû tout jeter et tout nettoyer lorsque le directeur du centre culturel a fait son inspection annuelle, car il n'a pas apprécié les effluves coriaces qui émanaient de cette petite salle de réunion.

Il faut dire qu'on n'y avait pas été avec le dos de la cuillère... ce qui n'a pas empêché Mary d'avoir le culot de lui dire sérieusement que s'il venait nous voir plus souvent, il s'y serait sûrement habitué...

Enfin bref, en seulement quelques semaines, la nourriture est devenue notre priorité, au point de devenir la plus grosse part de notre budget. Car plutôt que d'acheter de la quantité au premier prix et de se faire rouler dans la farine, on a préféré dépenser plus pour plus de qualité, tout en mangeant plus simple, plus léger et plus équilibré.

Après avoir vu plusieurs vidéos révoltantes sur les conditions d'élevage et sur les abattoirs industriels, où les animaux sont torturés comme on ne peut se l'imaginer, on a également décidé de boycotter ce système et de devenir végétariens.

Et on s'est mis à acheter la majorité de nos produits sur le marché, mais sans être dupe car on y trouvait aussi des arnaques, comme du miel vendu comme « local » alors qu'il venait de Chine et qu'il était fortement dilué avec du sucre.

L'imposant agriculteur productiviste qui y vendait le plus de fruits et légumes – tous énormes, très durs, de formes et de couleurs parfaitement identiques – semblait avoir un peu d'humour, car il avait essayé de nous convaincre que les produits chimiques qu'il balançait depuis des années dans ses champs étaient inoffensifs, malgré ses multiples tics nerveux : il gigotait sans cesse dans sa chaise de plage, incapable de rester en place, son cou semblait le démanger, il avait du mal à articuler, et il lui arrivait de grincer des dents.

Mary avait failli lui demander s'il aurait le courage de renifler ou de boire son glyphosate soi-disant « biodégradable », qui ne polluerait « ni la terre, ni les os enterrés des chiens » mais par chance, elle avait préféré se taire à cause des conséquences dramatiques que ça aurait pu engendrer.

Enfant, mon grand-père agriculteur français avait essayé de m'enseigner que l'agriculture ne pouvait être pérenne que sur des sols vivants avec de la biodiversité – des coquelicots, des chardons, des bleuets, etc. – et que c'était les microbes qui nourrissaient les plantes et qui les rendaient nutritives. Il se faisait déjà du mouron pour les nouvelles générations qui ne connaîtraient rien d'autre que l'agriculture intensive et chimique. Mais j'étais trop jeune pour le comprendre.

Aujourd'hui en revanche, je comprends parfaitement pourquoi, lorsqu'un voisin lui conseillait de répandre des produits chimiques sur ses terres afin d'« améliorer son rendement », mon grand-père mimait, avec un sourire ironique, un soldat qui cherchait à tuer des mouches avec une sulfateuse. Selon mon grand-père, il n'y avait rien de plus efficace, naturel, et inoffensif pour la santé que de soigner ses terres à la consoude, au purin d'ortie macéré dans de l'eau, au vinaigre blanc et à l'argile.

Au final, lorsqu'on veut quelque chose, il faut le faire soi-même. On a donc essayé de faire notre propre jardin mais sans grande réussite. À part les pommes de terre et la rhubarbe, rien n'a vraiment poussé. Mais au moins, on achetait nos fruits et légumes à des petits producteurs du marché, à quelques étals du fameux agriculteur productiviste, et on faisait nos propres repas, ce qui en plus d'être meilleur pour le goût et la santé, nous a permis de faire d'étonnantes économies.

L'inconvénient de tout faire soi-même, c'est que ça demande énormément de temps : il faut tout éplucher, tout laver, tout faire cuire, tout assembler et faire la vaisselle après. On peut passer plus deux heures à préparer un repas délicieux qu'on mangera en un quart d'heure...

Mais qu'importe le temps car ce moment de partage nous donnait le sentiment d'agir concrètement contre ses problèmes de santé.

Chapitre 28 : Vision

Notre vision des choses a changé brutalement, un peu comme un enfant qui croyait au « Père Noël » pendant des années et qui réalise, du jour au lendemain, qu'on ne lui a raconté que des salades, mais en bien plus puissant.

On avait par exemple regardé le dessin animé « Le Roi Lion » avec Anthony, le fils de Jessica. J'avais adoré ce long-métrage d'animation dans mon enfance, pour la bande originale, l'humour et la manière dont Simba se relève de la mort de son père grâce à l'aide de Timon et Pumbaa.

Mais désormais, on voyait une toute autre histoire, avant tout humaine : afin d'accéder au pouvoir, un prince frustré de vivre dans l'ombre de son frère, le roi, et de son neveu, l'héritier du trône, s'allie à une sorte de mafia pour les assassiner tous les deux. Le roi y passe mais le jeune héritier réussit à s'enfuir loin du royaume et à se reconstruire grâce à l'aide de deux hippies, qui vont lui apprendre la vie « peace and love ».

Une fois adulte, l'héritier rencontre un chaman junkie qui lui fait fumer une herbe si puissante qu'il a des hallucinations : il voit son père dans les nuages qui lui dit qu'il est beaucoup plus qu'un simple citoyen ordinaire et qu'il doit reprendre sa place dans le « cycle éternel de la vie », et ce pour le propre bien de ce bon peuple vulnérable, ignorant et soumis, qui a besoin, évidemment, d'être dirigé.

Ensuite, sus à la mafia et au méchant oncle qui n'a pensé qu'à ses intérêts, et ce afin de perpétuer le fameux « cycle éternel de la vie » dans lequel les andouilles continuent de célébrer les rois pour lesquels ils travaillent comme des cinglés.

D'ailleurs, les deux scènes au début et à la fin, lorsque tous les différents « animaux de la savane » s'agenouillent sagement et docilement devant le fils du roi, m'ont donné quelques frissons.

Ce changement de vision a affecté tous les domaines, à commencer par le football.

J'avais consacré des années à cette passion du ballon rond pour ce mélange d'endurance, de force, de vitesse, d'anticipation, de concentration, de vision du jeu et des espaces, de technique, de contrôle du ballon, de précision, d'instinct de buteur, de duels, de positionnements individuels et collectifs, de permutations rapides de la défense à l'attaque et inversement.

Et d'un coup, ma flamme s'était définitivement éteinte : tout cela n'avait plus aucun intérêt, ni aucun sens en fait.

Cet été-là, il y avait la Coupe du monde de foot, un événement sportif que je ne ratais jamais en temps normal, et là je ne supportais plus de regarder un match, tellement ça m'ennuyait. Car au lieu de voir deux équipes nationales s'affronter, je voyais un nombre égal de poissons blancs et bleus, tous bourrés de testostérone, se battre dans un aquarium pour une sorte de bonbon.

Mais le plus étrange, c'était de voir les fans s'agacer ou s'extasier devant un tel spectacle : « Allez les blancs ! On a gagné ! On est champion des aquariums ! On a niqué les poissons bleus ! Tous en voiture pour fêter notre victoire en hurlant et en klaxonnant comme des forcenés ! »

En vérité, tous les sports sont extrêmement répétitifs. Ce sont toujours les mêmes règles du jeu et souvent les mêmes équipes qui s'affrontent d'une année à l'autre. Seuls les joueurs changent de maillot, et encore. Et lorsqu'une équipe a réussi à gagner toutes les compétitions et tous les trophées, coupes et autres médailles en matériaux variés, la seule chose à faire la saison suivante, c'est de « défendre ses titres », autrement dit d'essayer de tout regagner, ad infinitum.

Et franchement, que ces millionnaires réussissent ou pas à mettre le ballon dans le filet, et ainsi battre des records de statistiques, ne changeait en rien nos vies.

À mes yeux, les sports n'étaient plus qu'un business extrêmement lucratif qui vend, comme tant d'autres, du rêve d'ascension sociale, de gloire, de salaires mirobolants et de « vie facile ».

Un rêve qui fait passer chaque année des milliers de jeunes sur le billard. Sans parler des abandons d'études, de boulot, de famille ou de pays parce qu'un inconnu les a convaincus qu'ils avaient « une grande chance de percer ».

Un rêve qui permet aussi aux jeunes des banlieues moroses de se croire jouer « dans la cour des grands » en portant le maillot de leurs joueurs favoris – cette sorte de t-shirt en lycra ou en polyester produit en Asie pour pas cher et revendu une centaine d'euros en Europe –, en imitant leurs coupes de cheveux farfelues, en reproduisant le comportement parfois arrogant et méprisant de ces « étoiles », qui n'hésitent pas, pour « gagner », à tricher, provoquer, insulter et simuler.

On entend beaucoup de gens se plaindre des salaires exorbitants dans le football, ce que je trouve paradoxal, car c'est la part d'audience, autrement dit l'intérêt des masses, qui rapporte autant.

Dans notre société, l'argent circule dans tout ce qui fédère des mouvements, tout le monde devrait le savoir normalement.

Pour se faire du fric, il suffit donc, en théorie, d'attirer l'attention des masses. Et il suffirait que les masses regardent ailleurs pour qu'autre chose prenne de la valeur.

Chapitre 29 : Aliboron

Après, il appartient à chacun de prendre du recul, de s'informer individuellement, et de choisir ensuite ce qu'il veut croire ou pas.

Il s'agit pour nous de partager nos expériences, surtout pas d'avoir la science infuse ou « d'avoir raison ».

C'est d'ailleurs désuet de dire « j'ai raison », qu'importe le contexte, chacun vivant dans son propre monde, avec ses propres vérités.

En évoluant, on s'est rendu compte que très peu de gens autour de nous étaient ouverts d'esprit. En fait, beaucoup ne voulaient rien entendre, rien apprendre, rien remettre en question, rien essayer, rien créer, rien changer, en bref rien vivre.

Nos collègues de boulot par exemple semblaient parfaitement heureux de répéter inlassablement le même quotidien, la même vie et toujours les mêmes discussions sur l'actualité, le temps, le boulot, les derniers ragots, les émissions de télé, les faits divers, les résultats sportifs, les anecdotes de vedettes, les nouvelles voitures, les « tops et les flops », le « in » et le « out », les nouvelles tendances, et j'en passe.

Que de la consommation, du divertissement, du virtuel, du « zapping », en bref du statique. L'équivalent d'un tourniquet : ça donne des sensations fortes, ça donne l'impression de bouger et de voyager, alors qu'en fait, on tourne en rond, on reste sur place.

Progressivement, une sorte de vide s'est installé avec nos collègues de boulot, faute d'avoir des sujets de conversation en commun. Comme avec Grace par exemple, une grande gueule de quarante ans, de taille moyenne et plutôt costaude, avec un visage rond et des cheveux courts lissés et colorés, qui ne voulait discuter d'aucun sujet « qui fâchait ». Elle bloquait tous les sujets sérieux en affirmant « tout savoir et avoir déjà tout entendu », car rien ne devait perturber ses plaisirs, comme les fast-foods, le shopping, les séries télé et les émissions de télé-réalité.

Notre problème ne concernait pas Grace, qui était adulte et faisait ce qu'elle voulait, mais ses deux enfants déjà obèses et malades à l'âge de six et neuf ans. Comme leurs parents, ils se goinfraient de malbouffe, toute la journée, sans jamais se priver, comme si c'était agréable d'être tout le temps ballonné.

Un comportement que Grace aimait justifier par son vécu : elle avait grandi dans une grande famille et avait dû se priver à cause des revenus modestes de ses parents. Sauf que désormais, elle faisait vivre l'autre extrême à ses enfants, qui souffraient de symptômes variés, dont des diarrhées chroniques.

Et malgré leurs problèmes de santé, il n'y avait rien à faire et rien à dire, elle refusait catégoriquement de remettre la moindre de ses habitudes en question. Quelle tristesse...

On a tenté de lui expliquer qu'il ne s'agissait pas de se priver mais d'équilibrer sa consommation et de privilégier la qualité à la quantité, en bref d'être raisonnable. Mais en vain. Elle ne comprenait tout qu'en noir et blanc : soit on se goinfrait, soit on crevait de faim, comme s'il n'y avait aucun équilibre entre les deux.

Idem pour ses tonnes de maquillage et de crèmes pour sa peau sèche et irritée. Lorsque Mary avait eu le malheur de lui dire que des biocides étaient ajoutés aux cosmétiques pour éviter que les mélanges de matières grasses et d'eau ne se transforment en bouillons de culture, Grace lui avait répondu sur un ton sec qu'il était hors de question qu'elle ou sa fille sortent de leur maison sans ces produits.

Comme si les femmes avaient besoin de tout ce tintouin superflu pour plaire. Comme s'il n'y avait qu'une seule manière d'être belle. Dans notre société, on donne beaucoup trop d'importance à « l'idéal de beauté », alors qu'il y en a plein de beautés différentes et qu'elles sont souvent cachées.

De mon point de vue par exemple, une belle personne est avant tout libérée, naturelle, douce, sensible, sincère, authentique, spontanée, ouverte d'esprit, tolérante, cultivée, avec du caractère, de l'humour et qui s'assume. Le physique est secondaire sachant que nous serons tous, tôt ou tard, âgés et laids.

Enfin bref, c'était une cause perdue de parler avec Grace car elle nous prenait pour des « écolos perchés qui veulent vivre comme des singes dans la forêt ».

La prise de distance s'est faite naturellement et sans prise de tête car même si le côté amical a rapidement disparu, nos rapports sont toujours restés très professionnels.

Pendant longtemps, mes parents aussi ont refusé d'écouter et de changer la moindre de leurs habitudes. Mais ils le justifiaient d'une autre manière : en affirmant que nous n'aurions « aucun réel pouvoir de changer les choses ».

Ok donc on se la coule douce en attendant passivement que tout aille mieux ? Un vaste programme...

Leur argument principal, que je trouvais particulier, était toujours le même : « Au final, comment pouvez-vous être sûrs de quoi que ce soit ? Qu'est-ce qui vous prouve que vous existez vraiment ? Et si tout n'était qu'un rêve dans vos têtes, qu'une illusion ? »

Ce n'est pas impossible, certes, mais dans le doute, on préférait s'investir dans tout ce qui nous tenait à cœur et faire quelque chose de beau de nos vies, plutôt que de passer nos journées à se catouiller.

On a bien fait. Nos trouvailles avaient beau n'intéresser personne, elles nous ont apporté à Mary et à moi une meilleure conscience de nous-mêmes, plus de sens, de paix intérieure, et de maturité : fini l'éternelle insatisfaction et la course à l'illusion.

C'était une période à la fois triste et surprenante car quasiment tout ce qu'on nous avait appris était fictif. Plus rien n'était acquis, tout était donc à redécouvrir.

Pour sa santé, Mary avait besoin de changer de vie et de s'entourer d'un environnement moins froid, moins humide et moins sombre.

Alors, après dix-huit mois à vivre ensemble en Angleterre, nous avons déménagé en France, ce qui offrait plusieurs avantages : en plus d'un environnement plus clément qu'en Angleterre ou en Allemagne du nord, j'avais plus de chances d'y trouver du travail rémunéré.

Ainsi Mary pourrait se reposer pendant que je prenais le relais.

Troisième partie

Chapitre 30 : Vitesse

En apprenant qu'on songeait à déménager en France, une de mes cousines françaises nous avait proposé généreusement de nous héberger chez elle, dans la banlieue de Paris, pendant trois mois, le temps de trouver quelque chose de décent.

Personnellement, je n'aimais pas l'idée de quitter un endroit aussi paisible pour vivre dans une métropole. Mais Mary avait un faible pour Paris et elle m'a convaincu que ça ne coûtait pas grand-chose d'y aller.

Une fois arrivés à Londres, au « Smoke », j'ai ressenti une profonde envie de faire demi-tour. Sauf qu'on avait pris une décision ensemble, on n'allait pas revenir dessus. On s'est donc frayé un chemin tant bien que mal à travers ces milliers de « homos impatiens », avec nos grands sacs de randonnée sur le dos, en communiquant silencieusement, à travers des regards complices.

Lorsque Mary s'est endormie dans le TGV entre Londres et Paris, je me suis imaginé vivre quelques siècles plus tôt. Le temps que ça aurait pris de traverser la Manche en caravelle et de parcourir le reste du chemin à pied ou en charrue. Il aurait fallu se préparer au voyage pendant des semaines, puis galérer pendant des mois, en affrontant toutes sortes de dangers, et l'arrivée aurait été, à condition de survivre, un moment incroyable et une grande source de bonheur et de fierté.

Avec les moyens de transport d'aujourd'hui, les voyages ont perdu leur richesse et leur mérite. C'est devenu un moment fade à passer, dans des boîtes métalliques qui foncent à toute berzingue. Impossible désormais de s'imprégner des énergies environnantes.

A Paris, c'était le même boxon qu'à Londres, évidemment : tout le monde semblait en retard, stressé, à cran. L'ambiance était pesante. L'entassement des foules, la pollution, le manque d'air et d'espace, et le volume sonore élevé nous donnaient mal au crâne.

Dans le vieux Transilien esquinté et tagué qui nous emmenait dans la banlieue de Paris, je cogitais sur les avantages et les inconvénients du progrès. Car normalement, plus les choses s'accélèrent, plus on devrait avoir de temps libre, plus on devrait être détendus, non ?

Mais paradoxalement, c'est l'inverse qui semble se produire sur le long terme : on devient hyper-nerveux. L'augmentation de la vitesse nous donne des sensations fortes à court terme mais on s'y habitue rapidement, et on y devient accro, au point de ne plus supporter de devoir patienter.

Cette impatience est flagrante devant des guichets, des distributeurs de billets, des caisses de supermarché, des trains qui arrivent en retard, des connexions trop lentes, des feux rouges trop longs à passer au vert, etc. Surtout sur les routes, où certains prennent des risques inutiles en collant aux autres voitures et en doublant n'importe comment.

D'ailleurs, les autoroutes allemandes sont extrêmement dangereuses, on peut s'y faire doubler par des véhicules roulant à plus de 200 km/h de tous les côtés...

Mary avait une théorie intéressante sur les accidents, ils ne seraient pas le fruit du hasard mais le prix à payer de cette marche forcée vers le progrès : plus le monde s'accélère, plus les accidents deviennent redoutables et meurtriers.

Sa logique était simple mais imparable : sans voitures, il n'y aurait pas d'accidents de la route, sans bateaux pas de naufrages, sans avions pas de crashs aériens, et sans l'invention du nucléaire, il n'y aurait jamais eu de poubelles nucléaires dans le monde, ni d'Hiroshima, de Nagasaki, de Kychtym, de Tchernobyl, de Fukushima, etc.

Et pourtant, on continue d'accélérer, convaincus que « le temps, c'est de l'argent », alors qu'il s'agit de deux choses complètement différentes.

L'argent, c'est une monnaie d'échange. Lorsqu'il n'y en a plus, les banques centrales peuvent décider d'en redistribuer avec ou sans taux d'intérêt, et les particuliers peuvent travailler pour en regagner.

Mais le temps, c'est la vie... Lorsqu'on n'en a plus, on meurt.

Vivre, c'est donc prendre son temps, ralentir, réduire, simplifier, lever le pied, débrancher, se reposer.

Dormir aussi car le sommeil a des bienfaits primordiaux sur notre santé physique et mentale.

Chapitre 31 : Langage

Tout ce qu'on n'entretient pas régulièrement se perd avec le temps. Rien n'est jamais acquis, tout est dynamique, tout doit être cultivé, même la parole.

Comme le disait mon ancien prof d'allemand Herr Weismann : « Apprendre et maîtriser quelque chose, c'est un peu comme nager contre le courant : dès qu'on s'arrête, on recule. »

Quand j'ai voulu remercier ma cousine pour son accueil chaleureux dans son petit appartement chic décoré en art tibétain, je ne trouvais plus mes mots, je bafouillais en français. Seulement sept ans après avoir déménagé en Allemagne, je n'arrêtais pas de m'emmêler les pinceaux.

C'est quelque chose d'étrange et de désagréable de bégayer et de devoir se contenter d'un vocabulaire approximatif, voire pauvre. Bon, avec les proches, ça passe, mais lorsqu'on doit s'inscrire dans un bâtiment officiel, comme une préfecture ou le truc bidule qu'on appelait l'ANPE à l'époque et qu'on appelle désormais « Pôle emploi », ça complique la tâche.

Le lendemain matin de notre arrivée à Paris, j'avais pris le métro pour m'inscrire à l'agence Pôle chômage la plus proche, afin d'obtenir un numéro d'inscription - un de ces multiples chiffres nécessaires pour pouvoir être embauché.

Je suis tombé sur un conseillé débordé, à bout de nerfs, qui n'en pouvait plus de son travail. On s'est pris la tête car ce quadragénaire à la barbe bien taillée ne voulait pas m'inscrire, soi-disant parce que j'étais « un Allemand qui n'avait rien à faire ici », alors que j'étais né en France de mère française et que j'y avais grandi jusqu'à l'âge de seize ans.

Et comme souvent - car il m'a fallu plusieurs mois pour m'exprimer de nouveau de manière fluide en français - c'est la palabre version ramdam qui m'a sauvé la mise : j'ai refusé de bouger et je n'ai cessé d'argumenter mon point de vue malgré mes problèmes d'élocution, et ce jusqu'à ce qu'il hisse le drapeau blanc à force de m'entendre balbutier sans aucun point ou virgule.

Cette période de cafouillages m'a rappelé les innombrables malentendus de mes débuts en Allemagne. Par exemple avec le « h » en début de mot allemand, qui est prononcé en expirant. Au lieu de me servir un chocolat chaud dans un café, « eine Heisse Schokolade », on me servait toujours une crème glacée, « eine Eisschokolade »... Du coup, mon premier hiver en Allemagne était un peu relou.

Une fois, j'avais parlé à Friedrich du film « Terminator » avec l'acteur Arnold Schwarzenegger. Le hic, c'est qu'au lieu de le prononcer « Schwarzen-egger » à l'allemande, j'avais articulé « Schwarze-negger » à la française – une erreur de prononciation innocente, involontaire, et aussi banale à première vue, mais choquante pour Friedrich qui comprenait « Arnold négros-noirs », au lieu du nom de l'acteur...

Une autre fois, le lendemain d'une soirée, j'avais dit à Bene qu'il mangeait « comme un porc » alors qu'il s'acharnait, encore un peu éméché, sur un vieux kebab froid de la veille. C'était une simple remarque amicale, dite sur un ton léger, sans aucune méchanceté. Mais Bene m'avait demandé agressivement de quel droit je me permettais de l'insulter ainsi... Le mot « Schwein » était en fait une insulte qu'il ne fallait pas prendre à la légère.

Pourtant, tout le monde devrait savoir que les mots en soi ne sont que des assemblages de hiéroglyphes, ni plus, ni moins, que ce sont les symboles et les connotations associés à ces assemblages de lettre qui blessent une personne, et que ce sont surtout les intentions et les actes qui devraient compter.

De fil en aiguille, j'ai réalisé qu'une « discussion » était quelque chose de bien plus complexe que je ne l'avais imaginé. Car lorsqu'on s'exprime, on parle avant tout de soi, de sa propre vision des choses, de son ressenti, son appréhension, ses croyances, ses suppositions, comment on interprète son vécu et ses désirs, le tout façonné par une bonne dose d'imagination.

Autrement dit, on passe une grande partie de nos journées et de notre vie à « rêver », à parler de ses phantasmes, et à chercher des personnes qui ont les mêmes.

Chapitre 32 : Le hasard

Une fois inscrit à Pôle machin, je me suis connecté sur l'un des PC disponibles pour voir leurs offres d'emploi.

À première vue, il y en avait pléthore. Pour autant, j'ai préféré ne pas m'emballer avant d'avoir décortiqué toutes ces offres, car le diable se cache toujours dans les détails. Et ça n'a pas loupé.

Les offres intéressantes et alléchantes exigeaient de beaux diplômes, un paquet de compétences et un maximum d'expérience. Certaines offres semblaient mal rémunérées au vu des compétences exigées. D'autres annonces existaient en double voire en triple exemplaires et on trouvait des arnaques allant du prétendu « millionnaire qui cherche un chauffeur pour l'emmener faire ses courses à droite et à gauche », à des adresses mails et des liens internet plus que douteux.

Avant de divulguer ses informations personnelles, on avait donc intérêt à vérifier que l'entreprise et les offres étaient bien réelles. Un travail fastidieux, certes, mais indispensable lorsqu'on veut s'épargner une possible usurpation d'identité et toutes les histoires à dormir debout qui vont avec.

En tous cas, je compatis avec les chômeurs qui doivent justifier, dans de telles conditions, d'une recherche intense de travail à tous ces « traqueurs spécialisés ».

Grâce aux tuyaux de ma cousine, j'ai trouvé un poste d'assistant d'éducation dans un vieux lycée de mille cinq cents élèves, situé dans une zone d'éducation prioritaire de la banlieue de Paris.

Sans trop réfléchir, j'ai sauté sur l'occasion, sachant que Mary n'aurait plus besoin de travailler et que de toute manière c'était provisoire, le temps de valider une licence par correspondance.

Étonnamment, le plus compliqué à trouver, ce n'était pas du boulot mais un appartement convenable, non délabré, sans frais d'agence et abordable financièrement.

Car avec seulement un CDD d'un an, renouvelable six fois et payé au Smic, notre dossier était tout sauf convainquant pour les propriétaires qui demandaient toutes sortes de garanties pour faire la sélection entre les candidats : nos bulletins de salaire, nos avis d'imposition, plus ceux de nos parents qui devaient se porter garants, un justificatif de domicile, les quittances de loyer de notre ancien appartement, l'attestation d'absence de crédits, l'original de mon contrat de travail avec l'attestation de l'employeur, les photocopies de nos cartes d'identité, une carte de séjour pour Mary, les extraits de nos casiers judiciaires, et un certificat de concubinage...

En voyant toutes ces exigences, Mary et moi avons échangé un regard affligé. Dans ce monde obsédé par les feuilles de papier, très à cheval sur les règles et les lois, il n'y avait pas de place pour des quasiment sans-papiers comme nous.

Non seulement il nous aurait fallu des mois pour obtenir toutes ces feuilles d'Allemagne et d'Angleterre et dépenser plusieurs centaines d'euros pour obtenir des traductions assermentées, mais même en fournissant tous les documents nécessaires, aucun propriétaire n'aurait choisi notre dossier « chiffe molle » face aux autres candidats. C'était foutu d'avance.

À quelques jours de la fin de ma période d'essai, alors qu'il allait falloir choisir entre retourner en Angleterre ou continuer de vivre chez ma cousine en espérant trouver un logement, nous sommes tombés sur un petit quinquagénaire baba cool chauve qui louait un tout petit appartement pas très cher, au deuxième étage d'une de ces vieilles maisons en meulière pas très bien entretenues, mais dans un coin relativement pénard, devant le parking d'un grand centre commercial.

Il nous trouvait si sympathiques qu'il a décidé de nous faire confiance et de ne rien nous demander de plus que la photocopie de mon contrat de travail et un virement mensuel.

Malgré l'isolation qui laissait un peu à désirer et le manque d'eau chaude dans la cuisine, on a eu beaucoup de chance de trouver cet endroit, non seulement pour le proprio arrangeant et le prix abordable, mais aussi pour le voisinage relativement calme.

Car il n'y a rien de plus pénible que de tomber sur des voisins cinglés qu'on entend gueuler toute la journée, qui font grincer leurs chaises sur le sol, qui mettent la musique à fond jusque tard dans la nuit, même en pleine semaine, qui ne trient aucun déchet, qui stockent leurs poubelles sur le palier ou sur leurs balcons, qui balancent leurs mégots partout, qui essuient leurs chaussures dégueulasses sur les paillassons des voisins, qui pissent sur les voitures des autres, qui dégobillent dans le jardin commun, qui bouchent les canalisations et autres pompes de relèvement des eaux usées en jetant des lingettes et des tampons dans les WC, qui provoquent ou font des remarques déplacées, qui tapissent le couloir principal de « mots de recommandation », etc. Sans parler des alcoolos qui frappent leurs compagnes et défoncent les murs quand ils sont complètement bourrés. C'est d'ailleurs un plaisir indescriptible d'essayer de les raisonner.

Chapitre 33 : Spirale infernale

J'avais trouvé du taf, le salaire nous suffisait pour vivre, et on avait emménagé dans un appart convenable. La première étape semblait donc réussie.

Pour éviter que Mary ne se retrouve seule pendant mes nuits de surveillance d'internat, on a aussi pris un chiot - un être hyper sensible qui demande beaucoup plus de temps, d'énergie, d'amour et d'éducation qu'on ne s'imaginait.

Mary étant globalement bien installée, rassurée, et ravie d'avoir du temps pour se reposer et faire ce qu'elle souhaitait, j'ai pu passer aux étapes suivantes : l'obtention du permis de conduire, l'achat d'une voiture, et la validation d'une licence par correspondance afin d'augmenter mes chances de trouver un meilleur emploi.

En quelques semaines, je suis donc passé d'une vie simple et paisible à Barnstaple à une vie effrénée à Paris, où je courais dans tous les sens. Inconsciemment, j'étais tombé dans la même galère que tous ces gens pressés que je dénonçais auparavant.

Entre le boulot, les transports, les tâches ménagères, le permis de conduire, les études et le chien, je n'avais plus, chaque semaine, qu'une poignée d'heures pour m'occuper de Mary...

Mary ne m'en voulait pas, car elle savait parfaitement pourquoi je le faisais. Mais c'était une période particulièrement sombre pour moi, que j'ai endurée uniquement parce que c'était temporaire.

Comme tous les autres surveillants d'internat à temps plein, j'étais confiné cinquante-deux heures par semaine dans les murs du lycée, les nuits d'internat n'étant décomptées que trois heures du coucher des élèves à 22h au lever à 7h.

Ce qui fait, en cinq ans, dans les dix mille heures passées dans ce vieux lycée à moitié délabré, qui ressemblait comme deux gouttes d'eau à mon ancien collège : une prison tout en béton avec des restes d'amiante par-ci par-là et comme seuls espaces verts une petite pelouse d'une vingtaine de mètres carrés avec deux pauvres peupliers riquiqui au centre.

L'internat était minuscule, on y vivait serrés comme des sardines avec une cinquantaine de garçons entre quinze et vingt ans, dans des chambres de six séparées par des cloisons en carton. Tout y résonnait. On y dormait très mal.

Manque de bol, j'ai également travaillé avec une CPE maniaque qui utilisait le moindre prétexte pour nous faire courir dans tous les sens. Avec elle, impossible de se poser cinq minutes, le temps de prendre un café, sans qu'elle ne monte sur ses grands chevaux et ne menace de nous licencier pour « faute professionnelle ». D'ailleurs, à force de passer nos journées à piétiner, plusieurs pions ont attrapé des varices aux mollets.

Pour cette CPE à l'ego surdimensionné, il n'y avait aucun travail d'équipe. Cette infernale adepte des mesures draconiennes faisait partie de ces chefs qui croient tout savoir, qui refusent d'écouter les employés les mieux renseignés, qui donnent des ordres incohérents tout en exigeant qu'ils soient exécutés aveuglément, et qui donnent des sanctions souvent disproportionnées par rapport aux manquements des élèves - des injustices qui les révoltaient d'ailleurs, au point de dégrader volontairement du matériel lors de ses tours de garde.

Mais plutôt que de se remettre en question, elle préférait se déchaîner sur « son équipe de bras cassés », comme elle nous appelait. Pour cette experte dans l'art de camoufler son incompétence, tous les moyens étaient bons pour asseoir son autorité : « Je décide, et vous les pions, vous rompez. » Elle n'assumait aucune de ses boulettes, elle trouvait toujours un moyen de nous faire porter le chapeau. C'était tellement grotesque que ça en devenait parfois comique.

Et la cerise sur le gâteau, c'est qu'elle se vantait régulièrement d'avoir une « notation parfaite à l'académie », une affirmation confirmée par d'autres CPE.

Comme quoi, on n'a pas forcément besoin d'être compétent ou de fournir un travail de qualité pour obtenir un concours, un bon poste, un bon salaire ou une notation parfaite. Rentrer dans le moule, lécher les bottes des supérieurs et des inspecteurs, et donner une bonne image de son inaction peut très bien fonctionner.

Chapitre 34 : Le décalage

D'une certaine manière, ce boulot de surveillant m'a replongé au cœur de mon adolescence, en me confrontant de nouveau à plein de choses que je déplorais dans notre société : les décalages énormes entre les mondes, les rapports de force, la course à la virilité, la violence sous toutes ses formes, l'inconscience, l'insensibilité, l'intolérance, l'égoïsme, l'indifférence, le manque de culture, d'ouverture d'esprit, d'écoute, de patience et de respect, le triomphe des égos, la conviction générale de tout savoir, d'avoir déjà tout entendu et de ne plus rien avoir à apprendre, l'obéissance à l'imaginaire collectif, et le harcèlement permanent à l'égard de personnes sensibles, isolées ou vulnérables.

Pour beaucoup, l'important n'est pas d'avoir une parole, du bon sens, des valeurs, de la morale, de faire preuve d'humilité, mais d'être des caïds effrayants et menaçants, « sans aucun égard pour la vie des autres ».

Une attitude que je ne supportais plus et que je combattais désormais au lycée. Tout comme les défis grotesques, la « musique » ultra vulgaire qui glorifie les armes, la violence et le proxénétisme, les films américains ultra-violents, voire gores, que les jeunes regardaient en groupes afin de prouver leur virilité - ceux qui fermaient les yeux devant de telles atrocités se prenaient des « pichenettes » sur les oreilles - et l'obsession de « posséder » les tous derniers modèles de voitures, de vêtements, de portables, de consoles, de PC, de tablettes et toutes sortes de produits avec le label de qualité « 100% crotte de bique ultra chimique made à l'autre bout du monde par des enfants de six ans dans des conditions révoltantes ».

Par contre, j'étais totalement impuissant face à la propagation des téléphones portables, ces moyens de communication connectés à internet qui servent également d'appareil photo, de caméra, de console de jeux vidéo, de guide, de GPS, de journal, de livre, de dictionnaire, de télévision, de cinéma, de banque, d'agenda, de bloc-notes, de réveil, d'outil de travail, de centrale d'achat, d'afficheur de pornos, et j'en passe. Plus besoin d'humains avec de tels engins.

D'ailleurs, impossible de sortir de leur léthargie ces milliers de jeunes scotchés en permanence devant leurs téléphones « intelligents », dans lesquels ils stockaient tous leurs secrets, désirs, souvenirs, délires, réseaux, photos, etc. Des engins qu'ils emmenaient partout, même dans des endroits aussi intimes que les wc ou la chambre à coucher.

Et ce alors que tout y est enregistré et que les micros et lentilles optiques connectés peuvent nous espionner, comme le montrent le documentaire « Citizenfour » ou les films « Snowden », « The Matrix » et « The Dark Knight ».

De fait, avec la généralisation des portables, de l'internet et des « réseaux sociaux », on ne peut plus rien faire sans être photographiés, filmés, enregistrés et diffusés à notre insu. Désormais, n'importe quelle personne peut rapporter nos moindres faits et gestes. Ou pire encore, tout éditer en quelques clics avant de publier une vidéo mensongère sur les réseaux sociaux et d'y provoquer des vagues interminables de haine, de menaces et de harcèlement anonyme.

Il est primordial de mettre en garde les gens sur les dangers de l'internet et des réseaux sociaux, qui sont de superbes tremplins pour les extrémistes du monde entier, des supports sans filtres qui leur permettent, en toute liberté et anonymité, de propager leurs idéaux, de perfectionner leur propagande, de recruter de plus en plus de militants, et d'augmenter ainsi leur poids dans la société.

Enfin bref, ce n'était pas toujours facile de se détacher mentalement du travail.

Mais lorsqu'on n'arrive pas à se détendre en rentrant du taf, on ramène les emmerdes du boulot à la maison, et on les fait subir involontairement à nos proches qui n'y sont pour rien et qui n'ont rien demandé...

Et il peut y en avoir des paquets d'histoires de merde dans le monde du travail.

Au lycée, il fallait des « responsables » pour chaque problème, des tire-au-flanc essayaient, sous couvert de fausse sympathie, de nous refiler une part de leur boulot, certains s'y faisaient des films tout seuls, plusieurs férus de zizanie s'y divertissaient en propageant de fausses rumeurs, et certains manipulateurs frustrés n'attendaient même pas qu'on fasse une erreur pour nous attaquer en loucedé et se décharger ainsi de leur agressivité.

De plus, les propos y étaient souvent déformés et tout y était pris au premier degré.

Du coup, pour éviter de se retrouver comme bouc émissaire, il fallait être constamment sur ses gardes, toujours peser ses propos, réfléchir avant d'agir, soigner son image, faire profil bas, s'occuper uniquement de ses oignons, protéger ses arrières et rester bien sagement à sa place car l'excès de zèle n'y était pas souhaité.

Face aux histoires et aux ragots du boulot, c'est le chef cuistot écolo – qui se battait bec et ongles contre les centaines de millions de tonnes de nourriture gaspillées chaque année rien qu'en Europe – qui m'a donné le meilleur conseil : « Fais de ton mieux, point barre. Tant que tu fais du bon travail, reste serein et ne laisse personne te déstabiliser. Si tes supérieurs sont contents de ton travail, tant mieux pour eux mais tu t'en fous. Et s'ils ne le sont pas, tu t'en fous encore plus. Les gens passent leurs journées à raconter n'importe quoi, la médisance étant la première forme de communication humaine. Donc fie-toi à ton propre jugement et prends beaucoup de distance avec l'ensemble des remarques, autant les positives que les négatives. »

Chapitre 35 : Décrisper

Mais au fond, mon plus gros soucis n'était pas les anecdotes du lycée mais une sorte d'obsession de réussir à tout prix, du premier coup, l'ensemble de mes épreuves de licence, afin de ne pas perdre une ou plusieurs années. Raison pour laquelle je n'ai pris aucun repos pendant trois ans, ni pendant les week-ends, ni pendant les vacances.

Heureusement, lorsque le sentiment déprimant de traverser seul un océan à la nage apparaissait, Mary m'aidait à relativiser en me rappelant qu'il suffisait de se concentrer sur l'essentiel et d'avancer étape par étape pour y arriver.

Mary allait mieux, elle dormait mieux, elle prenait plaisir à s'occuper du chien même s'il n'écoutait que moi, elle continuait de s'informer, et elle se faisait un peu d'argent sur le Net, en y achetant toutes sortes de bonnes affaires - surtout des livres - qu'elle revendait ensuite à des prix courants.

Dans l'ensemble, il n'y avait pas que du négatif.

Par chance, j'ai aussi travaillé avec une poignée de « pions » qui avaient de l'humour, car le rire sincère a le pouvoir magique d'évacuer, en un instant, une bonne partie de la tension et du stress accumulés.

Il y a une véritable connexion entre le rire et la tension : plus il y a de tension dans l'air, plus il y a de chances que quelque chose d'inattendu ou d'absurde déclenche un fou rire.

Pour faire des blagues, beaucoup d'humoristes et d'auteurs de bandes dessinées font monter la pression jusqu'à son plus haut niveau, la maintiennent pendant quelques instants, puis la relâchent soudainement, grâce à un dénouement biscornu.

Entre surveillants, on adorait se moquer du nouveau jargon pédagogique : les crayons, stylos et feutres étaient devenus « des outils scripteurs », la dictée « de la vigilance orthographique », l'apprentissage « un processus de transformation d'attitudes, de comportements et de connaissances », la piscine « un milieu aquatique profond standardisé », le badminton « une activité duelle de débat médiée par un volant », le canoë-kayak « une activité de déplacement d'un support flottant sur un fluide », un ballon de rugby « un référentiel bondissant à la trajectoire aléatoire », et au lieu d'apprendre à écrire, les élèves apprenaient à « maîtriser le geste graphomoteur et automatiser progressivement le tracé normé des lettres ».

Complètement timbrés. L'écart est juste monstrueux entre ceux qui travaillent sur le terrain face à des milliers de jeunes et ceux qui, à force de ne jamais sortir de leurs bureaux, ont perdu tout lien avec la réalité, au point de s'amuser à changer des mots en phrases alambiquées.

Entre surveillants, on n'avait aussi aucun scrupule à se faire des crasses bienveillantes, ça nous détendait.

Mes collègues ne m'ont demandé qu'une seule fois de faire une grande carafe de café par exemple. Vu leurs ballonnements pendant l'ensemble de l'après-midi – ils ont mis vingt minutes à réaliser qu'il était bourré de sel et de poivre – ils ont préféré changer de crèmerie.

On faisait n'importe quoi, on trafiquait les fonds d'écran, ceux qui laissaient leurs comptes « fessebouc » ouverts avaient droit à toutes sortes de messages embarrassants dessus, on planquait les affaires qui traînaient, on se garait à quelques centimètres de chaque côté d'une voiture d'un collègue qui finissait plus tôt que les autres, de sorte qu'il soit obligé de monter dans sa voiture par le coffre, on donnait aux nouveaux surveillants de fausses convocations à distribuer, dans des salles où personne n'avait cours à l'autre bout du lycée. Bref, on tuait le temps comme on pouvait. On était limite pires que les élèves.

Parfois, on allait trop loin. Hugo, un petit surveillant avec de longs cheveux bouclés qui faisait un master en marketing par correspondance, avait fait l'erreur de laisser, lors d'une rentrée scolaire au mois de septembre, sa réinscription ouverte sur l'unique PC du bureau principal, afin de pouvoir la terminer plus tard. Sans réfléchir aux conséquences, j'avais changé son adresse en « Rue du micro pénis, 95 100 L'éjaculateur précoce », en pensant à tort qu'il s'en rendrait compte immédiatement et qu'il la corrigerait en deux temps trois mouvements.

Deux mois plus tard, alors que j'avais tout oublié depuis longtemps, Hugo est venu me voir, mi-figue, mi-raisin, pour m'expliquer qu'il avait appelé son organisme de formation pour savoir pourquoi il n'avait toujours pas reçu de justificatif d'inscription, et qu'il avait dû passer par plusieurs services pour leur confirmer à chaque fois que non, cette adresse n'était évidemment pas la sienne et qu'un de ses collègues de boulot à moitié gamin s'était amusé à la changer dès qu'il avait eu le dos tourné.

Mais Hugo nous en lâchait des salaces aussi. Lorsque des élèves lui demandaient comment il avait fini pion malgré une licence en marketing, celui-ci leur répondait avec un humour impudique qu'à la base, il avait postulé « comme acteur porno » mais qu'il avait été direct refoulé à cause de son « piège à mémé minuscule ». Et à ceux qui doutaient que la taille jouait un rôle, il leur disait d'aller « battre des œufs avec un cure-dent » et de voir le résultat. Succès garanti auprès des élèves.

Les pires conneries qu'on faisait, c'était lorsqu'un surveillant allait nous quitter après avoir décroché un CDI dans le privé. Une fois l'infâme fripon en train de circuler dans les couloirs, on fouillait les poches de son manteau qu'il avait laissé dans le bureau, on prenait les clés de sa voiture et on la déplaçait quelques kilomètres plus loin, dans un endroit paumé, tout en dessinant toutes sortes de gamineries dessus avec du rouge à lèvres. Le problème du rouge à lèvres, on l'a réalisé trop tard, c'est que si on appuie trop fort, on raye la voiture... Du coup, un des pions a retrouvé sa 406 complètement souillée avec, entre autres, un énorme pénis rayé sur le capot. Un style particulier qui n'a pas enchanté sa fiancée, mais alors pas du tout.

Bon après, il faut aussi voir le côté positif des choses, au moins ils ne risquaient plus de confondre leur voiture avec une autre.

Nos conneries n'étaient ni préméditées, ni véritablement conscientes, elles étaient plus nerveuses qu'autre chose, nos journées étaient trop longues et monotones.

Chapitre 36 : Hybride

Après trois années pénibles et laborieuses, ma licence était enfin validée. Durant cette période, Mary n'avait cessé de lire la presse internationale, de découper des articles et de les trier. Et elle était impatiente de partager certaines découvertes, ça lui tenait vraiment à cœur. D'ailleurs, on ne peut que tirer son chapeau devant le travail phénoménal des journalistes qui ont de la morale.

La première chose qui inquiétait Mary était la situation internationale car avec l'humain, il y a toujours de la frustration, de la mauvaise foi, et de la violence dans l'air. Les guerres ne sont donc jamais loin.

La deuxième chose était « le réchauffement climatique », une conséquence directe de l'activité humaine. En gros, l'équilibre de la planète est très fragile et il suffit que sa température augmente de quelques degrés pour que tout dégénère et qu'on se retrouve confrontés à des catastrophes naturelles d'une ampleur inouïe. Un peu comme le corps humain : à 37° ça va, à 39° la fièvre nous rend fébrile, et au-delà de 42°, on meurt.

Il nous est tout simplement impossible de survivre sans le vivant, sans nourriture, sans eau potable ou sans air respirable. Qui polliniserait les plantes si on n'avait plus d'abeilles ? Qui nettoierait nos égouts si on n'avait plus de rats ? Et si on n'avait plus de vers de terre, qui aérerait le sol et l'enrichirait avec leurs excréments bourrés de calcium, de magnésium, de phosphore et de zinc ?

Il est donc impératif de préserver la nature et la biodiversité. Et ce n'est pas qu'une question de survie, c'est aussi une question de dignité et de respect envers la source de la vie.

Parmi les autres sujets qui l'inquiétait, il y avait le « crédit social », un nouveau système de contrôle dans lequel une note de moralité, attribuée en fonction de nos habitudes et de nos préférences, donne ou retire des droits aux citoyens.

Le fait de flâner dans les rues le soir, d'oser rouler à 86km/h au lieu de 80 ou de traverser la route à pied en dehors des passages piétons fait chuter la note par exemple, ce qui met en péril l'accès au logement, aux crédits, aux soins, aux moyens de transport, à l'information, à l'éducation, etc. Notre visage peut également être affiché sur des écrans géants dans toutes les villes du pays, soumis à la vindicte populaire.

Il paraît que ceux qui n'ont rien à se reprocher n'auront rien à craindre. Qui oserait en douter ?

Le « transhumanisme », ce courant de pensée qui consiste, en gros, à fusionner le cerveau humain avec le corps d'un robot, l'inquiétait tout autant.

En théorie, il s'agit de créer des êtres humains « augmentés », des « hybrides dotés d'une amélioration des facultés physiques et intellectuelles », des « soldats parfaits », invincibles et immortels, capables de « conquérir l'espace », de vaincre toutes les maladies, les souffrances et la mort. En bref, des sortes de super héros affranchis des limites humaines tels que « Superman », « Robocop », « Terminator » ou des « avatars Na'vi clonés » par exemple, dont le « corps » ne serait plus qu'une prothèse faite de câbles, de circuits électroniques et de silicone.

Impossible de faire l'amour avec de tels corps mais qu'importe car il paraît que le sexe par télépathie et la fusion des cerveaux procureraient « des sensations beaucoup plus longues et intenses que nos pauvres orgasmes ».

Il y a des gros hic à leur projet toutefois : une panne d'électricité pourrait signifier la mort. Ces « hybrides » devraient donc faire des sauvegardes régulières pour pouvoir, en cas de pépin, retélécharger le contenu de leur cerveau sur leur disque dur. Et ils devraient se doter de puissants antivirus pour éviter de se faire hacker leur cerveau.

À l'entendre pour la première fois, on se croirait dans un film de science-fiction et pourtant, tout cela semble bien réel dans la Silicon Valley, cet endroit énigmatique où la médecine numérique ne cesserait d'avancer - les imprimantes 3D auraient déjà permis d'imprimer des molécules actives et de synthétiser des tissus musculaires humains.

Quant à l'intelligence artificielle, très sommaire à la base, elle continue d'être améliorée à travers toutes sortes d'objets : en plus des ordinateurs intelligents et des smartphones, il existe des caméras de surveillance « intelligentes », des voitures sans conducteur, des brosses à dents permettant de « quantifier le brossage en terme de temps, de fréquence, de surface et d'efficacité », des fourchettes qui nous signalent si on mange trop vite, des frigos qui commandent d'eux-mêmes la nourriture par Internet, des balances pour chiens qui leur donnent des croquettes en fonction de leur poids, des cannes à pêche dotées de détecteurs qui émettent un signal sonore dès qu'un poisson mord à l'hameçon, des vêtements connectés à des modules de reconnaissance vocale qui peuvent resserrer un foulard quand le vent se lève, des compteurs électriques qui nous espionnent, des « lunettes augmentées » qui permettraient, à l'instar des détecteurs de puissance dans le fameux manga « DragonBall Z », de voir défiler sur les verres plein d'informations personnelles et confidentielles du genre nom, prénom, nationalité, date de naissance, taille, poids, catégorie socioprofessionnelle, casier judiciaire, etc.

Il existe également des préservatifs « intelligents » qui enregistrent non seulement le rythme des mouvements et le nombre de positions pratiquées mais aussi le nombre de calories brûlées, afin de « partager ses performances en ligne avec ses amis »... La classe, on n'arrête pas le progrès !

En voyant un tel flicage « intelligent », on se dit que le livre « 1984 » d'Orwell et le film « Truman Show » n'étaient qu'un simple apéro, une légère mise en bouche de ce qui nous attend.

Car l'intelligence artificielle reste avant tout une arme qui peut donner un pouvoir incroyable à ceux qui la contrôlent. Les machines n'ont pas de compréhension sémantique, elles réfléchissent à leur manière mais sans le savoir, sans avoir accès au sens, à la conscience, aux émotions et aux sentiments.

Incapables de comprendre les conséquences de leurs actes, de se poser des questions, de désobéir ou de se rebeller, on peut leur demander n'importe quoi, comme éradiquer des planètes entières par exemple, il suffit juste de les programmer pour.

Avec les recherches sur les effets paranormaux, comme les perceptions extrasensorielles, la télépathie et l'altération des consciences à distance, Mary redoutait également qu'on se retrouve dans un univers similaire au « Meilleur des mondes » d'Albus Huxley : un monde sans liberté où tous nos désirs, nos envies, nos valeurs, notre façon de penser, de s'exprimer, de se déplacer, de s'habiller et de se comporter seraient entièrement façonnés par des tiers.

La stimulation de neurones avec une fibre optique, une technique appelée « l'optogénétique », permettrait déjà d'agir sur l'humeur d'une souris, de modifier sa mémoire, et de la faire aimer des endroits effrayants qu'elle évitait auparavant.

Grâce aux informations triées par Mary, j'ai compris que le premier combat des écolos était pour la liberté de penser par soi-même, de faire ses proches choix, et de ressentir ses propres sentiments.

Mary souhaitait jeter un peu d'ombre sur ce « rêve collectif » d'une humanité aveugle, insensible, soumise, manipulée, exploitée, faignante et assistée, en éveillant les consciences et en bousculant les croyances, les rêves, les habitudes. Mais elle ne savait comment s'y prendre, et moi non plus.

Chapitre 37 : Complications

Malheureusement, malgré notre vécu, nos points communs, beaucoup d'amour et de complicité, Mary et moi avons évolué, lentement mais sûrement, dans des directions opposées.

Mary souffrait. Et plus les mois passaient, plus son humeur d'habitude toujours joyeuse devenait de plus en plus dépressive et morose.

Impossible pour moi de savoir le nombre de traitements, de calmants et d'antidouleurs qu'elle a essayé. Je sais juste que les effets secondaires de certains médicaments étaient si puissants qu'elle en prenait d'autres pour les calmer.

Vivre avec quelqu'un d'aussi malade au quotidien demande énormément d'énergie, de patience et de résilience. Or, le stress et le manque de sommeil avaient laissé des séquelles, et j'avais de plus en plus de difficultés à supporter sa bipolarité et à lui donner des énergies positives.

Il y avait aussi un gros sujet de friction qu'on n'arrivait pas à régler : Mary était très pâle car elle sortait rarement dehors.

Après, c'est sûr que la moindre petite sortie culturelle à Paris pouvait coûter bonbon. Mais bon, même lorsqu'il faisait beau, elle passait une grande partie de ses journées devant le PC.

De mon point de vue, c'était malsain que les recherches d'informations et son petit commerce de bonnes affaires sur le Net priment sur le reste. Tout est toujours une question d'équilibre, il ne faut pas oublier de sortir, vivre, et prendre soin de soi, de son corps et de son esprit.

J'étais convaincu que même si j'étais atteint un jour d'une maladie grave, ce qui vu l'ampleur de la pollution de l'air, des sols et de l'eau est probable dans les décennies à venir, je continuerais toujours de sortir, de voyager, et de m'aérer l'esprit, en regardant le ciel, les nuages, les étoiles, la mer, les montagnes, les forêts, les levers et les couchers de soleil.

Mary me répliquait systématiquement qu'il m'était impossible de ressentir ou de m'imaginer ce qu'elle endurait, et qu'il lui fallait trouver quelque chose qui la soulagerait de ses douleurs avant de pouvoir bouger.

Peut-être qu'elle avait raison, peut-être que j'avais tort de juger ses réactions. Je pense que nous avions tous les deux de bons arguments. Et j'aurais souhaité qu'elle écoute mon point de vue jusqu'au bout, au lieu d'abréger systématiquement les discussions. Car frustré par le manque d'écoute, je remettais le sujet régulièrement sur la table, incapable de lâcher l'affaire alors que ses réactions semblaient devenir chaque fois un peu plus agressives.

J'étais con de m'obstiner, ça n'a fait qu'endommager notre complicité. J'aurais dû me douter que c'était uniquement à cause de ses maladies et de sa grosse consommation de médocs qu'elle m'écoutait de moins en moins.

Chapitre 38 : Retrouvailles

Suite à l'obtention du permis et de ma licence, j'avais enfin, pour la première fois depuis trois ans et demi, du temps libre, et une envie mortelle de voyager.

Je n'en pouvais plus de cette vie à passer d'une boîte à une autre : une boîte dans laquelle on vit (maison), des boîtes pour se déplacer (voiture, train, métro, avion), des boîtes dans lesquelles on travaille (entreprises), des boîtes pour s'approvisionner (magasins, supermarchés), des boîtes pour endoctriner (l'école, l'université), des boîtes pour se dépenser (salles de sport) et des boîtes (de nuit, restos, bars, cinémas, etc) pour se changer les idées.

Par chance, le « dentiste » nous avait tous invités dans un petit chalet entouré de nature, près de Freiburg, dans les montagnes, non loin du « Schluch See », pour y fêter la fin de ses études d'odontologie. Pas question de louper une telle invitation, surtout que ça faisait des lustres que je n'avais pas revu cette bande de fripouilles.

Mary n'ayant pas voulu m'accompagner - elle préférait rester à l'appartement - j'y étais allé seul, dans ma vieille Citroën AX toute défoncée de 1990. Car une fois mon permis en poche, j'avais acheté un de ces engins qui prédominent en Europe, qui coûtent une blinde à alimenter et à entretenir, qui prennent énormément d'espace, qui polluent partout, et qui sont particulièrement dangereux pour les piétons et les vélos.

En me voyant arriver dans ma petite bagnole, les gars riaient aux éclats.

Et lorsqu'ils ont appris que mon AX n'avait que quatre vitesses, pas de direction assistée, pas assez de puissance pour doubler un camion en montée à cause de l'embrayage à moitié mort, et qu'elle n'était pas totalement étanche - au point d'avoir du givre à l'intérieur du pare-brise en hiver, d'avoir un peu de mousse qui poussait aux pieds du siège passager, et de conduire parfois les pieds dans une petite flaque d'eau, malgré tous les chiffons que j'avais mis sur les joints qui fuyaient – ils se sont écroulés de rire.

Tant que ça roule... L'essentiel pour moi, c'était que le moteur soit solide, le reste n'était que du confort.

Daniel et Mélissa n'avaient pas pu se libérer à cause de leur travail à Berlin mais tous les autres étaient présents.

Felix et Friedrich étaient restés les mêmes à quelques détails près, comme si le temps n'avait aucune emprise sur eux, comme s'ils savaient depuis leur naissance qui ils étaient, d'où ils venaient et où ils allaient.

Felix était ravi de nous revoir, ravi qu'on fasse autant de kilomètres pour fêter avec lui la fin de ses études, et ce malgré nos galères respectives. Car contrairement à lui qui réussissait quasiment tout ce qu'il entreprenait, le reste d'entre nous rencontrait plus de déceptions et de désillusions que de succès. Ce qui lui faisait mal au cœur car il nous aimait.

D'ailleurs, à force de nous voir tous galérer, il avait fini par évoluer radicalement sur l'ultralibéralisme, une doctrine qu'il défendait de la primaire au lycée.

Pour cette semaine de retrouvailles, il avait quasiment tout payé : la location du chalet, la nourriture, l'alcool, et la plupart des sorties. Malgré nos protestations, Felix n'avait accepté qu'une participation ridicule de notre part, il tenait absolument à ce que lui seul régale.

Friedrich, l'éternel militant de gauche très sensible et généreux, avec son cœur en or et sa grande gueule, était retourné vivre à « la source », à Bremen, où il continuait ses interminables études en sciences-politiques. Sa sociabilité et son engagement pour une meilleure répartition du travail, afin de permettre aux familles de passer plus de temps ensemble et de diminuer ainsi le nombre de problèmes sociaux, lui avaient apporté une certaine renommée. Mais ce grand gourmand continuait, malgré ses problèmes de santé, de manger souvent n'importe comment, la nourriture étant le seul sujet qu'il refusait d'écouter.

Hans, Manu et Bene étaient méconnaissables intellectuellement.

Après avoir validé son master en journalisme, Hans était lui aussi retourné vivre à Bremen, où il était frustré d'enchaîner des CDD, parfois de quelques jours par-ci par-là. En conséquence, son regard était plus perçant que jamais et il avait perdu un peu de son humour légendaire.

Manuel semblait imperturbable. Il travaillait toujours comme cuistot et savait désormais créer, tel un grand chef, de délicieux repas avec trois fois rien, grâce à de savants mélanges, une cuisson au poil, et un équilibre idéal.

Avec un de ses potes, qui payait des tournées à tour de bras dans l'espoir d'être adoré par le monde entier, ils avaient ouvert leur propre resto/bistro, et rapidement fait faillite. Depuis cet échec, il en est à son troisième employeur à cause du mauvais emplacement des restaurants, la visibilité jouant un rôle clé dans la rentabilité. Mais plus rien ne semblait affecter Manu, qui profitait visiblement de l'instant présent.

Bene galérait le plus, la vie à München étant très chère. Faute de travail et de tunes malgré une licence cinéma et audiovisuel, il avait dormi plusieurs semaines dans sa voiture avant d'atterrir dans le programme « Hartz 4 ». Et il s'en voulait d'être incapable de payer une pension alimentaire à son ex pour leur enfant de trois ans.

Mais il était quand même ravi de nous revoir.

Friedrich et Hans nous ont aussi donné des nouvelles d'Olaf. Après avoir validé sa licence de sociologie avec sa fameuse thèse sur le « pouvoir du vagin », il avait travaillé quelques mois comme animateur, le temps de réaliser qu'il n'était pas fait pour ce boulot, après avoir distribué des coloriages imprimés d'Hello Kitty à des adolescents de quatorze ans.

Depuis, il a divisé par trois sa consommation d'ecstasy, s'est rasé les cheveux courts, s'est mis à la boxe et au bodybuilding, et il est devenu… fonctionnaire de police. Comme quoi, il est difficile voire impossible de prédire l'évolution d'une personne.

Bon après, ça reste Olaf et il ne faut pas croire à une révolution. Il a eu le concours, certes, mais son objectif principal est de devenir représentant syndical, afin de cumuler un maximum de jours de décharge et d'autorisations d'absence.

En tous cas, c'était émouvant de revoir, cinq ans plus tard, de tels empêcheurs de tourner en rond.

Chapitre 39 : Les pirates

Pendant cette semaine dans les montagnes, une petite routine s'est rapidement installée : on se réveillait tous les jours vers onze heures, on nettoyait le bordel de la veille, on mangeait tous ensemble, on faisait la vaisselle, puis chacun faisait ce qu'il voulait l'après-midi.

Felix, Friedrich et Hans allaient souvent prendre des bières, des cafés ou des glaces dans le centre-ville de Freiburg alors que Manu, Bene et moi, on préférait aller au lac pour y faire un mélange de randonnées, de baignades, de siestes au soleil et de lectures.

A dix-huit heures, on aidait tous Manu à concocter ses délicieux repas végétariens, comme son fameux tofu servi avec des betteraves rouges, des pommes de terre sautées aux oignons et une sauce aux champignons, le tout frais et maison.

Puis, pendant nos trois heures de digestion sur la terrasse, on débattait, avec des cocktails maison, de sujets variés, comme au bon vieux temps. Vers vingt-deux heures, soit on sortait faire la tournée des pubs à Freiburg, mais en bien plus soft qu'auparavant, soit on restait au chalet pour faire un feu, jouer au babyfoot, au billard, à des jeux de cartes ou aux « Colons de Catane ».

Nos débats me passionnaient. Ce n'était pas les sujets en soi, qui n'avaient rien d'extraordinaire, mais la manière dont mes amis s'exprimaient, avec leurs notes parfois subtiles d'humour, d'ironie ou de sarcasme.

Dès la première soirée, Hans avait fustigé le monde du travail avec ses emplois précaires et ses exigences de résultats de plus en plus oppressants : « La plupart du temps, on n'obéit qu'à des supérieurs hiérarchiques qui décident à notre place de ce qu'on doit faire, où, quand, comment, avec qui, et en combien de temps, en échange d'un chiffre scriptural mensuel. »

Puis, Friedrich prenait le relais : « Partout, les écarts semblent se creuser entre les « loosers », qui, soi-disant faute de mérite, d'efforts, de formations, de compétences ou de responsabilités, sont payés au compte-goutte, et les « winners » rémunérés plusieurs millions d'euros par an, plus leurs parts variables, les bénéfices de leurs stock-options, les primes de performances, les actions gratuites et les pensions de retraite-chapeau.

Des « winners » qui affirment pouvoir revenir au plein emploi en généralisant les CDD non limités, en supprimant le Smic, les cotisations sociales, les congés payés, les allocations chômage, la sécurité sociale et les jours fériés, en rendant les 70 heures par semaine obligatoires payées un euro de l'heure, en reportant la retraite à 80 ans, en fouettant les faignants, et en supprimant la fiscalité sur le patrimoine. Tout cela créera des milliards d'emplois, parole d'évangile. »

Quand on parlait de politique, on s'enflammait : À chaque élection, on a l'impression d'être dans les Caraïbes au XVIIIème siècle, assis dans une grande taverne de Tortuga, en face de sept pirates aux regards avides, avec des ventres énormes et des dents en or, et on nous pousse à en choisir un.

Afin d'empêcher qu'un pirate néo-nazi ne soit élu « Suprême représentant des pauvres moussaillons sans-dents », on refoule les boucaniers qui n'ont visiblement aucune pitié pour en choisir un parmi les autres, tout en sachant qu'on se fera toujours piller, détrousser, dévaliser, et que la plupart des pièces d'or qu'ils nous taxent leur serviront à se goinfrer : « Servez-vous les amis, c'est le peuple qui régale ! Allons bourlinguer dans des caboulots ! Allons nous remplir la panse de sangria à l'autre bout des Caraïbes en prenant un des « Falcon » de la flotte royale ! Pour des dizaines de milliers de roublons l'aller-retour, ce serait dommage de se priver ! »

D'ailleurs, leurs grands discours sur le fameux « Code des pirates », c'est des foutaises, vu qu'eux-mêmes ne respectent aucune des lois qu'ils rédigent. C'est bien connu, les promesses n'engagent que ceux qui y croient.

C'est un nouveau genre de pirates, des sortes de commerçants sans scrupules qui se salissent rarement les mains et qui adaptent leur offre en fonction de la demande, de la météo, du taux d'alcoolémie et de la boustifaille.

Ils n'hésitent pas à affirmer tout et son contraire, à changer d'avis comme de jambe de bois, sans vergogne, et sans craindre le ridicule. La preuve lorsqu'ils commentent les résultats du chômage des matelots : « Tous ces chiffres, ce n'est quand même pas la mer à boire. La progression est deux fois inférieure à la moyenne des cinq dernières lunaisons. Et si on additionne la hausse des quatre premières lunaisons de cette saison à la baisse des trois suivantes, le solde reste meilleur que celui des dix dernières lunaisons. »

Ces bandes de coupe-jarrets ont même le culot de nous traiter « d'assistés » lorsqu'on reçoit une centaine de roublons d'aide par lunaison pour ne pas se retrouver sur la paille, alors qu'ils récompensent leurs fidèles assistants d'un salaire entre vingt et cent fois supérieur pour du travail parfois fictif.

Bien entendu, lorsqu'il s'agit de caser des vieux loups de mer, ces pirates leur trouvent, comme par miracle, de vieux butins planqués sur des îles désertes, ou des postes bien rémunérés dans des conseils fluviaux, des observatoires du beau temps, ou des institutions du genre « une taverne durable », sans aucun pouvoir, avec des missions vagues, et dont il existe déjà plusieurs dizaines de structures identiques.

En bref, tout est bon pour continuer de se gaver aux frais de la princesse : brasser du vent, faire un maximum de mousse avec peu de savon, tout remettre aux calendes grecques, lancer des réformes bidons, s'acharner sur des boucs émissaires pour détourner l'attention de leurs sauteries, ou valoriser leur inactivité, en affirmant par exemple que poursuivre toutes sortes d'escroqueries et de plans foireux serait plus judicieux que d'y renoncer.

Et plus ces charlatans sont corrompus, plus ils demandent des sanctions sévères et efficaces face à la corruption et aux récidives. Ça coule de source : plus c'est gros, plus ça passe.

Comme lorsque de jeunes moussaillons d'extrême droite, qui fustigeaient constamment l'insécurité dans les villages, se sont retrouvés en procès pour avoir incendié des dizaines de chars lors de soirées arrosées de rhum et pimentées de poudre de coca. Morbleu, enfin un peu de sincérité ! Car c'est un vieux classique des fachos de répandre un maximum de violence en tapinois pour réclamer l'arrivée d'un dictateur au pouvoir.

D'ailleurs, si les pirates fachos ont droit à autant de temps de parole sur les places publiques, c'est parce que l'abstention battrait des records si on leur interdisait de présenter des candidats. Beaucoup de capitaines perdraient alors leur légitimité, et tout ce beau cirque risquerait de s'effondrer.

Pour nous occuper pendant des années, ils compliquent régulièrement des phrases et des chiffres – pardon, des textes de lois. En fait, il suffit d'une quarantaine de hiéroglyphes différents – dix chiffres de zéro à neuf et un alphabet d'une trentaine de lettres – pour créer des phrases et des formules mathématiques à l'infini, sur lesquels les gens pourront passer leur vie à réfléchir au lieu d'agir.

Et pour défendre leurs privilèges, ils font preuve d'une étonnante créativité.

Comme laisser quelques miettes pour les « sans-dents » par exemple, de manière à essayer de nous persuader que leurs multiples taxes et impôts seraient équitablement redistribués. D'ailleurs, dès qu'ils augmentent les tontines des dix pourcents les plus miséreux de la somme colossale de deux roublons par lunaison – un verre de rhum par mois – ces pirates crient sur tous les toits qu'on peut observer « une réduction des inégalités. »

Ils investissent aussi à fond dans l'apparence, en faisant appel à une armée de représentants et de communicants, qui les aident à nous vendre de beaux écrans de fumée, de belles mises en scènes censées nous donner le tournis. Comme exiger « toujours plus de croissance industrielle et économique » alors que l'ensemble des terres et mers est déjà bien pollué.

Et finalement, afin d'intimider et de dissuader un maximum de matelots de s'indigner, ces forbans utilisent la puissance de leurs corsaires, milices, patrouilles et autres soldats pour éborgner ou couler les moussaillons les plus récalcitrants.

Autrement dit, ces pirates savent pertinemment que les richesses sont limitées. Et pour éviter d'avoir à les partager équitablement avec le reste du monde, ils utilisent un mélange de séduction, de communication, de manipulation, de menaces et de violence pour préserver le rapport hiérarchique instauré, dans lequel les meilleurs rangs se servent les premiers.

Toutefois, pour leur défense, on a en partie les pirates qu'on mérite. Car si le peuple était plus intelligent, plus cultivé et mieux informé dans sa globalité, ils seraient obligés de s'adapter.

Chapitre 40 : Carnaval

Pour nous faire rire, Hans et Friedrich ont reparlé du carnaval de Köln, où l'on avait passé cinq jours mémorables, au début de nos études.

On n'y était allés qu'à trois vu que Manu bossait et que Bene et Felix avaient préféré réviser pour les partiels du mois de février. Mais pas question pour Hans et Friedrich de louper une telle débauche, quitte à aller au rattrapage au mois de juin.

Moi qui affectionne les déguisements, j'avais été servi. À peine arrivés à la gare, tout le monde semblait déguisés et de bonne humeur, alors qu'on était en plein hiver et qu'on se les gelait.

On s'était sentis tellement nus et rabat-joie en faisant partie des rares personnes sans déguisement qu'on avait foncé dans le premier magasin venu pour s'en acheter.

Nos petits budgets d'étudiants étant très limités, on avait pris des costumes et des accessoires simples, pas trop chers, de basse qualité. D'ailleurs, ils n'ont pas fait long feu.

Hans avait pris un costume de prisonnier « western » avec des rayures jaunes et noires comme ceux des frères Dalton, un petit boulet en plastique accroché à la cheville, et une immense perruque rousse.

Friedrich avait choisi un costume de gros poussin jaune avec un serre-tête pour princesses orné de deux papillons bleus.

J'avais combiné une large soutane de prêtre avec une immense perruque afro noire et un impressionnant faux ventre en silicone car l'idée d'un gros curé disjoncté me plaisait, car plus c'est décalé, plus c'est comique.

En voyant nos déguisements respectifs, on avait explosé de rire, car d'une certaine manière, ils correspondaient à nos personnalités. Puis, on était allés acheter trente litres de bière, une caisse de dix chacun, et avec tout ce que Hans avait ramené à fumer, on avait de quoi faire jusqu'au lundi. Pour dormir, on avait loué, pour des cacahuètes, une petite chambre de neuf mètres carrés dans un squat près du centre-ville.

Chaque jour, on avait notre petite routine : vers vingt heures, on commençait à « se désaltérer ». Puis, deux heures plus tard, on sortait faire le tour des bars, mais de manière organisée : on ne consommait pas trop dans les pubs, afin de ne pas ruiner nos économies, et on retournait, toutes les trois heures, au casier qu'on avait loué dans la gare, pour se réapprovisionner en bédo et trinquer.

Vers dix heures du matin, on rentrait se coucher. On puait tellement la bière, le pétard et la transpiration qu'on dormait avec la fenêtre grande ouverte, alors qu'il faisait un froid de canard dehors. Au moins, la bière était toujours fraîche, même sans frigo.

On dormait jusqu'à dix-sept heures, puis on coulait nos bronzes, on prenait nos douches, chacun son tour, du plus propre au plus crade, Friedrich étant obligatoirement le dernier, on cassait la croûte, on faisait nos comptes, et on repartait pour un tour.

Chaque soirée était un carnage rempli de chants, de danses, de rires et de discussions avec des centaines de personnes différentes. Il nous restait plein de flash-back plus farfelus les uns que les autres.

Comme la première soirée sur un des bateaux à quai, où Friedrich et moi dansions comme des balais sur des airs de chansons paysannes, pendant que le « docteur » mordillait, avec les dents de vampire qu'elle venait de lui offrir, l'avant-bras d'une des cinq jeunes femmes qui avaient décidé de nous suivre toute la soirée, à force de rire de nos conneries.

Plus tard dans la soirée, alors qu'on chantait dans un autre bar stylé avec de belles peintures accrochées sur les murs, une autre jeune femme du groupe à l'accent bavarois très prononcé était venue demander au « docteur » et à « Eisenmann », où était passé « l'autre andouille déguisé en curé », alors que j'étais juste à côté. J'avais alors réalisé, avec regret, que j'avais perdu ma perruque afro fétiche quelque part et que ce serait difficile de la retrouver...

Le dimanche matin, Friedrich avait réussi l'exploit de rentrer avec trois fois plus d'argent qu'il n'avait pris pour sortir, après avoir passé une grande partie de sa soirée à discuter de politique avec un quarantenaire aux narines défoncées visiblement pété de tunes. Ce directeur financier affirmait être trop bourré pour commander des bières mais pas pour les boire. Chaque fois que leurs pintes étaient vides, donc toutes les dix-quinze minutes, il sortait un billet de vingt euros de ses poches qu'il donnait à Friedrich en lui demandant d'en recommander pour eux deux et de garder la monnaie. Ce cirque a duré quelques heures, jusqu'à ce que sa compagne déguisée en « wonder woman » intervienne pour que « son chevalier » arrête de payer des bières aux fripouilles qui venaient lui parler.

Mais le pire, comme souvent, c'était Hans. Pendant les cinq jours de carnaval, il s'était amusé à distribuer des croquettes pour chien à plein d'hommes bourrés, en leur jurant que c'était des « biscuits vitaminés » qui, malgré la texture granitique et le goût de volaille, leur permettraient de « reprendre du poil de la bête ». Aucune idée d'où lui était venue cette idée pour le moins originale, mais une bonne vingtaine de « cow-boys », de « super-héros », de « jokers », de « pirates », de « lapins », de « magiciens », et autres consorts bourrés en ont mangé - ou plutôt croqué - certains en ont même redemandé...

Le lundi, à force de faire la java, de perdre nos accessoires de déguisement et d'en retrouver d'autres, on ne ressemblait plus à rien : ma soutane était dégueulasse, mon faux ventre était cassé, j'avais une bouillie de maquillage sur le visage et un chapeau de cow-boy sur la tête.

Hans avait réussi à garder son énorme perruque et ses dents de vampire, mais il avait le visage tout noir et sur son costume de prisonnier était bien déchiré.

Friedrich, lui, ressemblait plus à une bouteille de soda qui avait traîné des semaines dans une poubelle qu'à un poussin. Il avait perdu son serre-tête et déchiré ses « pattes » car le bas l'avait empêché de danser « convenablement ». Des symboles anarchistes de toutes les couleurs avaient été gribouillés sur son costume et il avait récupéré un grand os en plastique d'une cinquantaine de centimètres avec lequel il s'amusait à mettre des fessées au « docteur », dès qu'une femme s'en approchait.

On s'était bien assagis depuis, mais on s'en souvenait avec grand plaisir.

Chapitre 41 : Le nerf de la guerre

En milieu de semaine, nous avons abordé l'évolution des principes d'influence et des techniques de persuasion, un de nos sujets préférés.

Peu de gens semblent s'y intéresser et pourtant ils devraient, car nos sens sont de plus en plus exploités, à travers les sons par exemple : les sons trop aigus nous agressent, les mélodies douces attirent les clients, les voix graves éveillent l'attention, un rythme de musique élevé peut accélérer tout ce qu'on fait, comme conduire, travailler ou manger, et dans les boîtes de nuit, un rythme fortement accéléré fait perdre aux clients la notion du temps.

Les odeurs, elles, peuvent être mémorisées à vie. Ce qui explique le prix des parfums et l'explosion des dispositifs olfactifs - c'est logique, plus on sent l'odeur de quelque chose, comme un pain au chocolat par exemple, plus on a envie d'en consommer.

Au lycée, beaucoup d'internes s'aspergeaient, avant chaque repas, de déodorant sur l'ensemble du corps, parfois même dans la bouche, afin de camoufler au mieux leurs odeurs.

D'ailleurs, un matin alors que je m'apprêtais à y prendre ma douche, trois spécimens du genre Olaf, assez durs à la détente, étaient venus me demander si je pouvais les dépanner en déodorant ou en parfum. N'ayant jamais acheté de fragrance chimique - sachant qu'en se nourrissant de manière équilibrée, notre odeur n'est pas forte et on sent bon en prenant de simples douches régulièrement - je leur avais répondu que mon seul parfum c'était « la sueur à l'état pur », ce qui, bizarrement, semblait leur convenir puisqu'ils avaient insisté pour en prendre deux-trois coups de pschitt-pschitt. Il avait fallu que je lève les bras, que je leur dise de se servir, et que je répète lentement « la su-eur-à-l'é-tat-pur » pour qu'ils comprennent et sortent de ma chambre en riant.

Au niveau du goût, on peut également parler de magouilles avec tout le sucre, le sel, les mauvaises graisses, la flotte, l'air et les centaines d'additifs autorisés dans nos assiettes...

En ce qui concerne la vue, les spots de publicité sont la référence, avec leurs montages sophistiqués promettant monts et merveilles. C'est tout un art d'implanter des idéaux dans nos subconscients, en concentrant autant d'informations, de messages, de jeux de lumière, d'effets sonores et de stimuli commerciaux en si peu d'espace et de temps. D'ailleurs, les extrémistes de tous bords s'inspirent de tels procédés pour mieux prêcher leur haine du monde entier.

L'idéal, comme le montre l'audiovisuel, c'est de stimuler un maximum de sens simultanément, ce que certains érudits ont réussi depuis des siècles : leurs grands et magnifiques édifices, où l'on se réunit pour célébrer des cultes, en mettent plein la vue, le son des cloches et des chants résonnent dans les oreilles, les odeurs de l'encens et des bougies chatouillent les narines, et à la fin de certaines prières, un bout de « cœur » est donné à mâcher.

Toutefois, le nec plus ultra, ce qui semble donner le plus d'influence, c'est la tune, l'oseille, le pognon, le fric, le blé, le flouze, les biffetons, les briques, les patates.

Aujourd'hui, la monnaie est devenue bien plus qu'un simple moyen d'échange, c'est devenu une fin en soi. Tout se monnaie désormais : la liberté, la santé, les informations, l'influence, les relations amicales et sexuelles, les mariages, les bébés, les organes humains, et j'en passe.

Quand on en a les moyens, on peut toujours s'arranger. Ajouter quelques zéros avant la virgule, en offrant par exemple une somme à six chiffres au lieu de quatre, permet de régler toutes sortes d'affaires en toute simplicité.

Et tout a un prix, même le bonheur. Donc gare à ceux qui osent profiter de la vie tranquillement, sans en baver d'une manière ou d'une autre.

Pour autant, on n'est jamais en sécurité, même en étant plein aux as, car la valeur si fragile de cette monnaie d'échange ne cesse de fluctuer : il suffit d'une pénurie d'eau potable, de nourriture ou d'énergie pour que les prix explosent.

Et il suffit d'une crise financière, comme le krach du 24 octobre 1929, qui aida Hitler à obtenir ses 33% de voix aux élections législatives allemandes du 6 novembre 1932, pour tout couler.

Le véritable pouvoir n'est donc pas d'avoir de l'argent, ce qui relève plus du fantasme qu'autre chose, mais d'influencer des peuples, de contrôler des armées, et de pouvoir créer de la monnaie en toute légalité, sans risquer trente ans de réclusion criminelle.

J'imagine que tout a commencé avec l'or. L'or, ça brille, ça illumine, ça ensorcelle, ça rend fou – le reflet de la lumière, encore et toujours. Il suffit d'ailleurs de porter des bijoux ou de sortir une liasse de billets de ses poches pour attirer des regards cupides.

Pour s'accaparer l'or des Incas et des **Aztèques** et le pouvoir qui va avec, les Européens n'ont pas hésité à les massacrer, à piller et à saccager leurs temples sacrés. A partir de l'or, des pièces ont été créées, une monnaie d'échange très pratique et un outil puissant de soumission et de perversion.

Puis, réalisant que l'or avait trop de valeur au regard des humains, les pièces d'or ont été remplacées par une monnaie plus accessible : des billets à base de polymères ou de fibres de coton et de lin, et des pièces forgées avec un alliage d'acier cuivré, de nickel, d'aluminium, etc.

C'est quand même incroyable qu'on puisse désormais tout acheter avec des morceaux de métaux et du papier imprimé.

Avec les progrès de l'informatique, des cartes bancaires et des téléphones portables, « l'argent liquide » pourrait disparaître définitivement au profit du paiement sans contact.

L'argent deviendrait alors 100% scriptural, autrement dit virtuel.

Bon après, c'est déjà quelque chose de très virtuel d'ouvrir un « compte en banque » et de prendre un crédit. En gros, une banque confirme avec plein de paperasse que nous sommes dignes de confiance. Aucune pièce n'est façonnée, aucun billet n'est imprimé, il ne s'agit donc probablement que d'une simple manœuvre informatique.

Puis, dans le cas d'un crédit, nous sommes prélevés des intérêts pendant des années sur de l'argent qui n'a jamais existé et qui n'existera jamais. Et les crédits, c'est une spirale infernale, il y a sans cesse de nouvelles dépenses, surtout avec l'obsolescence programmée. En bref, nous sommes les débiteurs à vie d'une dette scripturale.

Bien entendu, on n'abordait ces sujets qu'entre nous, pour éviter d'être pris pour des « éco-terroristes ».

Car l'écrasante majorité de nos collègues de boulot respectifs cédaient joyeusement aux chants mélodieux des sirènes, en jouant, par exemple, à des jeux de hasard avec des probabilités ridicules de gagner, de l'ordre d'une chance sur un million, soit 0,0001%. Et chaque fois qu'ils jouaient, ils croisaient les doigts, excités comme des puces, espérant décrocher le cocotier, convaincus que ces jeux – que les politiciens appellent « les impôts volontaires des pauvres » - en valent la chandelle. Il paraît qu' « on sait jamais », une autre manière de dire « on veut à tout prix y croire ».

À y regarder de près, la vente de rêves est probablement le meilleur business au monde. C'est d'une simplicité et d'une rentabilité incalculable : il suffit de laisser aux gens une chance infinitésimale de richesse, de pouvoir ou d'ascension sociale pour que certains y croient dur comme fer.

D'ailleurs, ces rêves de « richesse » sont si bien ancrés dans les têtes que ça semble limite ringard de vouloir une vie libre, sincère, vertueuse, authentique, riche en voyages et en rencontres.

Chapitre 42 : L'ermite

L'ironie de toutes nos réflexions, c'est qu'on n'avait aucun moyen de savoir si tout cela était bien réel ou si c'était seulement le fruit de notre imagination.

Manu avait profité de la fin de semaine pour nous enseigner sa technique de détente préférée, qu'il avait nommée « l'ermite indien » : dans les situations de grand stress, quand il est seul à ressasser les événements, Manu ferme les yeux et s'imagine... marcher en pleine montagne, avec une tente et un grand sac de randonnée sur le dos, à la recherche d'un refuge paisible et lénifiant, où il pourra se régénérer et trouver un peu de quiétude et peut-être quelques réponses à ses questions.

Vu que le soleil va bientôt se coucher, il doit se dépêcher de trouver un abri sec où il pourra camper, mais il s'est à moitié perdu dans ces vastes taillis de châtaigniers, et il a du mal à s'orienter à cause de la hauteur et de la densité de la végétation.

Graduellement, le petit chemin laisse place à un sentier rocheux de plus en plus étroit, sombre et oppressant, qui longe une petite rivière très claire.

A force de persévérer, Manu finit, contre toute attente, par arriver dans une sorte de clairière à l'abri du vent, en face d'une grotte à concrétions et d'une belle cascade qui forme le ruisseau qu'il vient de remonter.

Surpris par cet endroit sublime et harmonieux, Manu s'imprègne des énergies environnantes : l'air y est frais et agréable, la lumière douce, la nature riche et variée, l'endroit est particulièrement calme, on n'y entend que le bruit de l'eau qui coule éternellement.

Devant la grotte, un vieillard médite en position du lotus. Son langage corporel a l'air bienveillant et chaleureux, même si on ne peut discerner son regard à cause de la lumière éblouissante que projette son visage.

Avant que Manu ne sache quoi lui dire, le sage, qui a dû beaucoup voyager avant de trouver cet endroit idyllique, lui souhaite la bienvenue et lui demande de s'asseoir à ses côtés, face au soleil couchant, qu'ils observent ensemble en silence.

Puis, une fois la nuit tombée, le sage se lève, murmure quelque chose d'incompréhensible, va dans la grotte, et revient avec un grand carton. Il en sort quelques bougies, les allume, les disperse, et se rassoit.

Il s'allume aussi une pipe, puis il explique à Manu qu'il attendait sa visite depuis longtemps et qu'il est prêt à écouter tout ce qu'il a besoin d'exprimer mais qu'au fond de lui-même, Manu connaît déjà les réponses à ses questions. En conséquence, il va juste l'aider à comprendre, accepter et assumer les choix qu'il a déjà faits.

Surpris par autant d'énergies positives, Manu est alors envahi de sentiments de joie, de plénitude, et de confiance envers cet inconnu, et ce malgré son vieux pyjama arc-en-ciel troué entre les jambes et sous les aisselles.

Sur ce, le sage se met à chanter « J'ai du bon tabac dans ma tabatière... », et il sort du grand carton plusieurs variétés de marijuana, du tabac frais, des paquets de feuilles slim, puis il dit à Manu : « Tiens mon grand, fais-toi plaisir ! »

Et là, comme par magie, Manu se réveille d'excellente humeur !

En fin de compte, comme souvent, cette semaine près de Freiburg remplie de discussions sérieuses, de débats passionnés sur la société dans laquelle nous vivons, et de rires aux éclats, est passée trop vite à mon goût.

Après avoir abordé autant de sujets différents, alors que je rentrais à Paris en AX, devant des champs en monoculture à perte de vue, je méditais sur des citations de Shakespeare :

« Le monde entier est un théâtre, et tous, hommes et femmes, n'en sont que des acteurs. »

« En ce monde, faire du mal est souvent regardé comme louable, faire du bien passe pour folie. »

« C'est un malheur du temps que les fous guident les aveugles. »

« Que votre propre discernement soit votre guide. »

Tout cela est toujours d'actualité. En fait, le XVIème siècle est une période beaucoup plus récente que je ne l'imaginais.

Chapitre 43 : Le cauchemar

Un an plus tard, après six années de relation amoureuse, Mary et moi avons décidé de nous séparer, suite à une longue accumulation de complications.

Aucun traitement n'avait eu d'effet espéré et sa santé n'avait cessé de se dégrader, peut-être à cause du stade trop avancé de ses maladies. Du coup, elle se shootait aux antidouleurs.

Souvent épuisée et assommée, elle avait de plus en plus de difficultés à marcher et sa mémoire l'abandonnait. Je ne parle pas de petits trous de mémoire, comme oublier d'acheter quelque chose en faisant ses courses ou oublier de fermer une fenêtre en sortant, mais de se perdre soi-même, de tout oublier, même les choses qui nous ont le plus marqué.

Et à force de combler inconsciemment ses trous noirs avec son imagination, Mary avait commencé à se créer un autre monde dans sa tête.

Lorsqu'elle me reprochait de ne pas la comprendre et de ne pas me mettre suffisamment à sa place, il m'arrivait de perdre mon sang-froid car je faisais toujours de mon mieux, je donnais tout ce que je pouvais. Mais elle n'arrivait plus à voir que j'étais impuissant face à tant de sautes d'humeur, d'irritabilité et de rechutes qui la rendaient à chaque fois plus névrosée.

En voyant chacune de nos conversations empirer son stress, ses symptômes et ses douleurs, j'ai fini par me demander si ce n'était pas moi le premier responsable de ses multiples crises. Une idée qui s'est progressivement transformée en doute, puis en certitude, alors que ça n'avait aucun sens.

Finalement, le seul moyen de sortir de cette impasse - on n'arrivait plus à discuter sans se disputer – semblait de prendre de la distance.

Ni l'un, ni l'autre n'étions heureux de cette décision mais nous l'avons prise ensemble car nous redoutions de tout détruire et nous ne voulions pas gâcher nos beaux souvenirs, juste parce que la vie en avait décidé autrement.

Notre séparation a été très respectueuse. Une fois la décision prise, Mary a fait de remarquables efforts pour se montrer presque aussi douce qu'à nos débuts, afin qu'il n'y ait pas de rancune, de revanches, d'attaques, ou de moments désagréables, ce que j'ai énormément apprécié.

Je ne saurais dire avec des mots toute l'estime que je porte à cette personne.

Par contre, tout s'est enchaîné trop vite. En seulement quelques jours, elle est retournée vivre chez sa mère.

Après avoir partagé la vie d'une personne pendant des années, c'est déprimant de devoir, quasiment du jour au lendemain, réapprendre à vivre sans elle, surtout lorsqu'elle a autant de qualités. Alors, le vide et le doute s'installent et on se pose plein de questions : Était-ce le bon choix ? Qu'est-ce que j'aurais pu mieux faire ? Quelles erreurs aurais-je pu éviter ?

C'était la deuxième « femme de ma vie » que je perdais après Johanna, combien d'autres séparations aussi douloureuses allaient suivre ?

Pendant des mois, il faut se souvenir qu'on était dans une impasse, divisés par le stress et nos multiples prises de tête, et qu'un retour en arrière était impossible.

Le pire pour moi, c'est que sans sa présence, je n'avais plus aucun moyen de savoir précisément comment elle allait... Nous avons toujours gardé contact - heureusement car ça m'aurait détruit qu'elle disparaisse entièrement de ma vie - mais vu qu'on ne s'écrivait que trois ou quatre fois par an et qu'elle évitait soigneusement de parler de sa santé, tout ce que je pouvais faire, c'était de supposer...

Je suis resté dans le même appartement malgré les souvenirs et le vide. Mais beaucoup d'affaires sont passées par la fenêtre. J'avais besoin d'espace et de lumière, j'avais besoin de me sentir plus léger.

Puis, après plusieurs mois de laisser-aller, j'ai fait un cauchemar étrange :

Mary et moi vivions dans la zone des « déshérités », un mélange d'« encomendia » et de mine comme celle de Fort McMurray, un désert de ruines et de détritus, où la faune et la flore avaient été entièrement ravagées par l'humain, à la recherche de lithium, de cobalt et de nickel.

Cette zone était imposée à tous ceux qui « dérangeaient », et on y vivait entassés, comme du bétail destiné à l'abattage.

Une énorme muraille en béton d'une dizaine de mètres de hauteur, surveillée 24 heures sur 24 par des « forces d'apaisement » armées jusqu'aux dents, séparait cette zone de la zone des « privilégiés » : un monde hyper connecté, ultra-sécurisé, parfaitement contrôlé, avec des gratte-ciels en verre, de multiples fontaines sophistiquées, et d'immenses commerces variés, dont l'ensemble des services étaient assurés par des robots dotés d'une intelligence artificielle dernier cri.

Là-bas, tout y avait été aménagé de manière à ce que les enfants ectogenésés, façonnés sur mesure, puissent jouer partout, en toute sécurité, sans risquer de se faire mal, de se perdre ou de se salir, dans cette atmosphère conditionnée où la météo était identique toute l'année - pile-poil trente degrés grâce à plusieurs soleils artificiels constitués de diodes électroluminescentes. Absolument tout y était artificiel, même les parcs, aménagés avec du gazon génétiquement modifié, des massifs verts en silicone à la place des arbres, et plein de pistes goudronnées et fléchées pour indiquer l'unique chemin à suivre.

Lorsque Mary y avait refusé l'implantation d'une puce électronique dans le corps, la justice l'avait condamnée à vivre de l'autre côté de la muraille, où l'on s'était rencontrés.

Le problème, c'est qu'ici, Mary était tombée gravement malade à cause du manque d'eau potable et de la nourriture moléculaire – la seule bouffe accessible aux « déshérités ». Et les seuls « médecins » qu'il restait ici étaient des robots manipulateurs d'ADN, des experts en lobotomie. Par chance, il nous restait un dernier micro-kinésie-thérapeute, une grande personne robuste au regard mystérieux, pleine de courage et de volonté, qui, à force de refuser de la boucler là-bas, avait été lui-aussi condamné à passer le restant de sa vie ici.

En mêlant acupuncture, ostéopathie, kinésithérapie, homéopathie et le principe de la mémoire de l'eau, ce dernier des Mohicans réveillait, à l'aide de gestes manuels doux et précis, des traumatismes enfouis sous des zones de résistance. Et il le faisait sous une forme « diluée », de manière à ce que ces traumatismes puissent être facilement évacués et que chaque corps puisse s'auto-régénérer.

Mais alors qu'on faisait la queue devant son taudis pour qu'il s'occupe de Mary, un drone de surveillance avec reconnaissance faciale nous avait identifiés et une patrouille s'était vite lancée à notre poursuite, car on était recherchés pour avoir de nouveau refusé la forme combinée des quinze vaccins obligatoires pour les « déshérités », celle-ci ayant quantité d'effets secondaires indésirables, contrairement à la version sans danger des « privilégiés ».

Après une course-poursuite d'une minute à travers l'énorme bidonville, on avait décidé, à un carrefour, de prendre des chemins opposés, de manière à les semer. On pensait se retrouver, comme toujours, à notre cachette secrète, mais cette fois-ci, je l'avais attendue en vain.

Et alors que je regardais avec tristesse l'orage qui s'abattait sur notre bidonville, en me demandant par quel moyen je pourrais essayer de la retrouver...

Je me suis réveillé trempé de sueur, avec la ferme intention de me reprendre en main.

Chapitre 44 : Le progrès

Ce n'est pas toujours facile d'aller de l'avant, de se lancer dans de nouveaux projets, d'essayer de réaliser des rêves, et d'oser l'impossible. Encore faut-il savoir ce qu'on veut.

Ces six dernières années, tous mes projets étaient en lien avec Mary : il s'agissait de profiter de la vie ensemble, de prendre soin d'elle, de travailler pour qu'elle puisse se reposer, de valider des études, et de voir ensuite au fur et à mesure où tout cela nous mènerait. Mais maintenant qu'elle n'était plus là, j'étais un peu perdu.

J'ai dû me remettre en question : Que faire de ma vie ?

Pour moi, la vie était une sorte d'aventure où j'essayais d'accumuler un maximum d'expériences, de sentiments, de conscience, de souvenirs et donc d'amour pour la vie, avant de rejoindre mes ancêtres.

J'essayais toujours d'apprendre de nouvelles connaissances, de rencontrer de nouvelles personnes cultivées et ouvertes d'esprit, de me développer, de m'enrichir intellectuellement et spirituellement.

De mon point de vue, tout était dynamique, il n'y avait jamais rien d'acquis, il fallait donc continuer d'avancer et de progresser.

Autrement dit, je m'épanouissais dans la recherche d'informations, et le fait de me rappeler que la liste des choses à découvrir et à comprendre était infinie, était la meilleure des thérapies pour moi.

Du coup, lorsque mes collègues de boulot, qui voyaient le célibat d'un mauvais œil, m'ont poussé à m'inscrire sur un site de rencontre chelou « épouse-une-casserole-en-un-clic.cqfd », j'ai fini par accepter, non pas pour me lancer dans une nouvelle relation - je n'en avais aucune envie - mais pas curiosité, pour comprendre son fonctionnement, comme s'il s'agissait de résoudre une énigme ou de gagner une partie d'échecs ou de Doppelkopf.

Après l'inscription - je n'ai répondu à aucune des questions sur l'âge, la catégorie socioprofessionnelle, les revenus, le poids, la corpulence, les goûts, les envies, les désirs, les fantasmes et les expériences - j'ai essayé, au grand dam de mes collègues, tout ce que le site permettait, dont un nombre incalculable de descriptions différentes, toutes censurées, les descriptions devant nécessairement être « sérieuses ».

Quelle dictature. Encore un machin hyper rigide et fliqué où il fallait rentrer dans le moule en se soumettant à leurs règles du jeu : pas d'humour, de surprises ou d'imprévus, que des agendas à suivre, rompez !

Puis, j'ai analysé méthodiquement des dizaines de profils différents, en m'imprégnant des phrases récurrentes et révélatrices, du genre : « les mecs qui veulent juste tirer leur coup, passez votre chemin ! » Les femmes étaient visiblement bombardées de messages à gogo, au point de chercher des moyens simples et efficaces de trier ces milliers de « prétendants ».

Ce qui n'empêchait pas certaines d'y chercher « l'homme parfait » : stable professionnellement et financièrement, à la fois grand, mince, musclé, beau, charmant, sérieux, sincère, charismatique, agréable, romantique, avec de l'humour, de la joie de vivre, fidèle, exclusif, intelligent, cultivé, qui sache ce qu'il veut, qui la fasse voyager et découvrir plein d'autres choses, et qui habite à moins de trente kilomètres de chez elles.

Des exigences tout ce qu'il y a de plus modeste et réaliste ! Là, ça devient limite un sport d'envoyer chez Plumeau.

Pour voir l'envers du décor, j'ai créé un faux compte féminin d'une imaginaire « belle femme de trente ans, divorcée, bisexuelle, recherchant une histoire simple et sans prises de tête » avec des exigences crédibles.

Oh punaise, quel bordel, c'était le jour et la nuit... Même sans aucune photo de profil, je recevais plusieurs centaines de messages par jour.

C'en est rapidement devenu préoccupant. Ça met vraiment mal à l'aise de voir autant d'hommes en chien avec une libido à n'en plus finir, à se demander si nos sociétés ne battraient pas des records de frustration. Ou alors certains en veulent un maximum pour leur argent.

Avec ce deuxième compte, j'ai cherché le premier en vain. Impossible de le retrouver dans cette fourmilière, car tous ceux qui ne payaient pas d'abonnement se retrouvaient dans les abîmes des profils affichés.

Mine de rien, c'était bien pensé comme truc. Tout avait été conçu pour rentabiliser au maximum l'activité. Aucune femme au monde n'allait trier des milliers de profils différents. En conséquence, les hommes devaient trouver des moyens de se distinguer, à l'instar des spermatozoïdes qui font la course pour arriver le premier à l'ovule. Et le seul moyen de gagner réellement en visibilité sur ce site, c'était - quelle surprise - de prendre un abonnement complet, qui coûtait la peau des fesses.

La dernière de mes recherches a consisté à fouiner sur des forums censés nous aider, en théorie, à perfectionner notre manière de draguer. On y trouvait toutes sortes de « messages parfaits pour aborder une femme », qu'il suffisait de « copier-coller pour obtenir un rendez-vous », et d'autres astuces vicieuses pour se créer une fausse identité, être crédible dans un rôle en ayant des réponses à tout, poser des caméras cachées dans un appartement ou une voiture, et se faire de l'argent en postant des vidéos amateurs sur internet...

On n'arrête pas le progrès... Incroyable tout ce que les nouvelles technologies peuvent offrir comme opportunités aux manipulateurs... Bisous la morale.

Chapitre 45 : Déconfiture

Étonnamment, je me suis quand même retrouvé, malgré moi, dans une autre relation.

Après le départ de Mary, j'avais pris un deuxième chien à la SPA pour donner de la compagnie au premier quand je partais au travail. Et à force de les promener et de les laisser jouer avec d'autres chiens, de nouvelles amitiés se sont créées, et de fil en aiguille, les choses se sont compliquées.

Cette première nouvelle relation n'a duré que quelques mois, le temps de réaliser qu'on était beaucoup trop différents pour poursuivre notre chemin ensemble. Le décalage entre nos mondes était énorme : elle comparait tout, cherchait à être admirée de tous et à recevoir un maximum de compliments, pendant que j'essayais d'avancer intellectuellement et spirituellement.

J'étais incapable de prendre au sérieux ses exigences, ses jugements, ses prises de tête, et ses soi-disant « problèmes » de maquillage, d'apparence, de poids, de cheveux, de style, son obsession de l'argent, de la Saint-Valentin, des sublimations, des promesses douces mais intenables, des cadeaux qui coûtaient bonbon, des dîners aux chandelles, des enfants et des mariages. Et elle m'en voulait.

Alors que ce n'était rien de personnel contre elle, c'est juste que ma vie était un bordel monstrueux auquel j'essayais constamment de m'adapter, contrairement à la sienne qu'elle voyait comme un catalogue où elle pouvait choisir ce qu'elle désirait.

Ces différences se sont accentuées jusqu'à ce qu'elle ne supporte plus de m'entendre parler.

Puis, j'ai revécu une relation similaire à plusieurs mois d'intervalle. Bercé par le charme et l'élégance de ces grandes jeunes femmes aux regards mystérieux et aux caractères bien trempés, je tombais à chaque fois dans le même panneau.

Au bout d'environ huit semaines, le même schéma se répétait. Je sortais de mon aveuglement et de ma naïveté, et réalisais que beaucoup de choses clochaient : les remarques désagréables, les preuves d'impatience, les silences gênés et les petits regards noirs s'accumulaient, ce qui pose beaucoup de questions, même lorsque ça reste léger.

En fait, elles cherchaient un moyen simple de me quitter, sans trop de drame, et si possible sans avoir à se farcir le fameux « mauvais rôle » car je ne correspondais pas du tout à leurs attentes.

Avec le recul, je pense n'avoir été qu'une solution provisoire pour elles, le temps de trouver mieux. Car elles ne m'ont jamais posé la moindre question sur moi ou mon passé, deux choses qui visiblement ne les ont jamais intéressées.

Blessé de m'être attaché à elles malgré nos différences, j'avais pris mes cliques et mes claques du jour au lendemain, sans aucun mot d'adieu.

Un comportement limite, certes, mais ce faisant, je leur avais enlevé une sacrée épine du pied, car de cette manière, le champ était libre pour elles de tourner instantanément la page, sans avoir de disputes ou de regrets, et de foncer chercher ailleurs le bonheur que j'étais incapable de leur offrir.

Ces deux fiascos n'ont pas eu lieu en vain, ils m'ont permis de réaliser à quel point j'étais devenu exigeant et compliqué, et de me souvenir combien ça pouvait être difficile de rencontrer des personnes avec lesquelles on partage des sentiments forts et réciproques.

Lorsqu'on a la chance d'avoir trouvé une de ces relations exceptionnelles, il ne faut pas la laisser filer pour des broutilles. Car malheureusement, ce n'est que lorsqu'on a perdu définitivement une telle personne qu'on se rend compte de toutes ses qualités et de tout ce qu'elle nous apportait.

Mary n'avait exigé de moi que deux choses pendant l'ensemble de notre relation : de la sincérité et que je sois toujours présent quand elle avait besoin de moi, ni plus, ni moins.

Tous les six mois, on se donnait des nouvelles. Ses messages étaient toujours positifs. Elle me disait souvent qu'elle allait un peu mieux et qu'il lui arrivait par moments de profiter de la vie. Elle finissait toujours ses mails de la même manière, en ne me souhaitant « que du bonheur du fond du cœur », et en espérant que je rencontrerais « une femme sincère, joyeuse, généreuse, tendre et en bonne santé ».

Dans son dernier mail, deux ans après notre séparation, elle m'avait expliqué être à la fois surprise et enthousiaste d'avoir obtenu un visa B-2 de six mois pour San Francisco, et qu'elle avait l'intention d'utiliser la majorité de ses économies pour y essayer de nouveaux traitements.

Mais un mois avant que son visa n'expire et qu'elle ne retourne en Grande-Bretagne, j'ai reçu une lettre bouleversante de sa mère, qui s'excusait de devoir m'apprendre que Mary était décédée, à trente-trois ans, d'une overdose d'antidouleurs truffés d'opiacés, ces dérivés de l'opium comme la morphine, la codéine ou la méthadone.

Chapitre 46 : Insomnies

Les circonstances de sa mort sont assez floues, la police n'ayant pas trouvé grand-chose dans son studio minuscule à part de nombreux paquets vides d'antidouleurs et quelques bouteilles de vin.

Dans sa lettre, sa mère m'a révélé un tas de choses que j'ignorais, par exemple que Mary s'était mise à boire quotidiennement de l'alcool suite à notre séparation, ce qui avait bien aggravé son état.

Mais aussi qu'avec le temps, tout semblait lui filer entre les doigts : elle perdait la tête, ses émotions lui échappaient, son corps semblait « se dissoudre », et la douleur, brutale et cruelle, la rendait de plus en plus convulsive, spasmodique et folle. À tel point qu'il lui arrivait de ne plus se reconnaître, voire même de ne plus savoir qui elle était.

Si Mary m'avait caché autant de choses, c'était pour ne pas détruire ma vie. Elle redoutait que je me laisse aller, que je déprime ou que je baisse les bras. Ce qui explique pourquoi elle souhaitait autant que je rencontre une autre femme, que je profite de ma vie, et que j'en fasse quelque chose de spécial.

Ce qu'elle espérait le plus, c'était que je continue de vivre, tout en gardant, malgré d'autres amours, le souvenir d'elle comme une femme forte et joyeuse, qui aime profondément la vie, la nature, les animaux et les moments partagés entre gens sensibles, conscients et sincères.

À la fin de la lettre, sa mère a essayé, maladroitement, de finir sur une note un peu plus positive, en m'expliquant que Mary n'avait jamais cessé de m'aimer profondément, même après la séparation, et que ma sensibilité et ma conscience lui avaient toujours donné énormément d'espoir.

Complètement dévasté et désespéré, il m'a fallu deux jours et plusieurs mails envoyés à Mary, restés, évidemment, sans réponse, pour admettre que jamais sa mère n'aurait pu inventer une telle histoire.

Je n'ai jamais osé demander plus de détails à sa mère car devoir enterrer son enfant doit être une épreuve limite insurmontable. Je ne peux me l'imaginer. J'ai donc renvoyé une lettre pleine d'amour, de remerciements, et de soutien à sa mère, en lui promettant que jamais je ne les oublierai et que jamais je ne me laisserai aller.

Plein de questions qui resteront à jamais sans réponse m'ont ensuite envahi l'esprit, du genre : « Était-ce un accident ou était-ce un suicide, suite à un pic de douleur ? »

J'avais beau ne pas vouloir me torturer avec des idées noires, il fallait que je trouve une sorte de théorie qui me permettrait de donner un sens à tout cela.

Après des semaines d'introspection, j'ai fini par me dire que c'était forcément un accident, alors qu'elle cherchait désespérément un moyen de calmer ses souffrances et son mal-être.

Mary avait passé sa vie à protéger ses proches et à essayer de les rendre heureux, jamais elle ne serait partie volontairement sans nous laisser au moins une lettre d'adieu.

En tous cas, je garde le souvenir d'une femme très belle naturellement, avec ses trais fins, ses yeux noirs remplis d'amour et de joie de vivre, ses longs cheveux bruns détachés. Mary était extrêmement sensible, douce, généreuse, un peu réservée et parfois timide aussi. Et elle avait beau s'habiller souvent n'importe comment, faute d'argent, il lui arrivait aussi d'être coquette. Et elle riait toujours, presque tous les jours, et toujours de plein cœur. Son rire était très contagieux.

Lorsque je suis allé voir mon médecin pour qu'il me mette en arrêt, je n'ai pas eu besoin de lui en parler ou de faire semblant d'être malade. En voyant ma détresse, mon comportement apathique, mon apparence négligée et ma crise d'eczéma, il m'a arrêté dix jours et envoyé directement aux urgences voir un psychologue.

C'est ainsi qu'une heure plus tard, je me suis retrouvé dans une petite salle sans fenêtre, avec des murs entièrement blancs, devant une infirmière en blouse blanche qui me posait avec insistance plein de questions personnelles et indiscrètes, auxquelles je ne répondais qu'à moitié.

Lorsqu'elle est enfin ressortie de la salle avec ses notes, pour faire un rapport au psy avant qu'il ne vienne me voir à son tour, j'ai eu le temps de réfléchir à ses propos : ils voulaient me garder à l'hôpital au moins trois jours et mettre mes deux chiens en pension le temps qu'on m'examine et qu'on me soigne.

Mais sans mutuelle et en touchant le Smic, comment voulaient-ils que je paie tout cela ? Et puis pour m'apprendre quoi ? Que la vie n'est pas toujours facile ?

Après réflexion, je me suis dit que je n'avais pas besoin de leurs calmants, somnifères et autres antidépresseurs. J'avais juste besoin de calme et de repos, et je serais bien mieux chez moi, près de mes deux loulous, plutôt qu'enfermé seul dans une chambre d'hôpital.

J'ai donc ouvert la porte de la salle, tout doucement, et vu qu'il n'y avait personne pour surveiller, je suis sorti calmement, comme si de rien n'était, et je suis rentré chez moi, après avoir déposé mon arrêt de travail au secrétariat du lycée.

Pendant deux jours, j'ai été harcelé d'appels téléphoniques des secrétaires médicales pour savoir où j'étais passé, pourquoi j'avais disparu, et si j'allais bien, mais je n'ai jamais répondu. Le fait est que personne n'est jamais venu sonner à ma porte.

À part promener mes deux monstres, j'ai quasiment pleuré et dormi non-stop pendant une semaine entière. Ensuite, j'ai énormément fumé.

À la fin de mon arrêt, je n'ai pas osé retourner voir mon médecin pour qu'il le prolonge, suite à ma fuite de l'hôpital. Je suis donc retourné au boulot, malgré moi, pour la dernière semaine administrative de la mi-juillet, juste avant les vacances d'été.

Mes supérieurs hiérarchiques avaient certes remarqué que j'étais très pâle et que j'avais beaucoup minci, faute d'appétit, mais ils se moquaient des possibles raisons de mon mal-être. La seule chose qui les intéressait, c'était que l'équipe soit au complet toute la semaine de 8h à 18h, afin de « donner une image sérieuse ». À qui ? Aucune idée, car on était les derniers dans le lycée.

On avait fini depuis longtemps leur boulot administratif, qui consistait à trier et à ranger des feuilles de papier A4 de couleur. Des feuilles qui donnaient l'illusion qu'un jeune était bien pris en charge, sous la responsabilité d'un adulte compétent et habilité – alors que les surveillants étaient jetés dans l'eau froide sans aucune formation au préalable et que la moitié des élèves consommaient toutes sortes de drogues légales et illégales chez eux, dans des coins cachés et isolés, dans des teufs ou dans des clubs privés.

Sincèrement, lorsqu'on creuse un peu sous l'apparence, ce monde semble totalement absurde.

On a donc passé toute la semaine à quinze dans notre petit bureau, à attendre que des gens passent nous voir ou nous appellent pour des inscriptions, alors que tout le monde était parti à la plage ou au bled depuis des semaines.

Ce qui s'est révélé infernal pour moi, ce n'était vraiment pas le moment de m'enfermer dans un lycée sans aucun travail à faire... Ça me rendait fou. À tel point que j'ai passé le vendredi planqué dans une salle vide, malgré le déferlement d'appels et de SMS des CPE pour savoir où exactement j'étais passé. Ces derniers savaient que j'étais forcément dans les parages à cause de ma voiture garée à l'entrée du lycée, j'ai donc tout ignoré.

Et lorsqu'ils m'ont retrouvé dehors, vers 17h30, assis sur un banc en train de regarder le ciel, ils étaient si furieux que j'ose bafouer leur autorité qu'ils m'ont gueulé dessus comme des possédés.

Mais je m'en foutais, ils n'avaient plus aucune importance à mes yeux. Et plus ils me balançaient des pics en pleine poire, plus je continuais calmement et indifféremment de jeter de l'huile sur le feu, en sortant des excuses de plus en plus bidon, comme si de rien n'était.

Heureusement que c'était les grandes vacances juste après.

Cela dit, je ne sais pas ce qui m'a pris cinq semaines plus tard en renouvelant mon contrat alors que j'avais clairement besoin d'une pause. Peut-être la peur du chômage, ou l'angoisse d'être harcelé par les conseillers de Pôle emploi, ou la croyance que le travail me permettrait de me reprendre en main et qu'il m'apporterait un minimum d'équilibre...

Quoi qu'il en soit, c'était une belle erreur.

Les dix mois suivants jusqu'aux vacances d'été, presque tout le monde au boulot m'a montré son véritable visage, en me collant plein d'adjectifs à la peau. On me reprochait d'être faignant, systématiquement fatigué, épuisé, déprimé, de manquer d'énergie et de dynamisme, de ne pas m'investir suffisamment, de trop me laisser aller, d'être incapable de faire quoi que ce soit avec mes mains qu'il fallait que je saigne régulièrement, d'être trop tête en l'air, de renverser trop de choses, de ne pas m'habiller « correctement », de ne pas aller chez le coiffeur, et, le plus pathétique, de ne plus boire une seule goutte d'alcool, de ne jamais être hypocritement joyeux et de boycotter toutes sortes de mascarades comme Halloween ou le « Black Friday » par exemple.

Pour avoir droit à quelques instants de répit, il m'aurait fallu bosser comme un cinglé, en baver, acheter, consommer, comparer, rêver, participer à quantité de fêtes nationales, aux événements sportifs, aux journées mondiales, et j'en passe. Mais je refusais désormais de participer à ce cirque qui se répète inlassablement, chaque année, de manière identique.

Ma réputation en a pris un coup, je suis devenu, aux yeux de beaucoup, une sorte de paria aux opinions impies qu'il faut huer.

J'aurais pu mettre un terme à tous ces reproches niais, ces regards méprisants et ces remarques saumâtres en leur avouant la vérité. Mais j'ai toujours refusé d'utiliser la mort de Mary comme une arme, une défense ou une vengeance.

Mary méritait mieux que ça.

Ses valeurs, sa personnalité, sa vision de la vie et des choses, tout ce qu'elle dénonçait dans notre société, sa philosophie qu'on a de la chance d'être en vie en ce moment-même, et sa conviction qu'il faut lire, s'informer, écouter, voyager et faire un maximum de choses soi-même pour trouver en soi ce qui peut nous rendre heureux, tout cela méritait un livre.

De plus, la vérité est quelque chose qui se mérite : il faut être sensible, attentionné et à l'écoute pour l'obtenir.

Si j'étais retourné voir mes proches, qu'ils soient en Allemagne, en Angleterre ou en France, ceux-ci m'auraient demandé avec tact et douceur : « Tu as l'air malheureux. Est-ce que tu veux aller boire un verre pour en discuter ? Je n'ai aucune idée de ce qui t'est arrivé mais si tu veux te confier à quelqu'un de fiable, sans être interrompu, et exprimer tout ce que tu ressens pour t'en libérer, je peux t'écouter et aussi ne rien divulguer à personne d'autre, si tel est ton souhait. Mais je ne veux pas te brusquer, prends ton temps, il n'y a aucune urgence. Et tu peux refuser, je ne t'en voudrais pas le moins du monde, en toute sincérité. »

Alors, j'en aurais sûrement parlé.

Mais je n'ai pas bougé et ici je n'avais pas d'amis. D'ailleurs, le peu de fois où l'on m'a demandé ici comment j'allais, c'était d'une manière flegmatique, indifférente.

En fait, c'est impossible de parler de sujets sérieux avec des gens angoissés par la sincérité.

Beaucoup de gens sont habitués à vivre dans un monde superficiel et mensonger, à tel point que c'est devenu quelque chose de familier, voire intime, qui les rassure tellement que rien ne doit venir le perturber.

Vu que j'étais le seul correspondant de la mère de Mary et que j'ai tout gardé pour moi, tout mon entourage croit, aujourd'hui encore, que Mary est toujours en vie, aux Etats-Unis, et qu'elle s'y débrouille plutôt bien.

Mais d'une certaine manière, rester muet et n'en parler à personne m'a aidé à tenir le choc et à préserver ma sensibilité.

Chapitre 47 : Clebs

Pour autant, je n'étais pas seul. Deux êtres irremplaçables m'ont aidé à trouver les ressources dont j'avais besoin : « Jeep » et « Jouk », mes deux gros chiens.

Lorsqu'on avait pris Jouk, j'avais des doutes sur ma capacité à m'en occuper et à l'éduquer, j'appréhendais les responsabilités qui vont avec. Je m'étais fait à l'idée parce qu'à première vue, il avait l'air très calme et posé.

Évidemment, on s'était fait avoir comme des bleus car une fois reposé, c'était une sacrée terreur... Il voulait tout le temps jouer et se promener, et il mordait tout ce qu'il trouvait. C'était le bouquet. Et à deux, malgré leurs personnalités différentes, ça s'est encore amplifié... Ils s'engrenaient l'un et l'autre dans toutes sortes de conneries.

Ça n'a pas été facile de réussir à communiquer avec eux, sous forme d'intonations claires et distinctes, de leur apprendre à être propres, à me respecter, à m'écouter, à revenir lorsque je les rappelais, à marcher au pied sans laisse, à se calmer, à ignorer les inconnus.

Le plus difficile, de loin, ça a été de leur faire comprendre que tous les ordres que je leur donnais avaient pour seul but de les protéger des autres humains, capables de les renverser en voiture, de les voler ou de les empoisonner. Mais avec beaucoup d'investissement, de patience, de bon sens, de liberté et de douceur, j'y suis parvenu.

Ce sont désormais des amours qui me rassurent, me protègent, m'obligent à sortir, me font rire. C'est incroyable toute l'affection et les bonnes énergies qu'un « animal » peut donner. D'ailleurs, la semaine que j'ai passée à dormir, ils ont été adorables en me collant sur le lit, un de chaque côté, et en me laissant me reposer, sans rien réclamer.

Bon parfois, ils sont un peu trop pots de colle pour mon goût mais sans leur affection, leur joie de vivre et leur insouciance, j'aurais eu beaucoup de mal à m'en sortir.

C'est un véritable plaisir de me promener avec eux en liberté, même lorsqu'il gèle ou qu'il pleut des cordes. Surtout dans la montagne, où nous partons, chaque été, faire du camping sauvage.

Qu'est-ce que c'est magnifique la nature avec toutes ces forêts, ces rivières, ces lacs, ces cascades, les pics enneigés, les aigles, faucons, marmottes, chamois, bouquetins, etc.

Et quel bordel le camping sauvage. Il faut se lever très tôt le matin pour éviter de se prendre une amende ou de tomber sur un éleveur menaçant. Puis, il faut nettoyer, aérer et sécher la tente et les vêtements de la veille, avant de se baigner dans un lac ou une rivière, en général à moitié gelés.

Conserver la nourriture n'est pas facile, du coup, je mange des repas simples, des fruits et des légumes crus, ou du pain avec du fromage ou du miel.

Tous les soirs, il faut trouver un endroit sec à l'abri des regards, sur un sol pas trop dur, avant que la nuit froide et humide ne tombe, s'asperger d'un peu d'eucalyptus citronné pour éviter les piqûres de stiques-mous, et se coucher rapidement pour avoir un maximum de sommeil.

Pour mes anciens collègues de boulot, cette vie sans confort - sans eau chaude, sans WC, sans électricité, sans frigo, sans machine à laver, sans sèche-linge, sans chauffage, sans Internet - serait un cauchemar. Ils préfèrent les croisières avec leurs énormes nuages de particules fines et les zones hyper touristiques avec des piscines bourrées de chlore, vue sur la Méditerranée ultra-polluée, des plats surgelés réchauffés, des insecticides en spray, et tout le tralala.

Mais pour moi, il n'y a rien de plus beau et épanouissant que de faire le tour du monde à pied, à vélo ou à la voile, accompagné de mes deux loulous qui m'ont redonné goût à la vie.

D'ailleurs, je me bats presque tous les jours pour leur bonheur et leur liberté, contre tous ces endroits toujours plus nombreux qui leur sont interdits - non seulement des plages, des montagnes, mais aussi des parcs et de simples pelouses.

Interdire la nature aux animaux, il fallait être humain pour y penser... Comme si on pouvait interdire la mer aux poissons ou les arbres aux oiseaux. Comme si le sol pouvait véritablement appartenir à qui que ce soit.

On m'agresse souvent parce que mes chiens ne sont pas attachés. Ce sont majoritairement des retraités qui me le reprochent, et souvent de manière vulgaire : « HÉ OH TOI CONNARD LÀ ! TES CHIENS SONT PAS ATTACHÉS ! ».

En général, il ne s'agit pas de peur mais d'autre chose, une sorte de frustration difficile à cerner. Ces vieilles générations ont vécu dans un autre temps, juste après la guerre. À l'époque, la discipline avait une grande importance, l'éducation était violente, et le moindre faux-pas avait des conséquences. Et ils semblent ne plus supporter qu'on soit passés à l'autre extrême, dans lequel beaucoup de jeunes se permettent tout et n'importe quoi.

En conséquence, ces vieilles générations – qui sont les premières à consommer des séries « choc », des reportages criminels, policiers, d'unités spéciales, de meurtres, de vols, de cambriolages – voient d'un mauvais œil les jeunes en général, surtout avec des chiens en liberté, au point de demander à être rassurés par toujours plus de lois et de répression : que tout le monde soit mis au pas, dans les rangs, et obéissant.

Mais le problème, ça n'a jamais été les animaux, ça a toujours été les humains.

Les chiens peuvent mordre, certes, mais vous avez déjà vu un chien armé de grenades et de kalachnikovs entrer dans une école primaire et ouvrir le feu sur tout ce qui bouge ?

Vous avez déjà vu un quelconque « animal » élever, chaque année, des millions de visons, renards et chinchillas dans des cages de moins d'un mètre carré pour les dépecer vivants et prendre leurs fourrures, dans le but d'être « à la mode » et de se démarquer des autres ?

Qui fait de l'élevage industriel et massacre, chaque jour, plusieurs centaines de millions d'animaux dans ses abattoirs ? Combien de millions d'animaux sont sacrifiés chaque année par des chercheurs ou des laboratoires ? Qui torture des animaux pour des cosmétiques ? Qui euthanasie, chaque année en France, près de 250 000 animaux pour des raisons « financières » ? Qui a crée des enclos pour y élever et y martyriser du gibier qui n'a aucun moyen de s'échapper ? Qui exige de bébés hyper sensibles à peine sevrés qu'ils leur servent de compagnie, qu'ils leur obéissent au doigt et à l'œil, et qu'ils supportent tous leurs caprices, sinon ils les maltraitent ou les abandonnent ?

Au fait, vous aimeriez être caressé par des inconnus, vous ? Moi, non, du tout. Et mes chiens non plus.

Au final, le fait d'éduquer des chiens en liberté met en lumière l'un des plus gros défauts humains : ne jamais se remettre en question, toujours remettre la faute sur les autres.

Les humains ont beau envahir la planète, massacrer des dizaines de milliards d'animaux chaque année, créer et jeter dans la nature des milliards de tonnes de déchets plastiques, radioactifs, d'insecticides, de pesticides, de fongicides et d'herbicides hyper toxiques et non biodégradables, bétonner tous les espaces verts pour les transformer en autoroutes ou en centre commerciaux, ça ne les empêche pas de se croire plus propres et plus intelligents que le reste du monde.

Si intelligents que de nouveaux colliers soi-disant « incontournables pour le dressage » sont désormais commercialisés. Ces saloperies donnent aux chiens des décharges électriques à distance dès que le supposé « maître », ce psychopathe, appuie sur un bouton. Rien de plus efficace que la torture pour les rendre fous et violents.

Heureusement, j'ai aussi rencontré beaucoup de personnes qui, comme moi, ne voyaient pas des « ienches » mais des personnalités uniques avec leurs propres caractères.

Antarès par exemple est d'une sensibilité hors norme. Marley est hyper possessive, au point de défendre des balles de tennis comme si c'était ses bébés. Noria est adorable en général mais après avoir été abandonnée deux fois, elle ne supporte plus la solitude, au point de défoncer un appartement si on la laisse seule pendant plusieurs heures. Kiwi, c'est le clown du groupe qui fait toutes les conneries possibles, du genre nager en vain après des canards pendant des heures. Myrtille, c'est le petit tonneau de la troupe qui mange tout ce qu'elle trouve, il est d'ailleurs impératif de se méfier de cette crève-la-dalle lorsqu'on se balade un sandwich à la main. Et Neko, le petit dernier, c'est le pourri gâté de la meute. Il est tellement heureux qu'il fait des câlins et des léchouilles à tout le monde.

Jeep et Jouk sont les plus vieux, ils seront donc probablement les premiers à partir.

J'ai essayé de m'y préparer en avance car une douzaine d'années passe vite. Et plutôt que de fuir le réel, je préfère m'aguerrir à son contact, ce qui aide à mieux encaisser ses aléas.

En fait, tout est dans la préparation : bien préparé, on peut tout affronter, alors que sans information, ça peut être très compliqué.

Chapitre 48 : Un début de sagesse

Dans quelques mois, j'aurai trente ans.

Pendant un an, l'eczéma, ma fatigue chronique et les insomnies m'ont rendu tristement lunatique, mais ça commence petit à petit à se calmer, grâce à mon choix de prendre soin de moi.

Lorsque j'ai le moral dans les chaussettes, j'essaie de me faire un maximum de bien, sous forme de bons plats maison, de siestes, baignades, randonnées, cinéma, lecture, sauna, hammam, etc. Ça aide à se reconstruire.

J'ai fait le point sur ma vie et je n'ai pas à avoir de regrets, car j'ai toujours fait de mon mieux. De plus, je n'ai pas à m'inquiéter car Mary continuera de vivre en moi.

C'est d'ailleurs grâce à Mary si j'ai quitté Paris pour devenir un militant écolo pacifique à moitié vagabond, un de ces « maudits zadistes, hors-la-loi, terroristes, casseurs », qui prônent le collectif, l'échange, le partage et l'autonomie – des valeurs inacceptables dans cette société vampirique du toujours plus – et qui protestent contre tous les projets qui auront des conséquences catastrophiques sur l'intelligence, la conscience, la sensibilité, la santé et la fertilité des prochaines générations.

En fait, seul un engagement écologique et social pouvait donner un sens à ma vie.

Malheureusement, au « pays des droits de l'Homme », où l'on entend beaucoup parler de « République, de démocratie, de liberté, d'égalité et de fraternité », on peut écoper de trente-cinq mille euros d'amende et de deux ans de prison ferme pour « rébellion », un terme très vaste qu'un juge peut interpréter comme bon lui semble.

Raison pour laquelle des zadistes ont pris, malgré un casier judiciaire vierge, de la prison ferme pour avoir refusé de justifier leur identité. Ce n'est pas difficile de noyer un chien, il suffit de l'accuser d'avoir la rage...

Dans cette dictature de la pensée unique, on se fait régulièrement défoncer par les forces de l'ordre avec leur puissant arsenal de guerre, qu'il s'agisse des matraques, des tirs de LBD ou des grenades explosives contenant du TNT, comme la GLI-F4.

Mais bon, il paraît que c'est toujours mieux que dans d'autres pays, où l'on peut être condamné à des centaines de coups de fouet.

Pour ma part, je n'en veux ni aux gendarmes, ni aux CRS – même si une minorité d'entre eux semble s'en donner à cœur joie – car ils obéissent avant tout aux ordres. En revanche, j'en veux aux donneurs d'ordres : à tous ces préfets et ce beau monde de la politique qui affirment, lorsqu'un jeune homme de vingt-et-un ans se fait abattre d'une grenade « de défense » pour avoir exprimé ses idées, que « Mourir pour des idées, c'est une chose, mais c'est quand même relativement stupide et bête. »

Je continue de vivre de petits boulots en Intérim plus ou moins précaires qui me permettent de voyager et d'avoir un peu d'argent sans jamais avoir à mendier.

Parfois, il m'arrive de rêver d'avoir un grand terrain à disposition sur lequel je pourrais cultiver des légumes, construire ma propre maison - une sorte de « trou de hobbit » lumineux, propre, en harmonie avec la nature, chauffé avec un vieux poêle à bois - et prendre en main tous les aspects de ma vie. Mais je ne supporterais jamais d'être endetté à vie et de devoir payer toutes sortes de nouveaux impôts et de taxes à tire-larigot.

Je ne sais pas vraiment ce que l'avenir me réserve. Mais je m'attends et me prépare au dérèglement total de tout équilibre à cause de la pollution et de l'empoisonnement mondial. Avec, comme conséquences probables, des grands bouleversements : des catastrophes naturelles, industrielles et peut-être même nucléaires, des pics de température, des sécheresses, des feux de forêt, des inondations, des tremblements de terre, des éruptions de volcans, des cyclones, des invasions d'insectes, la résurgence de maladies mortelles, de nouvelles guerres à cause des pénuries de nourriture et d'eau potable, des épidémies, des pandémies, et pour finir, une énorme réduction de la population mondiale.

J'espère me tromper mais ça semble avoir déjà bien commencé.

Dire que pendant ce temps-là, les masses rivalisent d'hypocrisie avec leurs concours d'ego, de « beauté », de virilité, leurs courses de voitures, de motos, de drones, de gyropodes, de jets-skis, etc. Une population qui continue également de s'intoxiquer lentement mais sûrement en consommant n'importe comment.

D'ailleurs, beaucoup de gens me prennent désormais pour quelqu'un de « décalé ». C'est donc une véritable bouffée d'oxygène lorsque je rencontre des gens respectueux, sincères, ouverts d'esprit, capables d'écouter et d'échanger, bouffés ni par leur ego, ni par leur sociabilisation, ni par leurs peurs.

Il y a quelques semaines, à Strasbourg, j'ai fait la connaissance d'une femme d'une quarantaine d'année, alcoolique et accroc à l'héroïne, qui mendiait dans la rue.

En général, je me méfie des clochards qui font la manche car j'ai déjà vu des escrocs jouer sur l'apparence, empocher de l'argent, et une fois leur journée finie, sortir leurs gros smartphones, consulter leurs messages, et rentrer chez eux se changer.

Mais elle, clairement, n'en faisait pas partie. C'était une femme toute mince, limite anorexique, de taille moyenne, dévastée par les épreuves de la vie, avec des cheveux roux, mi-longs, très gras, coupés n'importe comment, et une hygiène négligée.

Malgré ses addictions, nous avons eu de belles discussions. Pour elle, la vie était « un combat qu'il faut avoir le courage d'affronter mais aussi un cadeau très fragile qu'il faut apprécier car il peut s'arrêter à tout moment ».

Elle était tellement respectueuse que j'ai passé deux nuits à veiller sur elle avec Jeep et Jouk, pendant qu'elle dormait dans son duvet, sur un carton, cachée à l'abri des regards, dans des buissons d'un parc.

À peine réveillée, elle se mettait un peu de parfum et beaucoup de crème hydratante sur sa peau sèche. Puis, pour son petit-déjeuner, elle s'enquillait une demi-bouteille de vin rouge au lieu de manger. Et le reste de la journée, elle continuait de picoler pour oublier.

Les seringues d'héroïne, il fallait d'abord en trouver, et là, ça faisait trois semaines qu'elle était à sec. D'ailleurs, ça l'exaspérait que l'héroïne, cet opiacé dérivé de l'opium, soit beaucoup plus difficile à se procurer que les autres drogues, qu'on peut trouver assez facilement un peu partout.

Bref, l'essentiel pour moi, c'était qu'une fois dans sa vie, quelqu'un ait été présent à ses côtés, pour l'écouter, lui tenir compagnie, sans la juger, et sans lui demander quoi que ce soit en retour.

Au bout du troisième jour, j'ai repris mon chemin, en ne lui souhaitant que du bonheur et en espérant qu'elle reprendrait un jour sa vie en main, mais sans me faire d'illusions.

Récemment, j'ai encore entendu un de ces politiciens affirmer que « l'énorme majorité des SDF dorment dans la rue par choix », trahissant la pensée profonde de beaucoup de ces hypocrites au cul bordé de nouilles et à la science infuse qui ne pensent, à l'instar d'une machine, qu'en base binaire : on est soit des « winners », soit des « loosers ».

Ces imposteurs ont beau espionner et enregistrer nos moindres faits et gestes, nos photos, nos vidéos et nos messages, ils ne savent plus rien de nous, de nos vies, de nos misères, de nos souffrances, et de notre résilience.

En tous cas, sans même en avoir conscience, cette « junkie », cette « droguée » ou encore cette « ratée de la nature », comme elle se faisait parfois insulter par des passants, m'a offert un cadeau inestimable : elle m'a permis de réaliser que je n'avais rien vécu d'exceptionnel, que j'avais encore beaucoup de choses à apprendre, et que je devais m'estimer heureux d'être en vie, de me connaître autant, et de pouvoir ressentir autant de sentiments.

Aujourd'hui, plus que jamais, je vois le monde autrement.

Plein de détails et de petits gestes nerveux – comme des regards gênés, mal à l'aise, évasifs, ennuyés, impatients, des clignements de paupières, des lèvres mordues, des sourires forcés, des tons de voix accueillants ou malveillants – me sautent désormais aux yeux, même lorsque je fais semblant de regarder ailleurs.

Au-delà du langage corporel, de l'apparence et des façades que les gens essaient de projeter, ce sont surtout les non-dits flottant dans l'air que j'entends et que je ressens.

D'ailleurs, parmi tous les défauts humains, je pense que le plus notable est que tout le monde se croit très important. Tout le monde se prend la tête avec son travail, ses revenus, son avenir, son entourage, son corps, son apparence, ses sentiments, ses émotions, ses pensées, ses envies et de quelle manière on sera jugé si on se laisse aller, alors que nous sommes de la poussière dans l'univers.

On ne sert probablement à rien, nos vies n'ont probablement aucun sens. A moins peut-être d'en faire quelque chose de bien.

Désormais, j'ai pleinement conscience de la chance incroyable qu'on a d'être en vie en ce moment-même : quel miracle de pouvoir respirer de l'air frais, d'entendre son cœur battre, de ressentir des sentiments, de pouvoir marcher, courir, rire, pleurer, s'exprimer.

Dire qu'un jour, notre cœur cessera de battre et plus aucun souffle d'air ne traversera notre corps. Quelle tristesse, quelle douleur, mais quelle beauté aussi.

Comme le disait Achilles à Briséis dans « Troy » : « Les dieux nous envient parce que nous sommes mortels. Chaque instant peut être notre dernier. Tout est beaucoup plus beau parce que nous sommes condamnés. »

En fait, tout n'est qu'énergie, qui prend plein de couleurs et de formes différentes : tout est dynamique, tout évolue, tout se développe, tout se détériore, et ce chaque seconde. Tout est à la fois simple et compliqué, vide et rempli de sens, indépendant et dépendant, libre et emprisonné, logique et contradictoire, et surtout, tout semble ne faire qu'un.

Il ne s'agit donc pas d'essayer de posséder, de contrôler ou de manipuler ces vagues de lumière et de poussière mais de les absorber avec patience, en douceur, de les nourrir en prônant l'équilibre, et de les partager en s'exprimant sincèrement.

Au final, je ne perdrai jamais l'espoir, même le jour où je mourrai, car ce sera avec la conscience tranquille. Quoi qu'il arrive, je serai toujours fier de ma vie insignifiante.

Mais assez parlé de moi.

Vous avez fait preuve d'une patience et d'une ouverture d'esprit remarquables en m'accompagnant tout au long de mon histoire, il est donc temps pour moi de vous remercier et de vous écouter.

Qui êtes-vous ? D'où venez-vous ? Et sachant que le temps passe vite et que chaque semaine passée ne reviendra jamais, quels sont vos projets ?

Que voulez-vous faire du temps qui vous est donné, quelles traces et souvenirs voulez-vous laisser de vous ?

Quelques états d'âme

1) Il est important de différencier l'écrivain, moi, et le narrateur du livre, un personnage que j'ai crée. Tout est inspiré de faits et de lieux réels, certes, mais il ne faut pas se méprendre : **ce livre reste une fiction qui ne saurait refléter fidèlement ni ma vie, ni ma personnalité**.

2) J'ai hésité plusieurs années avant d'écrire ce roman. Je redoutais que mes écrits puissent être mal interprétés, déformés, ou utilisés à de mauvaises fins, comme c'est souvent le cas...

J'aimerais donc qu'il n'y ait aucune ambiguïté sur ce livre : il ne s'agit ici que d'une réflexion philosophique, écologique et pacifique, ni plus, ni moins, et surtout pas d'une incitation à une quelconque forme de manipulation, de violence ou d'extrémisme.

3) Il m'a fallu plus de 2000 heures de travail pour écrire et finaliser ce roman. J'aimerais donc insister sur le fait que le « talent » en soi ne veut rien dire, tout passe obligatoirement par le travail et la persévérance.

En avançant seul dans un terrain inconnu, face à autant de milliers de détails, de mots, de phrases, de sens, d'images, etc., à prendre en compte, on passe par tous les états d'âme possibles : on se cherche, on avance, on se perd, on doute, on stresse, on remet tout en question, on recommence, on s'agace des distractions et du temps énorme que ça demande, on accumule les déceptions, on se bat pour ne pas lâcher l'affaire, et il faut accepter toutes sortes de critiques plus ou moins justes.

3) J'ai envoyé mon roman à une vingtaine de maisons d'édition, la plupart petites ou écolos, mais je n'ai reçu qu'une poignée de réponses, toutes négatives. J'ai donc tout fait moi-même.

4) Petite information sur le prix de vente de 12€ :

Ce prix me permet de toucher une marge symbolique de deux euros par livre vendu, à laquelle je tiens car ce sont les écrivains qui sont à l'origine des livres.

Dans l'idéal, j'aurais voulu le vendre cinq euros et toucher deux euros de marge. Mais ça ne marche pas comme ça car si je vendais ce livre de 247 pages à huit euros par exemple, je ne toucherais qu'une marge de cinquante centimes par livre vendu.

Remerciements

Il y a trop de personnes à remercier... Je ne mentionnerai donc que quelques personnes, en espérant que les autres me pardonneront d'avoir choisi, pour une fois, la facilité.

À Charlotte, ma compagne, pour son amour et son soutien tout au long des trois années – souvent très compliquées – d'écriture. Sans elle, ce livre n'aurait peut-être jamais vu le jour.

À ma mère, Marie-Pierre, pour son amour et son soutien à toute épreuve.

À tous mes ami(e)s : Thibault, Martin, Hannes, Franz, Fritz, Benni, Bruno, Moritz, Marie-Sophie, etc, etc, pour leur amitié profonde et indélébile.

À Martine et Marie-Jo pour leur soutien, leur générosité et leur bienveillance.

À Mickaël, Julie et Pierre pour leur aide précieuse.

Au groupe allemand « AnnenMayKantereit » pour leur musique exceptionnelle qui m'a accompagné tout au long de l'écriture.

SOMMAIRE

PARTIE 1

Chapitre 1 : Le bordel	8
Chapitre 2 : L'environnement	17
Chapitre 3 : Les acolytes	27
Chapitre 4 : Le samedi soir	34
Chapitre 5 : Kesseltreiben	38
Chapitre 6 : L'éducation	42
Chapitre 7 : La discrimination	45
Chapitre 8 : Les profs	48
Chapitre 9 : Weismann	53
Chapitre 10 : Le Joker	59
Chapitre 11 : L'adolescence	62
Chapitre 12 : L'intensité	66
Chapitre 13 : Les colocs	73
Chapitre 14 : La distance	79
Chapitre 15 : Online	87
Chapitre 16 : Hartz	91

PARTIE 2

Chapitre 17 : L'écriture	101
Chapitre 18 : Mary	105
Chapitre 19 : GB	107
Chapitre 20 : WTF	112
Chapitre 21 : Reich	117
Chapitre 22 : Aïe	125
Chapitre 23 : Le dilemme des femmes	132
Chapitre 24 : Mamie	138
Chapitre 25 : MS	145
Chapitre 26 : La pythie	149
Chapitre 27 : Régime	155
Chapitre 28 : Vision	160
Chapitre 29 : Aliboron	163

PARTIE 3

Chapitre 30 : Vitesse	168
Chapitre 31 : Langage	171
Chapitre 32 : Le hasard	174
Chapitre 33 : Spirale infernale	177
Chapitre 34 : Le décalage	180
Chapitre 35 : Décrisper	183
Chapitre 36 : Hybride	187
Chapitre 37 : Complications	191
Chapitre 38 : Retrouvailles	193
Chapitre 39 : Les pirates	197
Chapitre 40 : Carnaval	202
Chapitre 41 : Le nerf de la guerre	206
Chapitre 42 : L'ermite	210
Chapitre 43 : Le cauchemar	213
Chapitre 44 : Le progrès	217
Chapitre 45 : La déconfiture	220
Chapitre 46 : Insomnies	223
Chapitre 47 : Les clebs	230
Chapitre 48 : Un début de sagesse	235